万能鑑定士Qの探偵譚

松岡圭祐

角川文庫
18197

目次

十三年前

人の住む島としては最南端、八重山《やえやま》諸島のなかでもひとつだけぽつんと離れて洋上に浮かぶ波照間《はてるま》。軽自動車に乗れば四十分ほどで一周できる。信号は存在せず、見かけるのはヤギばかり。サトウキビ畑が延々と広がる、隆起した大地のみがある。

五百五十人ほどの島民が五つの集落に分かれて暮らす。沖縄県に属していても、島にハブがいないため、子供の登下校に支障はない。

フクギ並木とサンゴの石垣、赤瓦《あかがわら》屋根の家屋が連なる集落のなか、公民館の裏手。コンクリ製二階建て、波照間小学校はあった。島の人口からすれば不相応な規模を誇り、いくつもの教室と広い校庭を有しながら、児童数は二十四人。いずれ中学校と統廃合されるらしいが、詮方《せんかた》ないことだった。中学生は八人しかいないのだから。

少人数ゆえ全学年が同じ教室で机を並べ授業に臨む。担任にしてみれば苦労を余儀なくされるが、利点もあった。みなが共有すべき情報をいっせいに伝達可能だ。

担任は教壇から声を張った。

穏やかに晴れてるけど、台風が接近してるさー。天気予報が報じたらすぐ、島にやってくる。波の高さが三メートルになれば、もう石垣島《いしがき》には渡れん。みんな台風は嫌いだろうが、悪いことばかりじゃないさぁ。歓迎すべきとこもある。何だと思う。

慢性的な水不足に悩まされる波照間では、豪雨がなによりの恩恵になる、そんな島特有の事情について教えるつもりだった。

ところが、この学校の三年には、ユニークな女子児童がいた。名は凜田莉子《りんだりこ》、大きくつぶらな瞳《ひとみ》が特徴的な、元気で明るい性格の持ち主。しかし彼女は致命的な欠陥を内包している。いまだ小一レベルの学力、早い話が落ちこぼれだった。

はい、と勢いよく手を挙げた莉子が、台風のプラス面について答えた。休校になる、そういった。

ほかの児童たちが笑い声をあげても、莉子はきょとんとした顔で周りを見まわすばかりだった。

莉子は遠慮がちに訂正した。歯科検診がなくなる。かな……？

ひときわ笑いが起きる教室内で、担任もつられて苦笑せざるをえなかった。

診療所はあっても病院のない波照間島では、年三回、健診のため医師が石垣島から渡ってくる。たしかに海が荒れていれば延期になる。

天真爛漫《らんまん》は悪いことではないが、凜田莉子の場合、基礎的学力に著しく劣るのが問題といえた。担任にとっては悩みの種でもある。家を訪問して両親に強く申しいれても、またこの父母がひときわ楽観主義者で、暖簾《のれん》に腕押しもいいところだった。

父親は昼間から泡波を飲んで酔っていた。莉子は美人に育つから、いい家に嫁《とつ》げりゃそれでいいさー。呑気《のんき》にそう吐き捨てた。

莉子の学力は時を追うごとに低下しつづけた。五月三日はなんの日かと問うと、莉子ひとりだけが〝ゴミの日〟と答える。ひねくれているわけでもなく、ただあっけらかんと発言するのだからたまらない。

児童たちのあいだにも、凜田莉子が劣等生という認識が広まり、とりわけ高学年の男子児童は、莉子に対し容赦のないいじめを繰り返すようになった。

からかったり、口汚く罵《のの》ったり、やがては髪の毛を引っ張ったり突き飛ばしたりする暴挙に及んだ。休み時間に莉子の泣きじゃくる声がきこえてくるたび、担任は猛然と校庭に飛びだし、現場に駆けつけるのが常だった。

全国的に体罰が問題視される風潮にあろうと、離島には離島のルールがある。どの児童が悪いか明白な場合、手心を加えるなどむしろＰＴＡの意に反する。担任も、道徳的に好ましくない行為を見過ごす気などなかった。外にでるや、いじめっ子たちの頬を次々と張った。

ちっぽけな島だけに、児童を怒鳴りつけているうち、その親が校門前を通りかかることもめずらしくない。一家の大黒柱が島をでず漁業で生計を立てていて、日中も暇を持て余していたりする。だがそんな父親たちも、都会で問題視されるモンスター・ペアレントとは正反対の性格をしめしていた。ずかずかと校庭に踏みこんでくると、担任には目もくれずわが子を張り倒しさえした。

とりわけ、莉子をいじめていた男子児童のひとりに対し、父親の憤りは過激そのものだった。人間のクズ、と彼は怒鳴りながら往復ビンタを際限なく浴びせた。女の子泣かせて何が楽しい。恥を知れ。ペムチ浜で高波に攫《さら》われて、死ね。二度と帰ってくるな。

あまりの激昂《げっこう》ぶりに、担任のほうが固まってしまうこともしばしばあった。挙句の果てに、莉子が涙ながらに男子児童の父親に訴えたりもした。叩《たた》かないで。許してあげてください。

そんな莉子のありさまを見るうち、彼女は少なくとも、両親からの愛情を一身に受け育ってきたのだろう……担任はそう解釈した。でなければ、自分をいじめた男子児童に同情をしめせるはずもなかろう。凜田莉子は幾度となくいじめを受けながら、心を病んではいなかった。

家族に愛されることで、子供はみずからの尊さと価値を知る。誰にも大事にされていないと思いこんだ児童は、他人に対しても気遣いをしめせない。莉子は泣くことでいじめっ子が叱られるよう仕向けたり、それをもって報復としたりする陰険な性格とは無縁の存在だった。

どんな場合だろうと、莉子に裏表はない。何があってもまっすぐに育ちつづける。学業に問題はあっても、両親のもとで暮らすかぎり、莉子の純粋さにいささかの陰りも生じはしないだろう。担任はそう感じた。

担任はまた、凜田莉子は知性に問題があるのではなく、単に義務教育上よしとされるカリキュラムに馴染《なじ》めないだけだろうとも受けとめていた。

たとえば校庭に咲く黄いろい花を、担任は長いことタンポポだと思っていた。だがある日、莉子がうっとりとした顔でつぶやくのをきいた。オオジシバリ、可愛い。

調べてみると、タンポポとは葉のかたちがわずかに違うことがわかった。オオジシバリ。別名、ツルニガナ。キク科の多年草だった。

学校の周りに咲く花について、担任は莉子に尋ねてみた。莉子はほとんどの花の名を知っていた。イソマツ。カンヒザクラ。ランタナ。ハマアザミ。リュウキュウコスミレ。ルリイロツルナスビ。コエビソウ。ルリハコベ。シュウカイドウ……。

ところが『花の部位を答えなさい』というテスト問題において、莉子はひとつとして正解に至らなかった。のみならず、顕微鏡写真のタンポポの実を区別できなかったばかりか、気持ち悪いといって目をそむけてばかりいた。

どうやら莉子の智力《ちりよく》が発揮されるのは、目に美しく映る対象に強く興味を喚起された場合に限られるようだった。逆の条件下では激しい嫌悪をしめし、情報の受けいれについていっさいを拒絶する傾向がある。

遠足で石垣島の野底岳《ぬすくだぎ》に登ったとき、不幸にも土砂降りに見舞われてしまった。莉子はひとりはぐれたうえ、雨宿りに寄った山小屋で目にした〝マーペー〟という女性の壁画にひどく怯《おび》えた。風邪をひき発熱していたのも要因のひとつだろうが、絵に睨《にら》まれたといって泣きわめき、教員が搬送しようとすると手足をばたつかせて暴れだした。

こうした莉子ならではの情動を、どのように解釈すればいいのだろう。担任は同僚の教員たちに相談した。職員室で浮かびあがった仮説によれば、おそらく凜田莉子は極度に感受性が強く、すべての原因はそこにあるのではということだった。

過剰なほどセンシビリティに富み、そのせいで内面のバランスを崩している。移り気で学業に集中できず、道端の花に心を奪われて遅刻したり、南十字星の煌《きら》めきに魅せられ真夜中に外をふらついたりする。休み時間にきいた怪談を授業中まで怖がり、周囲に助けを求めまくって教室の協調を乱す。手に余る児童だと担任は感じていた。

それでも、花を見つめる優しさに満ちたまなざし、心底嬉《うれ》しそうな笑顔を見るにつけ、担任はこの女子児童に対し低評価のレッテルを貼れずにいた。

思わぬ英知と機転に驚かされたこともある。

ある晴れた日の放課後、校門の前を白髪頭の男性が自転車で走り抜けていった。その高齢者はなぜか、デスクの引き出しを片手に保持し、もう一方の手で危なげにハンドルを操作していた。

担任は教室の窓からその奇行に目をとめたが、ふいに近くにいた莉子が話しかけてきた。先生、クルマだしてあげて。あの人、急いで船に乗りたいんだと思います。

なぜ見知らぬ島民を送ってあげねばならないのか。担任にはぴんとこなかった。莉子が正しく状況を把握できているとは言いがたい。男性の乗った自転車を放置できないし、そもそも港に向かっていると決めつけるのも正しくない。

けれども莉子によれば、男性はてのひらに瞬間接着剤をこぼしてしまい、そのまま引き出しをつかんだため、剝《は》がれなくなった……と考えられるらしい。石垣島の病院へ行く以外、引き出し持って自転車漕《こ》ぐ理由、ありますか。莉子は真顔で主張してきた。

半信半疑ながら担任は外へ駆けだし、自転車の男性に声をかけた。クルマで送りましょうかと伝えると、男性は心底ほっとしたように、皺《しわ》だらけの顔に笑いを浮かべた。依然、引き出しを片手で保持しつづけるぎこちなさが、莉子の推理の正しさを物語っていた。

車中で男性に話をきいてみると、日曜大工の最中にうっかりしちゃって、そう打ち明けられた。

無事に男性を港に送り届け、学校へ戻ってから、担任は莉子にきいた。どうしてわかったさー。

莉子が静かにいった。おじい《ウブ》さん《サ》、困った顔してたから。

担任は職員室で、校長と教頭にその話を披露した。彼らは凜田莉子の内なる観察眼と想像力を認めなかった。偶然でしょう。九九さえ七の段はさっぱりなのに、そんな頭いいはずないさぁ。誰もがこともなげに笑い飛ばした。

凜田莉子が六年生になり卒業を迎えた春、担任は波照間島を離れることになった。教室で開かれたお別れ会で、ひときわ目を真っ赤に泣き腫《は》らしていたのもまた、彼女だった。

莉子の知性が本物か否か、担任は最後まで結論をみいだせなかった。学力はようやく四年生のレベルに達したばかり、彼女は在学期間中ずっと落ちこぼれのままだった。それでも担任は、いちどたりとも莉子を本気で叱ったりはしなかった。

おそらく永遠に忘れられない存在になる。誰よりも純真で無邪気、すなおな教え子。ときおり覗《のぞ》かせる、不可解でとらえどころのない思考回路と感性。その全容をつかめなかったことが、教師たる自分の限界かもしれなかった。できれば突きとめたかった、凜田莉子の本質のなんたるかを。

これほどまでに複雑かつ多面性に溢《あふ》れた少女を、どうして大人が否定できるだろう。なにゆえ責められるだろう。

担任が島をでる高速艇に乗ったのは、翌朝早くだった。教え子の誰にも会いたくなかった。顔を見たら涙がにじみそうだったからだ。

出航直前、桟橋にひとりの女子児童が見送りに立っていることに気づいた。眩《まばゆ》いばかりに輝く海原を背にして、凜田莉子が大きく両手を振っていた。

莉子は泣きながら声を張りあげてきた。

「台風がきたらいいこともあるって、いまならわかります！　先生が島をでずに済むから。いますぐきてほしいさー！」

現在

樫栗芽依《かしぐりめい》は二十五歳になるまで、沖縄県を訪ねたことがなかった。

当然、地域の常識にもまるで疎い。那覇はともかく、本島の隅々にまで発達した都会の市街地が広がっているとは、想像もしていなかった。

芽依は石垣島に渡った。ところがそこにも、まごうかたなき都市部が形成されていた。電車こそ走っていないものの、マックスバリュもあれば、マクドナルドからヴィレッジヴァンガードまでが建ち並ぶ。

人里離れた、素朴な自然に囲まれた離島に、ひっそりと隠れ住みたいという願いは、いまなお果たされぬままだった。

石垣島からさらに小さな島に渡るにしても、どこを目指せばいいのだろう。竹富島《たけとみ》は近すぎるし、西表島《いりおもて》は日がな観光客が押し寄せる。小浜島《こはま》に至っては広大なリゾートすら有するとわかった。最西端の与那国島《よなぐに》が理想的だったが、今度は遠すぎて高速艇では到達できない。

もう飛行機には乗りたくなかった。空港に戻りたくない。人目に触れやすい場所に身を置くのは危険すぎる。

そんな折、ある面識のない人物からメールが届いた。波照間島を目指せばいい、文面にはそうあった。

アドバイザーとして彼を紹介してくれた知人自体、まるで信用できなかったが、調べてみると波照間ならたしかに希望通りの環境が得られそうだった。石垣港離島ターミナルから一時間の航路。費用は片道三千円。問題なく行ける。

よく晴れた夏の日、芽依は痩身《そうしん》をレイヤード風カシュクール・ブラウスに包み、大きめのキャリーバッグを引いて、安栄観光《あんえいかんこう》の高速艇に乗りこんだ。

定員は十二名だが、ほぼ満席だった。妙に混み合う船内に違和感を覚えたものの、目的地はレジャー・アイランドと趣を異にする。今度こそ、望みどおりの静寂だけが待ち受けることだろう。

海は広大な鏡のごとく全体で光を照りかえす。絶えず目の痛覚を刺激し、正視もかなわないほどだった。空のほうが穏やかな青みを湛《たた》えているあたり、天地が逆転した感さえある。水平線の彼方《かなた》、風船のごとく膨れあがる入道雲に、吹けば飛ぶような無数の綿雲がまとわりついていた。

船体が洋上を跳ねながら疾走していく。キャビン外のベンチ席には、容赦なく波しぶきが降りかかった。そちらにいた乗客があわてぎみに船内へと避難してくる。三十分も経つと、上下の揺れが大きくなった。天井に頭を打ちつけそうだ。

睡眠不足もあってぐあいが悪くなる。『どうぶつの森』ですら数分で3D酔いに陥る身としては、まさに生き地獄そのものだった。近くの老婦が心配顔で「船に乗るときは空腹も満腹も駄目」そう教えてくれたが、いまきいたところでどうにも……。

吐き気すらもよおしてきたころ、ようやく船は減速しだした。淡いオリーブいろに覆われた大地が目の前に隆起している。波照間島に到着した。

桟橋に船が横付けされると、乗客たちが降りていく。芽依もそれに倣《なら》った。

ガイドブックで読んだとおり、港町は存在しない。埠頭《ふとう》に売店と食堂を兼ねた待合小屋がひとつあるだけで、あとは内陸部へと緩やかに上昇する道が延びるのみだ。その先にある集落もごく小規模なものでしかない。まさに純朴の極みというべき、あどけなさに満ちた情景……。

だが、ほどなく勝手が違うと芽依は感じた。

人出が多い。妙に賑《にぎ》やかだった。サトウキビを積んだリヤカーに限らず、レンタカーとおぼしき軽自動車やバイクが何台も繰りだしている。そういえば、船内でみかけた乗客たちも島への渡航に不慣れなようすだった。外からの訪問者がやけに目立つ。八重山地方のなかでは、観光客の人気もいまひとつの島といわれていたはずなのに。まるで祭の様相を呈する盛況ぶりだった。

とりあえず人の流れに沿って坂道を上っていく。葉っぱを豊かにつけた無数の枝が自然の庇《ひさし》となる。木漏れ日のなかを、夏の直射を避けて歩いた。蟬の声は地元の岡山とやや異なったトーンを帯びてきこえる。

島の中心部、集落のひとつに入った。貝やサンゴで築いた垣根が狭い道を縦横に縁どり、赤瓦《あかがわら》屋根の平屋が軒を連ねる。ここも縁日のような人混みだった。島民もみな外にでてきているようだ。

いったい何が起きているのだろう。芽依は、道端に立つ初老の男性に声をかけた。

「あ、あのう……」

男性は訛《なま》りの強い言葉をかえしてきた。「観光客？　あそこへ行ったらいいさー、公民館。八重山そば一杯サービスしてもらえるさ」

観光。芽依はショックを受けた。一見して外から来た人間と見抜かれてしまったようだ。住民に紛れたくて島を訪れたのに。

芽依は手もとのメモを見ながらきいた。「〝うるま家さん〟どちらかわかりますか。〝素泊まりハウス美波〟でも〝民宿たましろ〟でもいいんですけど、近いほう」

「ああん?」男性は妙な顔をした。「どこでもいいって、予約取ってないんなら、きょうの宿泊は無理さぁ」

頭のなかで低く釣鐘の音が鳴った。芽依は呆然《ぼうぜん》と立ち尽くした。

そんな。たとえ夏休みでも波照間島だけは泊まり放題ではなかったのか。

男性がぶらりと離れていった。あわてて追いかけようとした直後、芽依は息を呑《の》んで踵《きびす》をかえした。でっぷりと太った中年の制服警官を目にしたからだった。

この島にも駐在所があるとは。厄介な環境に身を置いてしまったようだ。

雑踏を縫うように警官から遠ざかり、ようやくほっと胸を撫《な》でおろす。周りの声に耳を傾けてみたが、島の人間はみな方言が強烈で、外国語も同然だった。意味はさっぱりわからない。

どうやら孤立状態に……。

沈みがちな気分とともに歩を速める。そのとき、目の前にいた人影にぶつかりそうになった。

「す」芽依はびくつきながら頭をさげた。「すみません。暑くて注意力が散漫に……」

芽依は言葉を失った。その青年は、ほかの島民とはあきらかに異なる色彩を帯びていた。

二十代半ば、長身でスリム。袖《そで》まくりをしたワイシャツを身につけ、ダンボール箱を肩に掲げ運んでいる。ほのかに褐色に染めた髪は今風に伸ばしていて、細面で鼻が高く、顎《あご》も女性のように小さい。『ファインボーイズ』誌でモデルでも務めていそうなルックスながら、いかにも内気でおとなしそうな性格が垣間《かいま》見える。

一瞬にして心を奪われる。芽依はそんな境地にあった。理由はよくわからない。思わず無言のまたたずみ、青年を眺めていた。

青年の涼しい目が見かえした。「だいじょうぶですか。島の人は混雑に慣れてませんから、注意してくださいね」

ごく自然な標準語だった。助かった、そう思いながら芽依はきいた。「きょうはいったい、なんの催しですか」

すると青年は意外そうな顔で見かえした。「ムシャーマですよ。島の盆祭です」

「盆祭……」芽依は絶句した。またよりによって、そんな日に上陸してしまうとは。昼ドラ並みの不運のつるべ打ちだった。

青年がたずねてきた。「まさかここに来るまで、お気づきにならなかったんですか」

「はい。周りの人がいってる言葉もよくわからなくて」

ああ。青年は微笑しながらダンボール箱を下ろし、地面に置いた。胸のポケットから手帳を取りだしてページを繰る。「八重山方言は難しいですよね。僕も勉強中です。知らない単語がでてくるたび、意味を書き留めてます」

しめされた手帳のページには、几帳面《きちょうめん》な字で記入があった。神様はカントゥイ。地霊はナイ。太陽はティダ。手ぬぐいがティサージ。鳥はドゥリで、蝙蝠《こうもり》がカブリィ。

たんなる移住者ではなさそうだった。たしかな職業意識を感じさせる。芽依は青年を見つめた。「失礼ですけど、どんなお立場でここに……?」

「『週刊角川』記者の小笠原悠斗《おがさわらゆうと》といいます」

「祭を取材にいらしたんですか」

「いいえ。この島に滞在してるんですよ。八重山オフィスというのがありまして。僕ひとりが住みこみしてる古民家にすぎないんですけど」小笠原は芽依にたずねる目を向けてきた。「あなたは?」

「樫栗芽依です……」名乗った直後、猛烈な後悔が襲ってきた。

警官の視線も避けて行動しているというのに、正体を明かすなど愚の骨頂だった。自分の不注意さがひどく恨めしかったが、表情にだすのは憚《はばか》られる。

小笠原は気にしたようすもなくいった。「ムシャーマは、豊年祭と盆行事を併せた催しです。朝から三つの組のミチサネーが、公民館を目指して歩を進めてきて……」

「ミチサネー?」

「仮装行列のことです。ほら、あれですよ」

小笠原が指差したほうに、芽依は目を向けた。白い布袋の仮面に黄色い和服という、インパクトのある外見のキャラクターに率いられ、浴衣《ゆかた》姿の幼女たちや、阿波《あわ》踊りを髣髴《ほうふつ》とさせる舞踊団がつづく。秋田のナマハゲに似た仮面をかぶり、草木をまとった男たちも現れたが、こちらは下にジャージを着ているあたり、どのていど本気なのかよくわからなかった。

芽依は圧倒されていた。「独特の扮装《ふんそう》ばかりですね」

「先頭はミルク神です。弥勒《みろく》の八重山訛《なま》りといわれてます。それぞれの集落にひとりずつミルク神がいて、後ろの女の子たちはミルクの子という役割だそうです。これは西組の行列ですね」

行列の後半には異様な男たちの群れがあった。全身を黒塗りにし、蓑《みの》を腰に巻いている。芽依はきいた。「あれは……? アフリカ先住民のつもりとか?」

「波照間は最南端の有人島ですけど、むかし島民は海の彼方《かなた》に南波照間《パイパティローマ》という島があると信じてたそうです。そこへ行けば琉球《りゅうきゅう》王府の圧政から逃れ、自由な暮らしができると希望を抱いてたとか」

「へえ。さすが記者さん、お詳しいんですね」

「とんでもない。この島出身の、物知りな女性の請け売りですよ」

「女性……」

「さっきまでそこにいたんだけど、どこにいったかな。ゆうべから祭の手伝いに駆けずりまわってて、居場所がころころと……。あ、いた」

公民館の入り口付近に、異彩を放つ女性の存在があった。白のマキシワンピースをまとった、ゆるいウェーブのロングヘア。催し物の小道具らしき品々の準備に追われている。

年齢は二十代前半。ほっそりと痩《や》せていて、腕も脚も長く、モデルに見まがうようなプロポーションの持ち主。顔は驚くほど小さく、猫のようにつぶらな瞳《ひとみ》が特徴的だった。少女のようなかわいらしさと、妙に大人びた美人の横顔が混ざりあった、どこか個性に満ちた面立ち。

女性は、かりゆしウェア姿の痩せた中年男性にいった。「お父さん。フサマラーのお面、塗装が剝《は》げたままさー。修理請け負ったのお父さんでしょう?」

父親らしきその男性は、早くも酔っ払っているような赤ら顔で応じた。「お、おう。いったん塗り直したんだけどな。陽の光にあてて乾かそうと地面に置いといたら、椰《や》子《し》の実が落ちてきて当たっちまって。ヤシガニのせいさぁ」

「ヤシガニは夜行性だってば。昼間は実を切り落としたりしないの」

「そ……そうだよ。置いといたのは夜さー」

「いま陽の光にあてたとか言ってなかった?」

「こりゃまいった。一本とられたな。おめえ、本当に俺の子か。ちっちゃいころは俺に似て馬鹿だったのに。皿うどんとサラウンドの区別もつかなかったじゃねえか」

周りの島民から笑い声が沸き起こる。女性も苦笑ぎみに視線を落とした。

「いいわ、待って」女性は待機中の少年にそう告げると、下に置いた袋から絵の具の箱と筆を取りだした。

新しく塗り重ねたら、前の塗装と違和感が生じるのでは。芽依はそう思ったが、ロングヘアの女性は仮面をじっと観察してから、いくつかのチューブから絵の具をひねりだし、混ぜ合わせて塗りだした。

驚いたことに、元の色との差異はまったく生じず、仮面は新品のごとく蘇《よみがえ》った。女性が手渡すと、少年は嬉《うれ》しそうに受け取り走り去った。その背に女性が呼びかける。

塗ったところ、十分ほどは触らないようにね。

父親がからかうような口調でいった。「また無料サービスか。感心しねえな。鑑定も一律、五千円ぐれえは取るようにしとくべきさぁ」

女性は呆《あき》れ顔で見かえした。「いいから、公民館のテントの下で休んでてよ。泡波の飲み過ぎには注意して」

やんわりと追い立てられ、父親が頭を掻《か》きながら姿を消していく。小笠原は女性に歩み寄った。「莉子さん。……いや、凜田さん」

いったん名前で呼んだのに、苗字で言い直した。人前では礼節を重んじようとする意思が垣間《かいま》見える。よそよそしさではなく、逆に親密ぶりがうかがえる態度に思えた。

やはりつきあっている女性がいたのか。軽い失意を覚えた直後、芽依は自分の心境に面食らった。出会ったばかりの男性に好意を抱くなんて。いまはとてもそんな場合ではないのに。

いや。追い詰められた状況ゆえ、頼りになる存在を求めているのかもしれない。彼のおとなしく控えめな口調と思慮深い態度も、好ましく思える理由に含まれるのだろう。

小笠原が紹介した。「こちら、観光でお見えになった樫栗芽依さん」

またわたしの名前を知る人がひとり増えた。困惑を覚えていると、女性がにっこりと微笑んで頭をさげてきた。初めまして、凜田莉子といいます。

さらりとした態度は清潔感に満ち、嫌味のかけらもなかった。初対面の相手との会話に伴う他人行儀なやりとりを回避でき、芽依は安堵《あんど》とともに思わず笑った。こちらこそ、そういった。

周囲を浴衣姿の子供たちが駆けまわっている。大人がくれた花火の束を男の子が独占してしまい、女の子が追いかけながら訴えている。わたしにもちょうだい。だが男の子は、聞く耳を持たないようすだった。

花火。そうだ。芽依はキャリーバッグを開けて、おさめてあったポーチを取りだし、なかをまさぐった。

ビニール袋に五本入りの線香花火のセット。岡山をでる前に買い、そのままになっていた。芽依はそれを引っ張りだし、女の子に声をかけた。「ねえ、これあげる」

女の子は目を丸くしたが、ミーファイユーといって笑った。花火を受け取るや、遠くへと駆けていった。

芽依はつぶやいた。「ミーファイユー?」

莉子が穏やかに告げた。「ありがとうって意味ですよ」

小さな背を見送りながら、芽依は立ち尽くした。

ほんの数日前だというのに、ずいぶん昔に思える記憶。脳裏によみがえってくる。週末には、友達のマンションへ遊びに行く予定だった。広いバルコニーがあるときいていたから、コンビニで少量の花火を買っていくことにした。

衝撃的な事態に見舞われる、まさにその一日前まで、わたしはいつもと変わらない時間を過ごしていた。運命が急変するなんて夢にも思わず、ただ日常に明け暮れていた……。

「樫栗さん」小笠原の声がぼんやりと意識にしのびいってきた。「だいじょうぶですか」

「え？」芽依は我にかえった。「あ、はい。ごめんなさい、なんだかぼうっとしちゃって」

莉子が笑顔で告げてきた。「西日本にお住まいなんですね。急いでご旅行にでられたとか？」

どきっと胸が高鳴る。芽依はきいた。「な、なぜ？」

「いまの線香花火、長手じゃなくスボ手牡丹《ぼたん》だから関西向けです。製造元は筒井《つつい》時正《ときまさ》玩具《がんぐ》花火《はなび》製造所《せいぞうしょ》。ポーチのなかで、いろんな物の下敷きになってたらしく、ビニール袋が潰《つぶ》れぎみでした。島で遊ぶために持ってきたんじゃないんでしょう」

ああ……。なんと鋭い観察眼だろう。いまや極秘にすべきプライバシーを、あっさりと見透かしている。あるいは、わたしのガードは不充分に過ぎるのかもしれない。

しばしの沈黙ののち、莉子が戸惑いのいろを浮かべた。「申しわけありません……。なにかお気に障りましたか？」

「いいえ」芽依はあわてて否定した。「ご名答だったのでびっくりしちゃって」

また自己嫌悪に陥る。正解を認めてどうする。むろん、いまさら否定するのも、ひどくしらじらしい猿芝居に思えてならない。どんどん窮地に追いこまれていく。

小笠原がうながしてきた。「西組のミチサネーも到着したし、公民館のほうで出し物が始まりますよ。行きましょう」

芽依は冷や汗をかきながら、いざなわれるままふたりにつづいた。波照間公民館と刻まれた門柱の脇を通り過ぎる。

コンクリ製の建物の前は広く開けていて、そこかしこに白いテントが設けられ、体育祭当日の校庭を連想させた。特設の舞台では、喜劇調の狂言らしき演目がおこなわれている。めくりによれば題名は〝一番コンギ〟というらしいが、またしても方言が強いため、芽依には何をいっているかわからなかった。

次いで鳩間節《はとまぶし》、五月雨節なる舞踊。そこからは舞台ではなく広場中央に移り、沖縄テイストに溢《あふ》れたデザインの獅子舞《ししまい》が激しく動きまわる。さらには槍術《そうじゅつ》の演武まであって、異国文化さながらの祭典に思えた。ずいぶん遠方まできている、芽依はあらためて自覚した。

やがて、広場には畳が運びこまれた。その上に二枚の座布団が並べられる。目つきの鋭い髭面《ひげづら》の中年男性が、そのうちの一枚に腰を下ろし、胡坐《あぐら》をかいて座った。

別に進行役らしき男性が近くに立ち、観衆に呼びかけた。「こちら、東組の翁長《おなが》さんは、去年まで三年連続でツブリの覇者です。どなたか、挑戦者はおられませんか」

野次馬はひそひそと小声で会話しあっている。異様な気配に、芽依はつぶやいた。

「何が始まるんですか?」

小笠原がささやいてきた。「心配いりません。クイズゲームみたいなものですよ。ツブリってのは八重山方言で、頭を意味します。琉球時代から伝わる娯楽なんだとか」

「ふうん……」

「ただし、少しばかり荒っぽいところがありますけどね」

どういう意味だろう。芽依が訝《いぶか》しげに思っていると、進行役は参加希望者が現れないことに業を煮やしたらしい。じれったそうに声を張った。島内のかたでもいいですよ。どうかご参加ください。

すると翁長が首筋を掻きむしりながら吐き捨てた。「無理だろ。この島の連中はろくに勉強もしてないさぁ。内地行って本格的に学問に取り組んだのは俺ぐらいさー。勝負にならねぇ」

見下すようなその態度に、島民たちがいっせいに表情をこわばらせた。けれども、苦言を呈するまでには至らない。若者たちが無言で視線を泳がせる。反応から察するに、翁長なる男性の言いぶんは正しいのだろう。

ところがそのとき、凜田莉子が広場の中央に向かい歩を踏みだした。

「り」小笠原が面食らったように声をあげた。「莉子さ……いや、凜田さん。よしなよ」

莉子は制止に応じるようすはなかった。群衆にざわめきがひろがるなか、莉子は靴を脱いで畳にあがると、翁長と向かい合わせに正座した。

芽依は唖然とした。凜田さん……。おとなしそうに見えて、じつは負けん気の強い性格なのだろうか。

翁長が目を瞠《みは》った。「あんたは？　見かけない顔だな」

「前組の凜田です」莉子は落ち着き払った声で告げた。「五年ほど外にでてたので、ムシャーマにも不参加でした」

「五年……。ああ、あの呑《の》んだくれの凜田ん家《ち》の娘か！」

「父をご存じですか」

「知り合いじゃねえさー。でも、おばあの世話になってばかりのぐうたら親父がいる、前集落の凜田さんっていえば有名さぁ。親父にいっといてくれねえか、ちゃんと定職に就けって。島の財政がひっ迫してんのに、無職を遊ばせとく余裕なんかないさー。だから竹富町のゴミ収集も有料になったさ」

嘲笑《ちょうしょう》に似た笑い声が沸き起こる。芽依は、向かいのテントの下にいる莉子の父親を見つけた。父親は小さくなって人の陰に隠れている。酒に酔っていても批判には敏感らしい。

芽依は小笠原にささやいた。「クイズ対決なら、凜田さんが負けるはずなくない？」

小笠原は硬い顔のままだった。「いや……。ツブリには特殊なルールがあるんです」

進行役が大きな杯《さかずき》をふたつ運んできて、莉子と翁長、それぞれの前に置いた。杯には無色透明な液体がなみなみと注がれていた。ふたりは杯を両手で持ちあげ、中身を飲みだした。

水分補給には量が多すぎるだろう。芽依は疑問を口にした。「なんで水を?」

すると小笠原がいった。「水じゃないんです。泡波ですよ。それもストレート。口あたりはいいんですけど、三十度のアルコールでね」

「ま、マジで?」芽依は驚嘆せざるをえなかった。「日本酒をガブ飲みしてるわけ?」

「酔っても頭の冴《さ》えを維持する根競《こんくら》べってのが、ゲームの趣旨らしくて」

莉子は翁長よりも時間をかけて泡波を飲んでいた。翁長は野次を飛ばした。まだか。待ってるうちに歳くっちまうさぁ。

ようやく莉子が杯を畳の上に戻した。酒には強くないらしく、さも辛《つら》そうに視線がさまよう。

進行役がメモ帳を取りだし、文面に目を落としながらいった。「出題させていただきます。先に発明されたほうを挙げてください。ライター、マッチ」

すかさず翁長が声を張りあげた。「マッチ!」

どうやら、二択の問題に対し、解答権は早い者勝ちらしい。どちらかが先に答えたら、もうひとりは残ったほうを選択せざるをえなくなる。そんなルールらしかった。

芽依は肝を冷やした。正解は当然、マッチだろう。対決は凜田さんの負けか……。

莉子がぼそりと告げた。「ライター」

仕方なく口にしたに違いない。芽依はそう思った。観衆にも諦《あきら》めのムードが漂いだしている。

進行役が真顔で告げた。「両者答え出揃いました。正解を申しあげます。ライターです」

見物人はいっせいにどよめいた。芽依も思わず小笠原と顔を見合わせた。

翁長が目を剥《む》いて進行役を睨《にら》みつけた。「なんだと。馬鹿いえ!」

「い、いえ」進行役はたじろぎながら応じた。「本当です。間違いありません」

莉子がつぶやいた。「ライターは十七世紀末の発明。マッチのほうは一八二七年」

芽依には、時間が静止したかに感じられた。信じられない。莉子の勝ちだ。

喜びの声をあげようとしたが、周りは無反応だった。小笠原も険しい面持ちで黙りこくっている。

どうしたのだろう。不可解に思っていると、ふたたび杯が運ばれてきた。今度は、莉子の前にのみ置かれた。莉子が杯を取りあげて、苦悶《くもん》の表情とともに呷《あお》る。

「な」芽依は開いた口がふさがらない思いだった。「なにしてんの。どうして凜田さんが罰ゲーム?」

小笠原が深刻そうに告げてきた。「一回勝負じゃないんだよ。正解したほうにはご褒美として泡波が与えられる。ハンデというべきかな。それを飲み干さないと次に進めない」

「次って……」

「三勝しなきゃ終わらない。酔いつぶれてギブアップしたら無条件で負けになるし」

「そんな！　無茶苦茶じゃん。いまどき、会社の歓迎会でも一気飲みは禁止でしょ」

「だから参加すべきじゃなかったんだよ」

芽依は呆然《ぼうぜん》とせざるをえなかった。

わたしたち、いつの間にか丁寧語《ていねい》を忘れて会話している……。頭の片隅でそんなことを考えていたが、いまはさして重要でもなかった。目の前でひとりの女性が身を危険に晒《さら》している。

小柄で痩身《そうしん》の莉子にとって、二杯目の泡波は過酷に違いなかった。それでも一気に干すと、前のめりになって杯を置く。顔面は紅潮し、目がうつろになっている。息遣いも荒くなる一方だった。

広場の空気がしだいに張り詰めていく。誰もが固唾《かたず》を呑んでふたりを見守った。

進行役は、ワレモノを梱包《こんぽう》するときに使うビニール製の気泡緩衝材を取りだした。

俗にいう〝プチプチ〟だった。「元来これは、包装紙でしょうか。それとも壁紙ですか」

翁長が間髪をいれずいった。「包装紙！」

莉子のほうは目を閉じうつむきながら、喘《あえ》ぎがちにささやいた。「壁紙……」

沈黙が漂うなか、進行役が咳《せき》ばらいとともに告げた。「両者答え出揃いました。正解は、壁紙でした」

喧騒《けんそう》が大きくなる。翁長が愕然《がくぜん》とした表情を浮かべる一方、莉子は肩で息をしながら、いまにも突っ伏しそうな表情で耐えているようすだった。長い髪が静かに風にそよいでいる。

また運ばれてきた杯に手をつける。莉子は顔を真っ赤にし、ひたすら泡波を飲みつづけた。

杯が畳の上に戻されたとき、莉子は失神寸前に見えた。両手を前につき、ともすると倒れこみそうな儚《はかな》げな動態をしめしている。

小笠原が駆け寄ろうとし、年配の男性がそれを押し留《とど》める。行く手を阻まれた小笠原は猛然と抗議した。どいてください、彼女はもう限界です。

周りに人が続々と集まりだし、混乱の様相を呈してきた。どうしよう……。芽依がうろたえているうちに、進行役はメモ帳に向き合った。次の出題に入るらしい。

進行役がいった。「染色体の数が多いのは、ジャガイモと人間、どちらでしょうか」

翁長は口をつぐんでいた。警戒するような目つきを莉子に向けている。

彼が去年までの覇者だとすると、今年のツブリはよほど捻《ひね》った問題がつづいているのだろう。即答して相手にチャンスを与えるより、ミスを誘う作戦のほうが有効、翁長はそう判断したようだ。

莉子はせつなさに満ちた、嗄《か》れた声の響きでささやいた。「ジャガイモ……」

すると翁長は、本来考えていた答えを選べて満足したらしい、にんまりと笑いを浮かべて告げた。「人間」

進行役の声が広場にこだまする。「両者答え出揃いました。正解は……」

静謐《せいひつ》たる空気が辺りに蔓延《まんえん》した。ミルク神も獅子舞《ししまい》も、群衆のなかで息を潜めて勝負の行方を見守っている。

やがて進行役の声が力強く発言した。「ジャガイモです!」

なんと、人間よりジャガイモのほうが染色体の数が多いのか。クイズ対決は莉子のストレート勝ちだった。

直後、わあっという歓声がひろがった。見物人は津波のごとく畳に押し寄せていった。立ちこめる砂埃《すなぼこり》のなか、万雷の拍手が響き渡る。

芽依は小笠原とともに、人を掻《か》き分けながら畳に駆け寄った。意識せずとも、いつの間にか波瀾《はらん》に身を投じていた。静観などできない。彼女の身が心配だった。

観衆の祝福のなかで、翁長はうなだれ、莉子のほうは父親の手を借りてふらつきながら立ちあがった。

ひときわ大きくなる喝采《かっさい》に包まれる莉子のもとに、小笠原が近づき呼びかけた。

「莉子さん！」

莉子はやたらと血色のいい顔をあげると、焦点のさだまらない目で小笠原を見かえし、次いで芽依にも視線を向けてきた。

「あー」莉子はぼんやりとした顔で声をあげると、大きな瞳《ひとみ》に涙をにじませながら、力なく笑いだした。「ジャイアン、飲んジャイヤン。あははは……」

周りの誰も笑わない駄洒落《だじゃれ》にみずからウケながら、莉子はぐらっと後方に揺れると、そのまま仰向けに地面に転がった。

どよめいた人々が助け起こそうといっせいに手を差し伸べる。小笠原はひざまずき、必死に呼びかけている。莉子さん、しっかりして。

芽依はひたすら呆然とせざるをえなかった。なんてエネルギッシュでクレージーな風習。そこに躊躇《ちゅうちょ》せず、真っ向から勝負を挑んだ彼女。立派というべきか何というべきか……。いずれにしても、わたしはとんでもないところへ来てしまった。

日没後

凜田莉子が目を覚ましたとき、外はもう暗くなっていた。

黄昏《たそがれ》どきを迎えた藍《あい》いろの空が、アマハジと呼ばれる大きな庇《ひさし》の向こうに覗《のぞ》いている。縁側に面したサッシは開いたままだ。消灯した室内の暗がりで、莉子は琉球畳の上に敷かれたフトンに横たわっていた。

うっすらと浮かぶ天井材の木目には見覚えがある。実家の向かい、わたしひとりが店舗として借りている古民家だった。

店といっても、玄関先にデスクをひとつ据えているにすぎない。ここは資料室兼居間として用いている部屋だった。壁ぎわの書棚に本が詰めこんである。吹きこむ生温かい風と、それに運ばれてくるスズムシの声に混ざり、印刷物が放つインクの香りがかすかに漂う。

島の集落では年々、空家が増える一方で、自治体もテナント物件として賃貸利用することを推奨している。とはいえ、この辺鄙《へんぴ》な立地では外から店を開きにくる人は数少ない。わたしの店も、島民の道楽にすぎないとみなされているのだろう。来客もなく、ずっと眠りつづけていられたことが、商売として成立していない証《あか》しに思えた。

いつから寝ていたんだっけ……。そうだ、きょうはムシャーマだった。ツブリに参加した。それからどうなったのだろう。いまに至るまでの記憶がない。

けれども、何が起きたかは容易に想像がつく。ずきずきと痛む頭が物語っている。アルコールに強いほうではないのに、泡波を一気飲みしてしまったらしい。いずれ酒が抜けてくれれば、詳細を思いだすだろう。

閉じた目もとに片手の甲をあてがい、ため息をつく。床が洋上の船のように揺れて感じられた。落ち着くまで時間がかかる。もうひと眠りしたほうがいいかもしれない。

実家のほうから、かすかに笑い声がきこえてくる。ずいぶん賑《にぎ》やかなようだった。ムシャーマの夜だ、朝まで宴会コースだろう。

近づいてくる足音がした。玄関前の石塀《ナーフク》を迂回《うかい》して、縁側に近づいてくる人影がある。

父、凜田盛昌《セイショウ》が庭から家のなかを覗《のぞ》きこみ、能天気な声で呼びかけてきた。「莉子、起きてるか。いまからみんなでメシさー。お客さんも来てるぞ。なんていったっけ、樫栗芽依さんだったか」

　樫栗芽依……。記憶の断片が表層に浮かびあがってくる。昼間出会った観光客だった。

　ツブリに臨む寸前の光景が蘇《よみがえ》った。去年までの覇者だという東組の男性が、島民ばかりかお父さんまでも侮辱した。わたしはむっとして、勝利への誓いを心に刻んだ。

「ったく」盛昌が冗談めかした口調でいった。「馬鹿な真似するな。あんな奴は、いわせときゃいいさー。かっとなったほうが損をする」

　父にありがちな物言いだったが、心外なひとことでもあった。褒《ほ》めてくれとはいわない。でも、突き放したような態度はなにか違う、そう思った。

　お父さんのためにも頑張《がんば》ったのに。

　本当は自分の憤りを抑えるため、ゲームに臨んだのかもしれない。それでも、父への貢献を無視されたのでは、ふてくされるほかない。莉子は泣きたくなる衝動を堪《こら》えながら、寝返りをうって父に背を向けた。「知らない」

「莉子」盛昌は咎《とが》めるようにいったが、父の威厳はとうに失われていると自覚したのだろう、ため息とともに告げてきた。「わかった。悪かったさぁ。いま、お母さんに叱られたばっかりでな。莉子が引くに引けなくなったのは俺のせいだって、あれがもう怒りまくるもんだから。思わず莉子にあたっちまった。ごめんな」

ふいに謝られて、憤慨の行方が判然としなくなり戸惑う。とはいえ、不快感を伴うことばかりではない。ほっとした気分と、ほのかな温かさがこみあげてくる。

いや、この感覚はアルコールによる胸焼けでしかないようだ。全身がいまだ気だるさに包まれている。莉子は横たわったままつぶやいた。「樫栗さん、島に泊まるの？」

「ニシ浜の南端荘《なんたん》さんが、ひと部屋あいてるって連絡くれたさー。でも素泊まりの宿だから、うちで飯食ってけといってやってね。宴会に呼んださ」

この島に限らず、八重山地方ではよくあることだった。知り合ったばかりの観光客を招きいれて、ひと晩寝泊りさせてしまう。都会では考えられないもてなしは多くの人を驚かせるが、それが島民のごくありふれた感覚だった。

莉子はきいた。「悠斗さんは？」

「悠斗って、小笠原君のことか？　おめえ、そんなふうに呼ぶ仲になったのか」

「お父さん」

「ああ、わかったわかった。小笠原君も宴会にでてるさぁ。すぐ隣りの古民家借りて、八重山オフィスだとか看板掲げてるんだからな。いつでも帰って寝られるだろうよ」

「……そう」

「おめえもこの店の名前、ちょっと考えたらどうだ。万能鑑定団Qなんて、おおげさすぎるだろ」

「団じゃないってば」また頭が痛くなってきた。莉子はささやいた。「東京でバイト先の店長さんが考えてくれた名前なの。せっかくだから大事にしたい」

「そんなこといって、少しばっか物知りになったからって、万能なわけないさー。島に逃げ帰る羽目になったのに、まだ見栄《みえ》張ってんのか」

「もう!」苛立《いらだ》ちがこみあげてきて、莉子は語気を強めた。「そんな話はたくさん。向こうへ行ってよ」

しばしの沈黙があった。不器用さを絵に描いたような父の、当惑ぎみの声が耳に届く。「宴会、始めてるからな。おばあも来てるさー。莉子も、よかったら来いよ。二日酔いは迎え酒で治ることもあるさぁ」

とんでもない理屈だった。莉子は無言を貫いた。なにかいえば、また売り言葉に買い言葉でひと悶着《もんちやく》生じそうだ。いまはさすがに持久力を保てそうになかった。

やがて父の靴音がゆっくりと遠ざかっていった。スズムシと風鈴の二重奏のなかに消えていく。遠方に三線《サンシン》の音も加わりだした。弾き手は母、優那《ユナ》だろう。

部屋のなかに風が循環しているのか、足もとから流れこんできて、ワンピースのなかに宿る。

肌を撫《な》でていくひんやりと涼しい感触に包まれながら、莉子は暗い天井を見あげていた。

勉強のできなかった落ちこぼれのわたしが、泣いたり笑ったりしているうちに、多様な知識を身につけていた。家族や周りの人々を仰天させたことで、初めて認識できた。強い感受性が記憶力につながっていたことを。

でも総じてみれば、わたしは人並み以下のままだったのかもしれない。経営は素人だったし、飯田橋《いいだばし》に開いた店も維持できずじまいだった。実家に帰って、隣りの古民家を借りて、同じ店名の看板を飾ろうとも、それは商《あきな》いの真似事にすぎない。

少しばかり美術鑑賞のセンスが評価されたからといって、鑑定家になろうなんておこがましい決断だったに違いない。

ふいに涙がにじみだした。視界に映る天井や、庇の奥にひろがる夜空を揺らがせる。

わたしは子供だった。感じやすいと言い訳したところで、未発達な内面を抱えていることに無自覚ではいられなかった。わたしはいまだに、夜の訪れを恐れる。ひとりで眠るときがくるのを、心底怖いと思う。いまのように両親がすぐ近くにいるとわかっていれば安心できるが、そんな衝動自体が子供じみていた。

論理的に考えれば、闇とは無明、ただ光がないことをのみ意味している。暗がりそのものが危害を加えてくるわけではない。それでも恐怖は払拭《ふっしょく》できない。ルーヴルのスタッフが臨時学芸員に指名してくれたなんて、いまから思えば夢のような出来事だった。実際、夢か幻だったようにさえ感じられてくる。

千載一遇の機会だったのに、不条理な恐怖心に負けた。暗闇に怯《おび》えるに等しい幼稚な感情の乱れが、学んだはずの技能を大きく減退させた。坂を転げ落ちるような失敗、敗北。心に残る深い傷跡がいまも疼《うず》く。

帰郷は不安を伴った。世間知らずだったわたしは、島を豊かにしようなどと大志を抱いて、成功を夢みて上京した。なにもわかってはいなかった。いまの自分を晒《さら》したとき、両親はどんな顔をして迎えるのだろう。心配でたまらなかった。

けれども、ひとたび島に帰ってしまえば、そこには昔となんら変わらない質朴な暮らしがあるだけだった。わたしが夢破れたのを知りながら、誰もことさらに励まそうとする姿勢を強調してこない。その自然な空気こそがなにより癒《いや》しに思えた。五年ぶりに故郷と一体化できた自分が嬉《うれ》しかった。帰る場所は、過去に消えたりはしていなかった。まだここに存在していた。かつての記憶のままに。

島に帰ってきてからは、ずっと楽しい日々がつづいている。悠斗さんがごく近くに移り住んできたことも、挫折《ざせつ》感を和らげる一助になった。

それでも胸にぽっかりと開いた穴のような虚無を、いまだ心のどこかでは捨て置けずにいる。

内地をめざした友達はみな、里帰りして家業を継いでいた。互いに指摘し合わずとも、内なる失意に共感しあっている。わたしもそのなかのひとりにすぎなかった。

思いがそこに及んで、泣くのを堪えきれなくなった。頬をつたう涙を拭《ぬぐ》うこともなく、莉子は目を閉じた。

うまくいかなかった。努力したのに果たせなかった。

潮風が乾かすにまかせよう。島暮らしに戻ってから毎晩そうしてきたように。

撤収のとき

朝九時を迎えた。職場を開ける時間だった。

小笠原悠斗は二日酔いに伴う食欲不振を覚えながら、ワイシャツとスラックスに着替え、襖《ふすま》の向こうにでた。

板の間にたったひとつの机と書棚、固定電話。それらが『週刊角川』八重山オフィスのすべてだった。建物が安く借りた古民家にすぎない以上、室内も書斎然としているが、記事を書くのに支障はない。

表の掃き掃除もしないとな。悠斗は物置からホウキを取りだし、ナーフクをまわって門の外にでた。〝週刊角川　八重山オフィス〟の小さな看板を、まっすぐに正す。

腐食に強いサンゴでできた垣根が、隣りの古民家までつづいている。そちらも空家で、テナントとして店が入居している。看板には、万能鑑定士Qとしたためてあった。

彼女の実家とは、はす向かいの位置関係にある。都内にいたころよりはずっと楽に店を維持できているだろう。

もっとも、彼女が現状に満足できているかどうかは未知数だった。たしかに莉子は明るく笑いながら島民と接し、日々楽しげに振る舞っている。けれども、ときおりふとみせる寂しげな横顔はなんだろう。思い過ごしだといいのだが。

近づいてくる足音があった。樫栗芽依が近づいてくる。「小笠原さん。おはよう」

芽依はゆうべ旅の疲れもあったのか、宴会を早々に中座し、南端荘に帰るといった。莉子の母、凜田優那が軽自動車で送っていったらしい。睡眠をとって回復できたのだろう、顔いろもきのうよりよさそうだった。

悠斗は笑いかけた。「おはようございます。もう出発するの？」

「いえ。お祭も終わって、きょうからはどの宿も空《す》いているみたいなので……。このまま南端荘さんにお世話になるつもり」

「ふうん。ロングステイの予定とか？」

芽依がなぜか困惑ぎみに目を瞬《しばた》かせる。視線が悠斗の肩越しに門柱へと向けられた。

「八重山オフィス……。ここが小笠原さんの仕事場かぁ」

「いちおうスーツを着るよう義務づけられてるんだよ。ひとりだけの職場でも」

「ふうん」芽依は垣根を眺め渡し、やがて隣りを見つめて静止した。「万能鑑定士

Q？」

「莉子さんの職場」

「まだ休んでるのかな」

「たぶん。いつもは七時起きだけど、けさはさすがに伸びてるかも」

「小笠原さんは、凜田さんとは……。そのう、知り合って長いの？」

「期間はそれほどでもないけど、体感的には長く感じてる。濃い日々がつづいたから」

「濃いって」芽依が真顔になった。「どんなふうに」

「すごく頭がよくて、鑑定の能力も高くて、いろんなことを解決しちゃうから。僕のほうも取材し甲斐《がい》があるんだよ」

「あー、なんだ。そういう意味かぁ」芽依は心底ほっとしたように笑うと、ゆっくりと立ち去りかけた。「それじゃ、南端荘へ戻るので」

「気をつけてね」悠斗は見送りながら、いましがた芽依がしめした反応の意味を考えた。

ふたりの関係を気にしているとか？　まさか。きのう出会ったばかりなのに、そこまで興味を持ったりはしないだろう。

悠斗はふたたび、万能鑑定士Qの看板を掲げた古民家を見やった。

この島に住むことになったきっかけは、会社の人事だった。ひところ『週刊角川』の売り上げ部数を左右するほどの人気記事になった、凜田莉子の活躍ぶり。彼女が里帰りを決心するや、編集長は記者を派遣することに決めた。ほどなく悠斗に白羽の矢が立った。

しかし悠斗が異動を受けいれた理由は、もっと個人的なものだった。彼女との距離が狭まりつつあると感じていたからだ。彼女もこちらの思いを受けいれてくれている、そう思う……。

都会にいたころと違い、彼女も暇を持て余しているせいか、一緒に会話する機会が増えた。海岸までふたりで散歩するのは、よく晴れた昼下がりに欠かせない日課となっていた。

幸せかと問われれば、このうえないと答えられる。胸を張ってそう告げられる。けれども、後ろめたさに似た奇妙な体裁の悪さを感じるのもたしかだった。

彼女ほどの才能をこの島に封じこめたままでいいのだろうか。帰郷がいかに本人の固い意志に基づくものだとしても。

電話が鳴っていると気づいた。古民家、いやオフィスのなかからきこえてくる。悠斗は職場に駆けこんだ。ホウキを垣根に立てかけて、縁側から室内にあがる。

デスクの上の受話器をとった。「『週刊角川』八重山オフィス、小笠原です」

「おう」野太い声の響き、編集長だった。「小笠原。俺だ」

「ああ、荻野《おぎの》さん。おはようございます」

「辞令だ。八重山オフィスは閉鎖。東京に戻れ」

「……はい？」

「出向からずいぶん経って、記事にできる原稿は皆無ときてる。凜田莉子さんはどうした。国際的に名の知れた〝贋作《がんさく》界の帝王〟すらムショ送りにした女の子だぞ。なのに、そっちへ帰ってからはさっぱりだ」

「東京とは違うので……。先週、凜田さんは台風でばらばらになった瓦《かわら》を持ち主の家に返すのに貢献してましたよ。三軒の家の瓦が混ざってどれも同じに見えたのに、凜田さんが仕分けたとおり屋根に戻してみると、きちんとパズルのピースのようにおさまったんです。さすがです。来週あたり、原稿に書こうかと思っていたところです」

「うちはニコリの『パズル通信』じゃねえんだ。そんなの見出しに掲げて、部数が伸びると思うか。記事にならないのなら離島での滞在なんか、経費の無駄使いだろが」

悠斗はあわてながら弁明した。「いまは平和な時期がつづいてるだけかもしれません。そのうちなにか大きな事件の兆候でもあれば、記者の勘にしたがってそこに出向いてですね……」

「記者の勘だと？　おまえ俺より年上か何かか。Ｂ３でコピーしろといったら地下三階へ走るおまえが、記者の勘だ？　ファックス送るから、その日程で家具の配送を始めろ。月末までに完了しろよ。来月以降の家賃は経費で落ちんからな」

「ちょ、ちょっと待ってください。あまりに突然すぎますよ。こっちにもいろいろ段取りってものが」

「いま取材中の案件でもあるのか？」

悠斗は言葉に詰まった。

追いかけている取材対象など、差し当たっては存在しない。莉子のプライベートについても書く気はないから、実際のところネタに困っていなかったといえば嘘になる。

それでも、波照間島を離れるのには強い抵抗がある。莉子は今後も島で暮らすと心に決めている。都内の本社勤務に戻ったら、二度と会えないに等しい。

編集長も承知のうえで配慮してくれたと解釈していた。しかし、そんな考えは甘えが過ぎたかもしれない。実績のあがらない部署は、会社として維持できないのだろう。

結局、責任は八重山オフィスをまかされた自分にある。そう痛感せざるをえなかった。

悠斗はいった。「確実に記事になるレベルの取材をおこないますから」

「……本当だな？」荻野の声は訝《いぶか》しげな響きを帯びていた。「内容によってはオフィスの存続を考えてやらんこともない。どんな案件だ？」

「またご報告します。すぐでかけますので、失礼します」悠斗はそういって受話器を戻した。

思わずため息が漏れる。反射的に大口を叩《たた》いてしまったが、嘘を誠にするには困難な環境に違いなかった。

ともかく、じっとしてはいられない。悠斗は縁側で靴を履き、外へと駆けだした。

自然に万能鑑定士Qの看板に目が向く。

……たとえ深刻な事件が発生したとしても、彼女を巻きこみたくはない。謎を解き明かす能力はあっても、それは彼女が持ち前の強い感受性により獲得しえた知性だ。めざましい能力には副作用があることを、悠斗は知っていた。

莉子は人一倍、怖がりだった。理不尽なことであっても、ひとたび恐怖を感じれば冷静ではいられなくなる。ゆえに彼女を怯《おび》えさせたくはない。

緊迫と無縁の、生まれ育った島で両親とともに暮らすことが、やはり彼女にとって最善な選択かもしれなかった。

悠斗は莉子の職場に背を向け、小道を駆けだした。取材のネタは自分ひとりで見つけよう。いつまでもこの島に留《とど》まるために。

霞《かすみ》が関《せき》二丁目

できることなら絵画の贋作《がんさく》事件などに関わりたくない、それが警視庁捜査二課、秋《あき》月暮人《づきくれひと》警部補の本音だった。

レンブラントは、生前に七百点前後の作品しか遺していない。にもかかわらず、美術品のマーケットには、一万点を超えるレンブラント作の絵がでまわっている。

寡作な画家ヴァン・ダイクとなると、生涯に七十点の絵しか仕上げていなかった。ところが彼の作品は二千点も流通している。

逆に多作だったコローも、二千五百点の絵を遺したが、現在アメリカだけで八千七百点が確認できる始末だった。

本物とされながら、偽物が売買されつづける歪《いびつ》な業界。専門家の鑑定に信頼が置けない以上、正義の尺度も曖昧《あいまい》なまま捜査に介入せねばならない。

しかも現在、取り調べ中の容疑者は、贋作界で頂点を極めた男だった。絵画のみならず彫刻を含む美術品全般、さらには歴史的価値のある古文書から高級ブランド品まで、ありとあらゆる偽物を手がけてきた大物中の大物。

警視庁も彼の存在を把握しておきながら、以前は逮捕どころか取り調べすら不可能だった。偽物の制作期間や、詐欺計画が実施されていた日時に、かならず鉄壁のアリバイが存在したからだ。

けれども〝コピア〟なる通り名を世界に轟《とどろ》かせていたその男は、凜田莉子なる素人鑑定家の機転により、あっさり御用となった。彼女は事件後、引退も同然に故郷の波照間島に帰ったという。そこからは警察の仕事だった。

捕まえてみれば、色白で細身、実年齢よりは若く見える三十二歳、ホストくずれといった印象の青年にすぎない。しかし捜査陣にとって、彼の外見は意外でもなかった。顔写真と履歴のコピーが関係者全員に行き渡っていたからだった。彼の本名も住所も、以前からあきらかになっている。孤比類巻修《こひるいまきおさむ》。著名な画家、孤比類巻祐司《ゆうじ》のひとり息子だった。

孤比類巻修は、最後に起こした事件で現行犯逮捕された。だが、過去の余罪について洗いだすのは困難だった。やはりアリバイが崩せない。取調室でも、のらりくらりと話をはぐらかすばかりの詐欺師を、捜査員一同は攻めあぐねている。

これでは埒《らち》が明かないと管理官の判断が下り、身内を呼びだすことになった。

東京に激しい雨が降る日、秋月は刑事部の狭い会議室で、孤比類巻修の父とふたりきりで向き合った。

孤比類巻祐司は、ぼさぼさの白髪頭と無精ひげが特徴的な六十代だった。ネクタイはなく、ワイシャツをだらしなく着崩している。酒をよく飲む人間にみられがちな、とろんとした目がテーブルごしに秋月を眺めていた。

半ば呆気《あっけ》にとられながら、秋月は祐司を見かえした。この男が一点一千万円を超える油絵の大家《たいか》か。人は見かけによらない。

それに……。家庭の事情は少しばかり複雑なようだ。秋月はいった。「あなたは独身。結婚してはいない。そうですよね？」

疲弊したような面持ちの祐司が、喉《のど》にからむ声を発した。「ああ」

秋月は手もとの書類を繰った。「モデルの増永由美子《ますながゆみこ》さんが妊娠したことを、あなたはしばらくご存じなかったとか」

「……出産もだ」と祐司は応じた。「ある日、家をでたっきり音信不通だった由美子が、一歳半の赤ん坊を連れて帰ってきた。俺が絶対ききたくないひとことが耳に届いた。あなたの子よ、って」

「たしかにあなたの子でしたか」

「DNA鑑定をおこなったからな。血のつながりに疑いようはなかった」

その点、秋月も同感だった。祐司の顔といい仕草といい、息子の修とそっくりだ。修を老けさせればそのまま祐司になる。

秋月はきいた。「由美子さんが息子を連れてきた目的は?」

「俺に養育の義務を押しつけるためさ。結婚は迫られなかった。もうマレーシアに男がいたみたいでな。翌日には、由美子はひとりで海外へ飛んだ。以後、また連絡がとれなくなった」

「引き留めなかったんですか」

「あいつには新しい生活が待ってた。実の子なんだから強制認知は避けられん。修は俺が育てるしかなかった。週刊誌にいろいろ書かれても困るし、画壇の信頼を失うわけにもいかなかったしな」

「父と子、男どうしのふたり暮らしですね」

「法的に晴れて親子の関係となった。二十歳になるまで養育費もかかるが、当時の俺はいまより儲《もう》かってたし、ベビーシッターも雇ってた。それほど苦労はなかった」

秋月のなかに反感が生じた。「世間体を気にして、嫌々ながら育てたわけですか。お子さんからすれば冷たい父親だったわけだ」

「そうでもない。絵は教えてやった」祐司はふとなにかを思いついたように、秋月をじっと見つめてきた。「修の性格が歪《ゆが》んだのは俺のせいだってのか？　馬鹿げてる。あいつにはもともと、躁鬱《そううつ》の気があったんだ」

「躁鬱？」

「あるいは情緒不安定ってやつかな。なんというべきか知らないが、すなおに数日を暮らしたと思えば、つづく何日間かは陰険な性格が顔を覗《のぞ》かせるんだ。中学に入ったあたりからひどくなった」

「思春期はそんなもんでしょう。反抗期ですよ」

「もっと落差が激しいんだ。二、三日のあいだ、おとなしくキャンバスに向かい筆を走らせていたかと思うと、ふいに俺の財布から金をくすねて、しばらく外泊を決めこむ。万引きで捕まったりもしてたな。だが補導され家に帰されると、また黙々と絵を描きだす。なにごともなかったみたいに」

「父親の気をひきたかっただけかもしれません。説教でも何でもいいから、自分に関心を持ってもらいたかったんでしょう」

「叱ったさ」祐司は目を剝《む》いた。「だがあいつは、なんていうか、思考にもちょっと問題があるみたいでな。以前に叱られたことを忘れて、同じミスを繰り返すんだ」

「何度もそういうことがつづくんですか」

「……いや。二度めまでだ。三度はなかった。まったく同一の失敗については」

「一度だけではのみこめないが、二度いえばさすがにわかる。わりと利口な部類のお子さんと思いますが」

「わかってないな」祐司は苦い表情を浮かべた。「あいつとひとつ屋根の下に暮らしてみろ。こっちがおかしくなる。影響を受けるのは人だけじゃないんだ。機械だって狂わせる。たぶん、あいつは静電気が人より強いみたいでな」

「静電気ですって？」

「俺は新しいもの好きだ。玄関の鍵《かぎ》に指紋認証やら、カメラによる顔認証やら最新のテクノロジーを導入してきた。九十九パーセント、本人の識別に支障はないってのが業者の売り文句だった。事実、俺自身は問題なかった。ところが修はそうじゃないんだ。拇印《ぼいん》を捺《お》させて、登録された指紋と見比べても、たしかに同じなんだが……。機械はたびたび、あいつだと認証できずエラーを生じさせた。顔認証もそうだ。髭《ひげ》を生やしたわけでも太ったわけでもなく、まして化粧してるわけでもない、いつもと同じなのに鍵が開かなかったりした」

「常にそんなことが起きたんですか」

「いや。だいじょうぶな日もあれば、何度試しても認証されないときもあった。業者を呼んで修理に当たらせたが、機械はどこもおかしくないといってな。その業者の前で不具合が起きたこともあった。業者は呆然《ぼうぜん》としてたよ。できれば会社に呼んでテストしたいといいだしたが、修は不機嫌になり部屋に籠《こ》もっちまった。あいつは人ばかりかハードウェアにまで誤作動を引き起こすんだ。生まれながらの……イレギュラーな存在なんだよ」

しんと静まりかえった会議室で、秋月は孤比類巻祐司を見据えた。祐司はどこかばつが悪そうな顔で視線を逸《そ》らした。

逮捕された息子は生来の変わり者で、悪影響を与えたのは自分ではない。祐司はそう主張しつづけている。だが保護者だった以上、責任を免れうるものではなかった。

秋月はきいた。「コピアと自称する贋作《がんさく》界の帝王が、息子さんではないかという疑いをかけられていることをご存じでしたか」

「所轄警察からは何度も電話がきた。しかし、どの案件についても無実が立証されたんだろ？」

「最後の事件については、その限りではありませんが」

「あいつも馬鹿なことをしたもんだ。もっとも、俺のところにいたのは十九歳までだったからな。以後のことはよく知らん」

「息子さんに精巧な偽物を作る才能があるとお考えですか」

祐司は無言で目を泳がせた。秋月も黙って返事を待った。

しばしの静寂ののち、祐司が咳《せき》ばらいとともにいった。「絵はうまかった。十六のころ、モネを克明に模写した。いつだったか、修が描き終えた絵に妙な液体を塗りこんでいるのを見た。何を塗ってるのかきいたが、あいつはなにも答えなかった。二日後、あいつの部屋を覗《のぞ》いてみた。修はキャンバスの裏を指で押していた。と同時に、絵の表面にヒビが入った」

「ヒビ……?」

「果汁とハチミツを混ぜて温め、絵に塗って布で丹念に伸ばしておいたんだ。乾いたあとでキャンバスを反《そ》らせば、あたかも何世紀も前に描かれたようなヒビを入れられる。どこで覚えたのか、あいつは初歩の贋作テクニックを研究中だった。俺は咎《とが》めなかった。その時点で修は十八だったし、二年以内に縁が切れる。成人したら家をでていくと、あいつ自身が約束してたからな」

「お子さんの犯罪に見て見ぬふりをしたんですか。その時点では未成年だったのに」

「贋作を手がけたからって、それだけじゃ犯罪にはならん」

「偽物として売るつもりだったのは明白でしょう。どうして阻止しなかったんですか」

祐司はふいに怒鳴った。「あいつには関わりたくなかったんだ！」

ふたたび沈黙がおりてきた。無音のなかに高い静寂が響いている、そんな奇妙な感覚が尾をひいた。

ほどなく祐司が、疲れきった顔でつぶやいた。「努力はした。だが修は、とらえどころのない人間だ。心に向き合おうとすると、激しい感情の起伏についていけなくなる。誰でもあいつの前では、己れの弱さを悟るしかないのさ」

秋月は絶句せざるをえなかった。

人も機械も狂わす悪魔、父は息子についてそう語った。このところ、取調室で何度となく顔を合わせた孤比類巻修の姿を、秋月は想起した。どこかお調子者で、詐欺師特有の世をなめた態度をしめし、短気を覗《のぞ》かせる。人格面はごく単純な若者という印象だった。

あの姿は、道化を装っているに過ぎないというのか。コピアの本性はいったい、どこに潜んでいたのだろう。

接客料金

凛田莉子は琉球畳の上に横たわったまま、浅い眠りについていた。閉じたまぶたの向こうに陽の光を感じる。それでも起きだせない。二日酔いの身体は粘土も同然だった。とろけるように床に広がり、フトンから抜けでるのは至難の業だった。

ところがそのとき、低く呼ぶ男性の声がした。「すみません」

はっとして、莉子は跳ね起きた。直後にめまいを覚える。焦点の合わない目で見まわすと、縁側の外に西洋人の老紳士が立っていた。

ウールフエルトのソフト帽からのぞく白髪と顔の皺《しわ》から、七十歳以上と推察される。この暑さのなかでもネクタイをきちんと締め、スーツの着こなしも優雅、それでいて皺ひとつ寄っていない。長身で痩《や》せていながら、背すじがぴんと伸びている。桐箱を小脇に抱えていた。

莉子はきいた。「な、なんでしょうか」

老紳士はにこやかに微笑んだ。訛《なま》りを感じさせない日本語で、控えめに告げてくる。「こちらで骨董品《こっとう》の鑑定をしてもらえるときいたので、旅のついでに立ち寄りまして」

「あー、お客さんですか」莉子は笑顔がひきつるのを感じた。「大変失礼しました。玄関におまわりください」

営業時間内だけでも、きちんと過ごそうと心にきめていたのに。冷や汗をかきながら、莉子は襖《ふすま》の向こうにある接客用の机に向かった。おかけください、と老紳士に伝える。

ありがとう、そういって老紳士は帽子をとり着席した。「はじめまして、スコット・ランズウィックといいます。出身はイギリスのブリストルですが、ハリウッドに渡って脚本家として働いています」

「へえ！」一気に目が覚める。莉子はきいた。「映画関係の人ですか。日本語はどこで……」

「若いころ横須賀《よこすか》の知人の家に住んでいたんです。おかげで『硫黄島の恋人』の脚本を執筆したとき、役に立ちましたよ」

「あー、有名な映画ですよね。たしか日系人の脚本家がかかわっていたと報じられていたはずですが」

「バートランド・キヨサキですね。共同脚本です。ふたりで切磋琢磨《せっさたくま》しながら書きあげました。担当した分量は半々か、彼のほうが少し多いぐらいです。もちろん、ふたりの名でクレジットされましたよ」

「そうですか。申しわけありません、映画はあまり詳しくなくて……」

「いいんですよ」ランズウィックは微笑を浮かべた。「私もさほど有名ではないし、きょう持ってきた品物も、映画とは特に関係ありませんから。ただ香港の制作配給会社クラウン・ピクチャーズで役員を務める人物が、私物の骨董品について知りたがっており、友人でもある私に託してきた次第で」

「鑑定依頼品、拝見できますか」

「もちろん」ランズウィックは机の上に据えた桐箱を開けた。

出現したのは、ちょうど文庫本ほどのサイズの物体で、褐色の表面に彫刻が施されていた。よく見ると、竜の図柄が蓋《ふた》に彫りこまれている。それを取り払うと、本体が何であるかあきらかになった。漆器でできた硯《すずり》だった。

莉子は感服しながらつぶやいた。「見事な細工ですね。いまから三百年ぐらい前、享保《きょうほう》年間に作られた村上木彫堆朱《むらかみきぼりついしゅ》の漆硯《しつけん》のようですけど」

「これは聞きしに勝る慧眼《けいがん》ですな」ランズウィックが顔を輝かせた。「波照間にいるフリーランスの女流鑑定家なら、どんな物でも価値を見抜けるとの噂でしたが、正直なところ半信半疑だったんです。いやはや恐れいりました。どうして亨保年間と？」

「村上堆朱の文様は山水がほとんどで、ほかに花鳥や牡丹《ぼたん》、椿、唐草などがありますが……。幻の名工、東雲風雅《しののめふうが》が中国風の図案に写生を加えて、独自のブランドを確立した時期があります。これはその風雅作とみて間違いありません。文化財に指定されるレベルのお宝ですよ」

「やはり。でも、どうも気になることがありましてね」

「とおっしゃると……？」

「持ち主の友人がいうには、偽物の疑いがあるとのことです。もともと新潟県の村上地方にある寺の住職から譲られた物らしくて、鑑定書がついていたわけでもなかったので」

「偽物……ですか」莉子は硯を眺めた。「でも、木製木地の微細な彫刻といい、漆塗りの技術といい、本物の風格に満ちてますよね。村上地方なら本場だし、そこのお寺に伝わっていたのなら、信憑性《しんぴょうせい》は高いんじゃないでしょうか」

「私もそう思ったのですが、たとえば高山寺は『鳥獣戯画』のレプリカを展示してますよね？　本物は東京国立博物館に預けられてるとか。大徳寺塔頭、大仙院の『四季花鳥図』も……」

「ええ。展示されている襖絵《ふすまえ》は、明治初期の日本画家による複製品です。真作は京都国立博物館にあります。いずれも保存状態を考えてのことですけど、本物と区別がつかないほどの出来栄えです」

「この漆硯もそんな疑いがあるのです。いかがわしい贋作《がんさく》として製造されたわけではなくて、真っ当な理由があって作りこまれた複製ではないかと。それゆえ、本物との区別がつきにくいのではないかと友人は考えてまして。私も少し調べてみたのですが、これは堆朱といいながら、木彫りに朱漆を塗ってますよね」

「それでいいんですよ。堆朱はふつう、油を混ぜた朱漆を塗り重ねて厚い層を作り、文様を彫刻するんですけど、村上堆朱はこのような製法をとるんです」

「そうなんですか。知らなかった」

「うーん」莉子は思わず唸《うな》った。「非常に落ち着いた肌合い。独特といえる格調の高さ。朱の上塗りを艶消《つやけ》しに仕上げてる。石材でなく、あえて柔らかい漆器を硯に仕立てているのも味があります。本物と鑑定されてもおかしくないでしょう。ただし……」

「なんです」

「……これは思い過ごしかもしれませんけど、ほら、竜の左手の爪を見てください。風雅は当時、鎌倉彫の手法を取りいれていました。でもこの爪の仕上げ方だけ、鎌倉彫というよりはその元祖である中国の彫漆《ちょうしつ》類に近くて、わずかにアンバランスに感じます。風雅よりも器用で、広範な技術を持った人による複製と考えられなくもないです。なんともいえませんけど」

「なるほど。その爪は調査の価値ありですな」

莉子は黙りこんだ。これほど価値のある品の鑑定はめったにない。うかつなことは口にできなかった。爪はたしかに不自然に感じられるが、偶然そのように見える仕上がりになった可能性も否定できない。

とはいえ、気になることはもうひとつある。竜の鱗《うろこ》の一部、彫り口の断面に、わずかながら漆の層に見紛う傷が走っていた。村上木彫堆朱は、層がないことで堆朱と区別される。風雅の職人的なこだわりからして、こんな傷を残しておくとは考えにくいのでは……。

いや。憶測がすぎるかもしれない。爪にせよ傷にせよあまりにミクロな、重箱の隅をつつく難癖にすぎないように思えてくる。たしかなことは何もいえない。

だがランズウィックは満足したようすで、漆硯を箱にしまいこみながらいった。

「どうもありがとう。大変勉強になりましたよ。竜の爪について、さらに専門家の意見をうかがってみます」

「……ごめんなさい。確実な根拠を申しあげられなくて」

「とんでもない。鋭い指摘に圧倒されましたよ」ランズウィックは懐《ふところ》から財布を取りだした。「鑑定料を……」

「いえ。お金をいただくほどのことじゃないので」

するとランズウィックはふしぎそうな顔をした。「でも一回五千円でしょう？　外に書いてありましたよ」

「えっ」莉子は驚いて、机を離れ靴脱ぎ場に向かった。「ちょっとお待ちください」

サンダルを履いて玄関の外に駆けだす。戸口の脇に木札が打ちつけてあった。筆で〝鑑定一回五千円〟と書いてある。筆跡からして父に間違いなかった。

莉子は開いた口がふさがらなかった。いつの間にこんな物を。

ランズウィックが桐箱を携えて戸口をでてきた。莉子の手に五千円札を握らせてくる。「勉強になりました」

「こ、こんなことをしていただかなくても」

「おかしなことをおっしゃる」ランズウィックは笑った。「また気になる品が手に入ったらうかがいますよ。それではごきげんよう」

代金を返しそびれたまま、莉子は立ち去る老紳士の背を見送らざるをえなかった。

ひとりきりで庭にたたずみ、てのひらに載せた五千円札を眺めた。

竜の爪についての疑問しか伝えられなかった。彫り口の断面の傷も知らせておくべきだったろうか。でも、断言できるほどの自信はない。

莉子はため息をついた。長かった惰眠からようやく抜けだした直後の思考。とても本調子といえそうになかった。

太陽はもう高いところまで昇りつめている。ゆうべは父に誘われたものの宴会には顔をだしていない。悠斗さんはその後どうしたろう。

門の外にでて、隣りの古民家に向かう。八重山オフィスの看板がかかった平屋建てを訪ねた。

樫栗芽依という女性も宴会に出席したらしい。だからというわけではないが、なんとなく気になる。彼に会っておきたかった。

ナーフクの陰にある縁側に、莉子は呼びかけた。「おはようございます。悠斗さん。いる？」

サッシは開け放たれているのに、書斎然とした室内は無人のようだった。風鈴の音だけが厳かに響く。

　吹きこむ風が、ファックスのトレイに挟まったままの紙をしきりに揺らがせていた。放置しておけば飛ばされてしまいそうだ。

　躊躇《ちゅうちょ》を覚えたものの、莉子は靴を脱いで縁側にあがると、ファックスに近づいた。紙を取りあげて、デスクの上に置く。ペーパーウェイトを載せようとしたとき、その文面が目に入った。

　思わず呼吸を忘れて静止した。見出しには〃八重山オフィス撤収の段取り〃、そうあった。

同行取材

強烈な陽射しに樹木が濃い影を直下に落としている。小笠原悠斗は、波照間小中学校にごく近い坂道沿いの建物を訪ねた。

プレハブの平屋に、コンクリ製の円筒が隣接していて、青く日本地図がペイントされている。よく見ると、下端にある波照間島のみ赤くマーキングされているのがわかる。最も南に位置する駐在所という誇りをしめしているのだろう。赤ランプとサッシの前には駐車スペースがあって、この島に一台しかないパトカーが停めてあった。

サッシは開放されている。頭髪が薄く肥え太った中年の制服警官が、暇そうにウチワで首もとを煽《あお》いでいた。

小笠原は戸口に立った。「照屋《てるや》さん」

「ああ」照屋巡査長が気怠《けだる》そうに見かえした。「記者さん。けさはお早いですね」

「おはようございます。なにか事件でもありませんか」

「事件？　急にどうしたさー」

「いえ。そろそろ飯の種にありつかないと、クビになっちゃうかもです。僕も記者ですし、島で悠々自適の生活ってわけにもいかないので」

「クマノミさんのレンタサイクルを、観光客が元へ戻さないケースが増えてるさー」

「そういうんじゃなくて……。刑事事件に絡んだ話が理想的なんですけど」

「物騒だねぇ。きょう石垣の八重山署から、何人か内地の私服連れて訪ねてくるって連絡は入ってるけど」

小笠原は色めき立った。「捜査ですか」

「まだわからないさー。要人警護の下調べに来るだけかもしれないし」

「でも、刑事が波照間島に上陸すること自体、めずらしいじゃないですか」

「そうでもないさぁ。八重山署の管轄なんだから、わりと頻繁に視察しにくるよ。記者さん、気づいてなかった？　凜田さん家《ち》の莉子ちゃんを追いかけまわしてばっかじゃ、ほかのことは目に入らないか」

「と……とんでもない。八重山諸島で起きるあらゆることが取材の対象ですよ」

照屋がにやりとしたとき、電話が鳴った。事務デスクに向き直り、受話器を取りあげる。「はい、波照間駐在所です。ああ、枡丘《ますおか》さん。おはようございます。きょうお越しになるそうで……。おや、もう高速艇にお乗りですか」

しばらく照屋は黙りこくって、先方の声に耳を傾けていた。手帳を開きペンを走らせる。「待ってくださいよ、岡山県警の警部さんに、倉敷《くらしき》署の……。いま一緒におられるんですか。なるほど、わかりました。港に迎えにいきます」

小笠原の胸は高鳴りだした。照屋が受話器を置くのを待って、小笠原は問いかけた。

「遠くから県警の警部が来るなんて、重大事件じゃないですか」

照屋は苦い顔になった。「たしかに広域捜査の可能性もありますけど、ごく参考までに、地元の所轄に案内させてるだけかもしれないさー」

「いまから港で落ち合うんですよね？　同行させていただけませんか」

「私はかまわないですけど、向こうが嫌だといってきたら、従うしかありませんよ」

「紹介していただくだけでもいいんです。どうかお願いします」

「じゃ」照屋はおっくうそうに立ちあがった。「パトカーで行きましょう」

期待感に身体が軽くなるのを感じる。小笠原は照屋を追った。不謹慎かもしれないが、事件は大きいほどいい。八重山オフィスあっての記事だといわせたい。

真夏の陽光は波打つ海面にも跳ねて、到着したばかりの高速艇の側面に、意味を持たない紋様を描きつづけた。

ムシャーマも終わり、港は静寂と素朴さを取り戻している。ひとけもなく、サトウキビを載せたリヤカーがゆっくりと運ばれるだけだった。待合小屋の軒先に座りこんだ漁師たちが談笑している。彼らの笑い声が遠くまで響くほどの森閑が漂っていた。

小笠原は停車したパトカーから車外へ降り立った。エンジン音が途絶え、運転席から照屋の巨体が這《は》いだす。

桟橋を渡ってきたのは、スーツの男性三人。肩幅の広さや、独特のいかめしい顔つきで、私服警官とわかる。威厳を漂わせた年配の七三分けが警部だろう。

三人が近づくと、照屋が敬礼した。「ご苦労さまです。波照間駐在所の照屋巡査長です」

浅黒い顔の痩《や》せた男が紹介を始めた。「こちらが岡山県警の蛭崎《ひるざき》警部。それに倉敷署の藤沢《ふじさわ》警部補」

小笠原の勘は当たっていた。警部に遠慮をしめしながら立つ藤沢は、三十歳前後とおぼしき精悍《せいかん》な顔つきの青年だった。すると、いま照屋と言葉を交わした男性が、八重山署の枡丘だろう。

枡丘が探るような目を小笠原に向けてきた。「こちらは……?」

照屋が戸惑いがちに告げた。「小笠原さんといいまして『週刊角川』の記者でして。島に常駐なさってます」

藤沢は露骨に顔をしかめた。「記者のかたはちょっと……」

すると、蛭崎警部が咳《せき》ばらいをした。「この島に住んでいるのなら、協力してもらってもいいだろう。取材がてら、観光客の顔も多く見ているだろうし」

「……はあ」藤沢は腑《ふ》に落ちない顔をしながら応じた。一枚の写真を取りだし、照屋に差し向ける。「この顔に見覚えないか。きのう波照間島に渡ったと情報が入ってる」

照屋が唸《うな》った。「さあ……。ムシャーマだったんで、大勢の人でごったがえしてまして」

じれったそうな表情を浮かべながら、藤沢は写真を小笠原に向けてきた。「記者のあなたはどうですか」

写真を見たとたん、小笠原は衝撃を受けざるをえなかった。

真正面を向いた女性は、銀行員を思わせる制服を着て微笑んでいる。職場で撮影されたものに違いない。二十代半ばぐらいのその顔に、まぎれもなくけさ対面したばかりだ。樫栗芽依、彼女の写真だった。

絶句したのはせいぜい数秒だったが、事件捜査のプロが三人も揃っていて、小笠原の反応を見過ごすはずもなかった。

枡丘がじろりと睨《にら》みつけてきた。「心当たりが？」

小笠原は口ごもった。「あ、あの……」

昨晩、凜田家の宴会で同席した。きょうも島内に留《とど》まっていて、しかもどの宿に泊まったかも知り得ている。

けれども、それを伝えるのにためらいが生じた。自分でも不可解に思える意思の抵抗だった。

望んでいたとおり、規模の大きそうな事件ではある。まだマスコミ全般が嗅《か》ぎつけていない捜査の初期段階、いまから食らいついていけばスクープをものにできそうだ。八重山オフィスの存続も認められる可能性がある。莉子のいる島を去らなくて済むかもしれない。

それでも、あの親しみのあるごく自然な笑みを浮かべた女性が、なんらかの事件の参考人として追われているとは、受けいれがたい話だった。刑事の態度をみれば、事実上の容疑者とみなしていることは明白に思える。

だが彼女が犯罪者だなんて、とても信じられない……。

県警の蛭崎が語気を強めてきいてきた。「知ってるんですか」

照屋も訝《いぶか》しそうな目を向けてきた。島にたったひとりの駐在の彼は、樫栗芽依を記憶に留めていないようだった。少なくともいまのところは。

どう答えるべきか判然としないまま、小笠原は切りだした。「そうですね。ええと、この人は……」

ふいに背後から男性の声が飛んだ。「どうした、小笠原君。あん？　ゆうべ来てた女の子じゃねえか」

小笠原は息を呑《の》んで振りかえった。莉子の父、凜田盛昌がビニール袋をさげて通りかかっていた。

盛昌は身を乗りだして、藤沢の手にした写真を覗《のぞ》きこんだ。「間違いねえ。ええと、誰だっけ。たしか、樫なんとか……」

藤沢がいった。「樫栗芽依」

「そうそう！　変わった名前なんで、なんべん聞いても忘れちまうさぁ」

枡丘は盛昌にきいた。「会ったんですか」

「会ったもなにも」盛昌は昼間から酔っているように、呂律《ろれつ》のまわらない物言いで応じた。「うちの宴会にでてた。夜中までだけど。小笠原君も知ってるさー」

「まだ島にいるんですか」

「南端荘にチェックインしてるさ。金のかかる宿なんかに世話にならなくても、うちに泊まりゃいいって言ったのに」

蛭崎が照屋を見やった。「南端荘というのは？」

「ニシ浜付近にある宿です」照屋が坂道の上を指さした。「パトカーで行けば五分ていどで着きます」

「行こう」蛭崎が警察車両へと歩きだした。「安栄観光にも協力を求めてある。彼女が船に乗りこもうとすれば、ただちに連絡がくる」

藤沢、枡丘がそのあとにつづく。枡丘は小笠原に、皮肉めかした口調でつぶやいた。さすが週刊誌記者さん、見識も頼りになる。

小笠原は腰が退《ひ》けた気分になったが、露骨に自分を排除しようとする刑事たちの態度に、むしろ意地を張りたくなった。人数を素早く確認する。照屋、蛭崎、藤沢、枡丘の四人。セダンなら五名が定員のはずだ。

無言のまま、小笠原は後部座席につづいて乗りこんだ。藤沢は迷惑そうな顔で見つめてきたが、蛭崎がなにもいわなかったせいだろう、黙って前方に向き直った。

パトカーが発進しだしたとき、小笠原は内心ほっと胸を撫《な》でおろした。少なくとも追い払われずに済んだ。狭い島内だけに、蚊帳《かや》の外に置こうとしても無理と考えたのかもしれない。

背後に遠ざかる凜田盛昌が、大声で怒鳴るのがきこえた。「その人たち、お客さんか？　今夜も宴会さー！　ゴーヤ食べれるかどうか聞いといてくれ」

探偵の真似事

小笠原悠斗は、南端荘なる宿について名前と立地だけは知っていた。訪問するのはこれが初めてだった。

ニシ浜からは少し奥まった、畑のなかにぽつりと存在している。敷地内にプレハブの平屋建てが七棟あって、それぞれが客間ということらしい。

刑事たちは宿のオーナーに話を通し、樫栗芽依が一週間もの連泊を決めたという離れに案内させた。

戸口は横開き式のサッシだった。その前には花壇があって、垂れ下がったサボテンの茎に、大きな白い花のつぼみが無数に存在していた。ドラゴンフルーツの花だとオーナーはいった。

オーナーはサッシを軽く叩《たた》き、樫栗さん、そう呼びかけた。

しばらく時間が過ぎた。返事はない。

変ですね、とオーナーがつぶやいた。「けさもこの戸のまわりに、細かく破いた紙くずが散乱してたね。掃き掃除して綺麗《きれい》にしたばかりさー。宿泊のお客さんが散らかすなんてめずらしいなと思ってたんだけど」

藤沢がきいた。「それらの紙くず、まだ保管されていますか」

「いえ。けさゴミ出し日だったんで。もう手もとにはないさぁ」

「そうですか……」

「花壇から離れた、あっちの砂利《じゃり》の上にも、なんか焼け焦げた痕《あと》があってね。灰が残ってたけど、それらも掃除しちゃったさ」

枡丘がオーナーを見つめた。「この部屋の鍵《かぎ》は？　預かってませんか」

「外出するときには預けるようお客さんに言ってるけど、樫栗さんからは受け取ってないね」オーナーは戸に手を添えて軽く押した。戸は横滑りに開いた。「開いてるさ！」

四人の警察関係者たちはいっせいに緊張の反応をしめした。刑事たちが白い手袋を取りだして嵌《は》める。藤沢がオーナーに告げた。さがってください。室内、拝見してよろしいですね？

悠斗も、私服警官たちの肩越しに部屋のなかを覗きこんだ。

靴脱ぎ場の向こうは六畳ほどの和室だった。畳まれたフトンが隅に寄せられている。部屋の真ん中には、キャリーバッグが蓋《ふた》の開いた状態で投げだされていた。きのう芽依がひきずっていた荷物に違いなかった。部屋の鍵は、そのすぐ脇に置いてある。

刑事たちの目当ては、キャリーバッグにほかならないらしい。藤沢が靴を脱いで踏みこみ、バッグのなかをあさる。大半の品は取りだされた後らしく、ゴミに等しい残留物が次々につかみだされた。ポケットティッシュにマスカラ、綿棒、輪ゴム、ヘアピンに小銭。

そして……。藤沢は、くしゃくしゃに丸まった紙幣を取りだした。両手のなかでゆっくりと開かれる。一万円札のようだった。

警部。藤沢がこわばった面持ちで駆け戻ってくる。戸口に集った刑事たちは、険しい目つきでその紙幣を凝視した。太陽光にかざして透かし見る。三人の私服警官は揃って唸《うな》り声を発した。

蛭崎が枡丘にいった。「八重山署の鑑識代行員、お借りできるかね」

「もちろんです」枡丘も真顔でうなずいた。「すぐに手配します」

照屋はわけがわからないようすでたずねた。「あのう。お札がどうかしたんですか」

ふいに背後で女性の声がした。「偽札ってことでしょう」

悠斗は驚いて振り向いた。いつの間にか凜田莉子が、すぐ背後に立っていた。

その莉子はにこりともせず、ささやくような声で告げた。「ホログラムシールがないし、透かしも入ってない。デジタルコピーのプロテクトを解除して複製したんでしょう。印刷技術よりも、紙の選択が巧みです。本物に近い和紙を使ってます。一見しただけではわかりにくいでしょう。古くなってるし、数年前の製造です」

照屋が自分の財布を取りだして、一万円札を引き抜き見比べだした。「ああ、この左下のシールか。こうして比較してみるとたしかに……。でも、いわれなきゃ気づかないさー」

刑事たちは警戒心を募らせたようだった。藤沢が莉子に対し、真っ先に嚙《か》みついた。「失礼ですが、どうしてそんなことをご存じなんです」

悠斗は藤沢にいった。「こちらは凜田莉子さん。島で鑑定業をしてるんです」

すると蛭崎が肩をすくめ、関心を失ったようにつぶやいた。「それなりの人が太陽の下で見れば、てかりぐあいも不自然だと気づくだろう。あくまで室内の暗がりで騙《だま》せるレベルの偽札だ」

捜査のプロたちは、追跡の対象を樫栗芽依ひとりに絞りこんでいるのか、凜田莉子にはそれ以上執着するようすをみせなかった。

悠斗は心拍が速まるのを感じていた。あの女性が偽札を手にしていたなんて……。

枡丘が宿のオーナーにたずねた。「ここの宿泊費は？」

「前払いでいただいてますけど……」オーナーははっとした顔になった。「ああ！　そうさぁ。お札が本物かどうかたしかめるさー」

あわてたようすでオーナーが走り去る。藤沢がその背に呼びかけた。レジの中身には手を触れないでください。私たちもうかがいます。

蛭崎は深刻な表情でいった。「朝のうちに島をでたとか？」

枡丘が首を横に振った。「連絡を受け、夜明け前から石垣港離島ターミナルに私服を立たせてます。樫栗芽依が渡っていれば、もう発見できているはずです」

「よし。まずはレジに立ち寄る。それからすぐに港に戻ってみよう」蛭崎は歩きだしながら照屋に告げた。「パトカーを頼む」

「は、はい」照屋はうろたえながら応じ、車両へと急ぎだした。

刑事たちが歩き去り、悠斗は莉子とともにその場に残された。

悠斗はいった。「これにはなにか裏があるよ」

ところが、莉子はどこか覚めたような態度をしめしてきた。「なにか根拠があるの」

「え……。いや、根拠っていうか、樫栗さんはそんな人には見えなかったよ。警察に追われるなんて」

「それで助けてあげたいと思ったってこと？」

いつになく尖《とが》った態度。ほかの女性に執着することに嫌悪を感じているのだろうか。いや、莉子さんはそんな狭い心の持ち主ではないはずだ。樫栗芽依に惹《ひ》かれているわけでないことぐらい、わかってくれているだろう。

ふと悠斗は、自分のなかにある気持ちの曖昧《あいまい》さを突き詰めたくなった。本当に恋愛感情と切り離せているのか？　樫栗芽依に魅力を感じてはいないと言いきれるか？　謎を追いたがっている理由は、純粋に公正さのためか？

戸惑いを深めているうちに、莉子がぶらりと離れていった。

歩きながら莉子が告げた。「帰る」

「ま、待ってよ」悠斗は莉子につづいた。「偽札事件だよ。解明したいと思わない？」

「わたしはこの島で、鑑定業を営んでるにすぎないの」

「でも以前は……」

「探偵の真似事なんかするなって、お父さんにもいわれてるし」

悠斗の歩は自然に緩んだ。莉子の背と距離が開いていく。

沈黙したまま立ち尽くし、遠ざかるその後ろ姿を眺めるしかなかった。

偽りの顔

小笠原がひとり港へと戻ったとき、刑事たちは漁船の船長と口論になっていた。

照屋になにごとかとたずねる。すると照屋は額の汗を拭《ぬぐ》いながら、心底弱ったようすでいった。午前中、樫栗芽依さんが島を抜けだしてたのがあきらかになったさー。漁師の比嘉《ひが》さんが、どうしてもと頼まれて石垣まで連れてったって。

なんと……。小笠原は唖然《あぜん》とせざるをえなかった。彼女は逃亡を図ったのか。

議論に耳を傾けてみると、漁船が向かったのは石垣島離島ターミナルから離れた漁業用の港であり、捜査員の目を避けるに充分だった。樫栗芽依が犯罪の容疑者と知っていての行為なら、比嘉は犯人隠匿の罪に問われる可能性がある、藤沢は強い口調でそういいきった。

それに対し比嘉が血相を変えて反論するが、方言が強すぎてなにを喋《しゃべ》っているかさだかではなかった。蛭崎と藤沢は困惑のいろを漂わせたが、八重山署の枡丘には聴き取れたらしく、比嘉に対し咎《とが》めるような物言いを発した。こちらも現地の言葉で、ヒアリングは不可能だった。以降、八重山方言が通じ合うふたりだけで激論が戦わされた。

すっかり蚊帳《かや》の外に置かれた蛭崎と藤沢は、苦い表情を浮かべながら手もとの紙に見いっている。

悠斗はそっと背後に近づいて、その文面を覗《のぞ》きこんだ。便箋《びんせん》に、丁寧な字で短いメッセージが記してあった。

　わたしは横領などしていません。事実が受けいれられなくて残念です。

　　　　　　　　　　　　　　　　　　　　樫栗芽依

藤沢が顔をあげて、比嘉と枡丘の口論に割って入った。「比嘉さん。樫栗芽依は下船するとき、この手紙をあなたに預けたんですね。ほかに受け取ったものはありませんか。一万円札で支払いを受けたとか」

比嘉は顔面を紅潮させて、なにやらまくしたてた。

枡丘がげんなりした顔で藤沢を振りかえる。「金なんかもらっていないと言ってます。どことなく悩んでるようすだったし、高速艇のチケットを買えないのだろうと思い、見捨ててはおけなかったと」

蛭崎が大仰に顔をしかめた。「初対面の女を、なんの代償もなく石垣島まで送ったのか？　そこまでおひとよしな漁師がいるか？」

今度は照屋が不服そうな表情で蛭崎を見つめた。「お言葉ですが、この辺りの島じゃなんら不思議じゃありません。みな助け合いの精神で生きとるんです。波照間は少し波が高くなると高速艇も欠航して、二倍の時間をかけてカーフェリーで渡るようになります。そのカーフェリーさえも運航中止がめずらしくありません。島民はみんなそのことをわかっとります」

藤沢が照屋に苦言を呈しはじめる。「きみらの常識を持ちだして捜査をかく乱する気か」

照屋も必死で訴えだした。「私らが非常識とお思いなら、島民のことをまるでわかってないも同然です」

人間関係がにわかに対立しだした。たぶん灼熱《しゃくねつ》の太陽のせいでもあるのだろう。悠斗も島に移住して最初の一週間は、ささいなことで苛立《いらだ》ちを募らせてばかりいた。冷静さを失い、ヒートアップするうちに、ふと自分の空回りを悟る。それ以降は島の習慣に合わせて過ごすようになる。スケジュールどおりにいかなくてもかまわない。約束は破ることもあれば破られることもある。なんくるないさー。しだいにそんな生き方が身についてくる。

いまだ悠長にはなりきれない岡山の刑事ふたりは、激昂《げっこう》に歯止めがかからないらしい。両者の頭から立ちのぼる湯気が、陽炎《かげろう》のごとく目に見えるようだった。

蛭崎が照屋に吐き捨てた。「重要参考人を逃がしたからには、駐在であるきみにも一責任があるとみなされるぞ」

照屋は心外だというように目を丸くした。「そんな！　指名手配犯でもないのに、私にどうしろというんですか。けさまで顔も名前も知らされてなかったんですよ。さっき、南端荘のレジにあったお金も本物ばかりだったと確認したじゃないですか。彼女は偽札で支払いをしたわけでもないし、この島では罪をおかしてないんです」

藤沢がため息をつき、蛭崎にささやいた。「実際のところ、指名手配犯でない以上は捜査員をさほど動員できません。早いうちに署に連絡をとり、今後の指示を仰ぐべきかと」

苦虫を噛《か》み潰《つぶ》したような顔の蛭崎が、踵《きびす》をかえしながらいった。「枡丘君。もし島内になんらかの手がかりが見つかったら、すみやかに報告するよう駐在の巡査長に伝えておけ。万が一にでも姿をみかけたら任意で事情をきくよう周知を徹底すること。藤沢君、行くぞ。石垣島に戻る」

今後は照屋と直接の会話は交わさないという、なんとも稚拙な憤りの発露。やはり暑さのせいかもしれない。

照屋は警部の態度を意に介さない挙動にでた。追いかけながらたずねる。「よろしければ、いったいどんな事件が起きて、彼女が何の容疑で追われているか、お教え願えるとありがたいんですがね」

蛭崎は振りかえりもしなかった。「捜査関係者以外極秘だ」

藤沢の態度も似たり寄ったりだった。枡丘だけは当惑のいろをしめしながら照屋に頭をさげ、ふたりの刑事につづいて桟橋へと向かった。

小笠原は照屋にいった。「あの女性が偽札犯だなんて……」

だが照屋は、苦い表情を汗だくにして見かえした。「警官である以上、命令には従わにゃいけないさー」

それだけ告げると、照屋はゆっくりとパトカーへと歩き去っていった。

全身に感じる潮風に、胸中の不安が煽《あお》られ焔《ほのお》のように広がっていく。真実はどこにあるのだろう。きのう見た芽依の実直で誠実そうな横顔は、偽りにすぎなかったのか。

小笠原は〝八重山オフィス〟の古民家へと戻るや、編集部に電話をかけた。応答した荻野に対し、樫栗芽依という女性をめぐってにわかに起きた騒動について、あらましを伝えた。

「ついさっき」小笠原は受話器に告げた。「岡山県警や倉敷署の刑事が姿を現したんです。樫栗芽依さんは直前に逃亡を図りましたが、濡《ぬ》れ衣《ぎぬ》の可能性があります。できれば、このまま取材を続行して……」

「ちょっと待て」と荻野の声がいった。「濡れ衣だと？　どうしてそういえる」

「ええと」小笠原は口ごもらざるをえなかった。「そのう。記者の勘です……」

呆《あき》れたような沈黙が数秒つづいた。荻野の声はたずねてきた。「旅行者の女が、偽札一枚を所持してた。あきらかなのはそれだけか。いったいどんな事件なんだ」

「いまのところは不明です。追いかけてみないことにはわからなくて」小笠原は上司の興味を惹《ひ》けそうな物言いをした。「独占スクープをものにできるチャンスかもしれません」

「……その女に個人的な同情心とか、もっといえば下心を抱いたとかじゃないだろうな」

「と、とんでもない。純粋に記者としての使命感によるものです」

ため息がノイズとなって耳に届く。荻野の声は弾んではいなかった。「取材の続行を認める。ただし」

「なんですか」

「八重山オフィスを存続させる理由にはならん。閉鎖は予定どおりだ」

愕然《がくぜん》とした思いが小笠原の身体を駆け抜けた。「なぜですか。東京に戻ったんじゃ彼女の行方を追うことは……」

「その樫栗芽依って女がふたたび波照間島に姿を現す可能性は？　所轄が警戒を強めた以上、もうないんだろ？」

小笠原はまた言葉に詰まった。「は、はい。それはそうだと思います」

「石垣島に留《とど》まるとも思えん。そもそも、いかなる事件かを洗いださねえことには、記事にもなりようがねえんだ。今後は岡山、倉敷あたりでの取材が中心になるだろう。京都オフィスにしばらく世話になれ。以前、音隠寺《おんいんじ》事件で出張したときの取材拠点だ」

「あの四条河原町《しじようかわらまち》の……ですか」

「八重山よりはずっと岡山に近い。移動の経費も抑えられる。嫌なら、取材は放棄して東京に戻れ」荻野の声はじれったそうにいった。「忙しいから切るぞ。今後の連絡はメールで寄こせ。長距離は電話代がかさむ」

「はい……」

通話は終了した。小笠原は心に重苦しさを覚えながら受話器を置いた。

この事件を追いかけたところで、波照間島に留まれるわけではない。とはいえ、あの女性をほうってはおけなかった。

彼女は潔白に思えてならない。根拠を問いただされると、返答に困るばかりだが……。

小笠原は縁側に向かい、靴を履いて外にでた。日中で最も高い空に達した陽の光が、容赦なく視界を白く染める。蝉の合唱もピークを迎え騒然としていた。

隣りの古民家に歩み寄る。万能鑑定士Qの看板を眺めた。ナーフクの向こうにある玄関の戸には、CLOSEDの札がかかっていた。

伝承

集落から自転車で四キロ、ヤギの放牧地帯ばかりが連なる緑の丘を抜けていくと、高那崎《たかなざき》の崖《がけ》に達する。

豊潤なやわらかさを含みだした午後の陽射しの下、小笠原悠斗は広場の入り口付近に凜田莉子の自転車を見つけた。

芝生の上を海に向かって歩けば、切り立った崖の頂上に〝日本最南端平和の碑〟が見えてくる。しかしその奥には、もっと小さな記念碑があって、そちらにも〝日本最南端之碑〟と刻んであった。本土復帰前の一九七二年、ここを訪ねた学生が自費で建てたと伝えられている。

広々と開けた視界には、星空観測タワーという白い建物が小さくぽつんと見えている。国内では南十字星が最もよく見える天文台として知られていた。ほかには建物らしきものは見当たらない。

記念碑へとつづく遊歩道は、日本じゅうの都道府県から集めた石に縁どられている。莉子は、いつものように白いつば広の帽子とワンピース姿で、その石垣に腰かけて海を眺めていた。

悠斗はその後ろに立ち、そっと話しかけた。莉子は振りかえらず、遠くに目を向けたままだった。

樫栗芽依に関する出来事についてひとしきり説明し終えると、しばしの沈黙があった。

鏡の破片でも振りまくような輝きが空に満ちている。海原に煌《きら》めく強烈な反射光が、吹きつける青い氷のような潮風によって冷やされ、淡く揺らぎつづける。崖をしきりに洗う波の音だけが、かすかにこだましていた。

やがて莉子が海を見つめながら、静かにつぶやいた。「樫栗さんの件を取材しようとしまいと、悠斗さんが島をでることに変わりはないのね」

穏やかな口調ながら、核心を突いてくる。小笠原は認めざるをえなかった。「そういうことになるね」

「確証はあるの？　樫栗さんが無実だっていう……」

「いや。記者の勘ってやつ。編集長には否定されたけど」

莉子はまた黙りこんだ。視線をあげようともしない。

目に映る自然が美しければ美しいほど、緑の原色が鮮やかであればあるほど、別離の寂しさが募る。それが悠斗の心境だった。

けれども、莉子のほうはどうなのだろう。同じ思いを抱いていていてほしい。感情が一致すれば運命を変えられるわけでもないが……。

ふいに莉子がささやくようにたずねた。「マーペーって知ってる?」

「え? さあ。きいたことないな」

「じゃあ野底岳は?」

悠斗は戸惑いを深めた。「それもあまり……」

「石垣島の北のほうにあって、西浜《にしはま》川の源流なの。緑に覆われてるけど、山頂付近には円柱状に切り立った岩がそびえてて、角度によっては人の顔みたいに見える」

「ああ」悠斗は思い当たるふしを口にした。「レンタカーで七九号線をドライブしたときに、目にしたと思う。標高三百メートルぐらいかな、頂上が尖《とが》ってて」

「そう。それ」莉子は微笑みもせずにつぶやいた。「八重山地方に伝わる伝説があって……。三百年ほど前、黒島の宮里村に、マーペーっていう名前の女の子が住んでたの。狭い道を挟んだ向かいには、カニムイって男の子の家があった」

「幼馴染《おさななじみ》だったの？」

莉子がうなずいた。ほんの少し表情が和らいでみえる。「とっても仲が良かったのよ。やがてふたりは成長して、恋仲になった。カニムイはマーペーに、美しい貝殻の首飾りをプレゼントした。誰もが認めるカップルだったのよ。けど、マーペーが十八歳になったとき、思わぬ事態が起きた。一七三二年のこと」

「一七三二……。当然、琉球王朝の支配下だよね」

「王府は人頭税を課すと同時に、黒島や波照間島の村民を無理やり分けて、未開の島に移らせることにしたの。当時、石垣島や西表島にはまだ集落ができてなくて、それを機に村を発足させようとしたのね」

「へえ、そうだったのか。いまじゃ石垣島のほうが栄えてるけど、波照間のほうが歴史が古かったんだね」

「村を分ける方法は、王府がさだめた道切法って法律に基づいてた。村のなかの道に沿って線を引いて、強引に仕分けしたの。道一本隔てて住んでた親子や兄弟が離ればなれになっちゃって」

「酷《ひど》い話だな」

「マーペーはカニムイと別れて、故郷の島をでて……。村仕事もままならないほど土地の荒れた石垣島へ移住したの。激務がたたってマラリアに感染して、高熱にうかされてた。ある日、寂しくてたまらなくなって、野底岳に登って……。カニムイのいる黒島を眺めようとした。けど、ひときわ高い於茂登《うむとう》岳に阻まれて、黒島は見えなかった。哀しみにくれていると、貝殻の首飾りが割れて飛び散って、マーペーの身体は冷たくなっていって……」

「まさか、石になったとか？」

「野底岳は、頭巾《ずきん》をかぶった女の人が黒島の方角を眺めてるように見えるの。島の人たちは、この山を野底マーペーと呼ぶようになったって」

「なんだか、可哀想な話だね。救いがないっていうか……」

悠斗は思わず絶句した。うつむいた莉子の肩が震えているのに気づいたからだった。莉子は目もとを指先で拭《ぬぐ》っている。

そうだった。彼女は強い感受性を有している。クールに見えるのは猫のように吊《つ》りあがった瞳《ひとみ》のせいであり、実際には感情の浮き沈みがとにかく激しく、それゆえ奔放な知識を感動とともに心に刻みこむ。泣いたり笑ったりしながら覚えた事柄は、単なる付け焼刃の知識よりずっと長く記憶に保持される。

万年最下位だった高校を卒業後、五年で鑑定業にまつわる幅広い知性を得たのは、彼女のナイーヴで純粋無垢《むく》な心ゆえに違いなかった。

莉子は嗚咽《おえつ》の混じったか細い声でいった。「わたし、野底岳に登ったことがあるの」

「ほんとに？　ひとりで？」

「じゃなくて、小学校の遠足で。朝のうちは晴れてたんだけど、天気が急変して、昼過ぎから土砂降りの雨で……。わたし、ひとり迷子になっちゃって、中腹の小屋で雨宿りしたの」

「それは不安だったろうね」

「怖くないって自分にいいきかせてたけど、その電気も通ってない小屋のなかは妙に広くて、コンクリの床は谷底みたいになってた。向こう側の壁には近づけないの。その壁に、大きく女の人の顔が描いてあって」

「女の人の顔？」

「マーペーの絵なの。ずっと後になって知ったことだけど、そこは昭和四十年代に建てられた山小屋で、当時石垣島在住の画家が伝説に基づいて描いたんだって。絵のタッチも素朴で、童話本によく見られる切り絵風なんだけど……。もう古くなって色も褪《あ》せて、あちこち剝《は》がれ落ちてるせいで、なんだか薄気味悪く思えたの。マーペーには悪いんだけど」

「子供のころはそんなもんだよね」

「でね……。そのマーペーが、わたしをじっと見つめてたのよ。まっすぐ凝視してるの。わたし、小屋のなかで場所を変えたんだけど……。マーペーはわたしを目で追いつづけた」

悠斗は思わず言葉を失った。突然の会話の変調に、思考がついていかない。戸惑いながらいった。「ちょっと待って。マーペーが目で追ってきたって……。壁に描かれた絵だよね？」

「そう。でもたしかにわたしを見つめつづけてたの。わたし、室内を端から端まで、何度も行ったり来たりした。マーペーの目はたしかに左右に動いて、終始わたしの姿を捉《とら》えてた」

「平面の絵ってのは、どの角度からでも、こっちを向いてるように見えるもんじゃないかな」

「そのときは違ったんだってば！　たしかに白目のなかで黒目が水平移動したし、まだ小さかったわたしの背丈に合わせて、ちょっと下を向いてた。わたし、飛びあがったりしたけど、その一瞬さえも視線を離さなかったのよ。わたしの動きを目で追ってた」

悠斗は圧倒されていた。どう答えればいいのだろう。知性を得て以降、非常に論理的だったはずの彼女の口から、こんなオカルト話をきかされようとは。

莉子が真顔でつぶやいた。「外にでようにも豪雨だったし、どうにもならなくて、わたし戸口で泣くしかなくて。ちょうどそのとき、先生が傘さして探しにきてね。叱られるかと思ったけど、先生はわたしの額に手をあててきて……。すごい熱だって」

思わずほっとしてため息が漏れる。そういうオチか。悠斗は心からいった。「ほっとしたよ」

「そのあとは毛布にくるまって、バスに乗せられて、目が覚めたときには家に帰ってた。二日ぐらい寝こんだのを覚えてる。熱だしたら怖いものが見えるんだなって、当時は納得してた。けど中学生になったころ、琉球新報で気になる記事を見つけたの」

「どんな?」

「野底岳の山小屋にある壁画のマーペーに、じっと見つめられたら、彼女と同じ運命をたどるって……。恋人がいれば別れることになるし、心が通じ合っていても距離が開いたりして会えなくなるって」

「まさか。迷信だろ?」

「そう思いたいけど、体験談がいくつも載ってたのよ。みんな女性で、同じクラスにいた彼氏が突然外国へ引っ越しちゃったり、何十年も連れ添った夫婦なのに熟年離婚したり……。誰もがあの小屋を訪ねたとき、マーペーが目を離さなかったって。絵のなかのマーペーは、たしかに自分に視線を向けてきてたって証言してるの。いまでは地元の有名な都市伝説になってる」

「……莉子さんがその噂話をきいたのは、中学生のときが最初だった？　小学校の遠足よりも前に耳にしてたんじゃなくて？」

莉子は首を横に振った。「わたしが小学生だったころには、まだそんな話は取り沙《ざ》汰《た》されてなかった。だから、伝説が記憶に残ってて幻を見せたってわけでもないの」

「論理的にいこうよ。大人になったいま、莉子さんはどう思ってる？」

「発熱のせいで幻覚を見た。のちに聞いた都市伝説はただの偶然の一致」

悠斗は大きくうなずいてみせた。「そうとしか考えられないね」

「けど、わたし」莉子はふいに顔をあげて、悲痛なまなざしで見つめてきた。潤んだ目をしばし悠斗に向けてから、また視線を落とした。「悠斗さんと知り合ってから、ときどきその記憶が頭をよぎったの。ずっと一緒にはいられないんじゃないかって」

「考えすぎだよ……」

「波照間島に悠斗さんが来てくれて、本当に嬉《うれ》しかった。でもやっぱりこんなことになって、マーペーのことを思いださずにはいられなかった」

「でも、それなら」いいかけて、悠斗は口をつぐんだ。

事件の謎を追って、また一緒にあちこち駆けめぐろうよ。そう提案したかった。ただしそれは、ひどく無神経で無責任な発言に相違ない。彼女はこの島で家族と暮らす決意を固めている。

島に戻ってからの、莉子の解き放たれたような笑顔、自然と一体化したその躍動が忘れられない。夢破れた彼女は、間違いなくこの環境に新たな人生をみいだしている。本来彼女は、波照間とともにあるべき人だったのかもしれない。

潮風の奏でる高音を孕《はら》んだふしぎな沈黙が、空と大地に満ちて広がっていく。

莉子は帽子を手で押さえながら、ゆっくりと立ちあがった。長い髪をなびかせて、悠斗をまっすぐに見つめてくる。

こちらの思いを察したかのように、莉子は切実に告げてきた。「ごめんなさい。一緒には行けない」

ツバの下に隠れがちな目もとには、大粒の涙が光って見えていた。しかしそれは瞬時にすぎず、莉子は身を翻して駆けていった。

悠斗はその場にたたずむしかなかった。莉子が自転車に乗り、遠く彼方《かなた》に消えていくのを、黙って見送った。

理想と現実の落差に隙間風が吹きだしている。こうして少しずつ、すれ違いが生じていくのだろうか。

でも、不条理に思えることもある。悠斗はそう感じていた。

感受性の強さゆえか、彼女は小学生のころの体験を引きずりすぎている。トラウマの一種かもしれないが、甚だ理不尽だった。発熱による幻覚。生涯の運命が定まるような出来事ではないはずなのに。

向かいの家

夜八時をまわった。

莉子はひとり実家の縁側に面した和室で、脚を投げだし座っていた。開放されたサッシの外、スズムシの鳴き声が静かに奏でられている。居間のほうからかすかにきこえるテレビの音と絶妙に混ざりあい、孤独を紛らわすのに適度なノイズとなりえていた。

腰は浮かさないまでも、少し伸びあがって、垣根の向こうに少しばかり覗《のぞ》いた古民家の明かりを見る。

一本の路地を挟んだ向こう側、悠斗がひとりで暮らす住居兼職場。電灯が点《つ》いている。仕事をしているのだろうか。いつも記事に採用されないとあきらめに似た笑いを浮かべながら、パソコンと向かいあうのを日課にしていた彼。きょうは樫栗芽依について書く初日かもしれない。取材の行方しだいでは、原稿も意味をなさなくなる。

わたしが事件解決に力を貸してあげれば、記事の成立に貢献できるかも。ふとそんな考えが脳裏に浮かぶ。

莉子はすぐさま頭を振り、その考えを遠くに追いやった。

父のいう〝探偵の真似事〟に、なんの甲斐《かい》があったろう。人の恨みを買い、混乱につながり、家族と故郷の平和まで乱しそうになった。子供じみた恐怖心を克服できず、稚拙な罠《わな》に嵌《は》まって脱けだせなかった。

なにもかも嫌気がさして、島に逃げ帰った。それがわたしの五年間の結末だった。自分の無力を思い知った。もう誰にも迷惑をかけたくない。みじめな思いもしたくない。

畳に置いたiパッドが、クラシック調の優美な音楽を奏でる。画面には動画が映しだされていた。DMM.comからストリーミング・レンタルした映画『硫黄島の恋人』。すでに本編は終わり、黒バックにエンドロールが流れている。

観たかったのはそのスタッフリストだった。〝Screenplay by SCOTT RUNSWICK and BERTRAND KIYOSAKI〟とある。たしかにスコット・ランズウィックとバートランド・キヨサキのふたりによる、共同脚本に違いなかった。

複雑な思いとともに画面をタッチし、ブラウザに切り替える。鑑定業界誌の電子版

『日刊アプライズ』の最新号を開いた。記事内検索の入力欄に『村上木彫堆朱』と書きこむ。

参考になる情報はないか調べてみるつもりだった。ところが、驚いたことに表示されたのは、本日付の記事だった。ライターは糊綱英樹《のりつなひでき》、鹿児島在住の有名な骨董《こっとう》商の店主だ。

長文のなか、該当する段落に目を通してみる。〃きょう閉店時間ぎりぎりに訪ねてきた外国人のクライアントから、極めてめずらしい物の鑑定依頼を受けた。享保年間、東雲風雅作とおぼしき村上木彫堆朱の硯《すずり》である〃

あの老紳士は九州に渡ったらしい。糊綱先生のもとを訪ねるのは妥当な判断だろう、莉子はそう思った。業界では、村上堆朱の研究において第一人者として知られる。

〃細部に渡り観察したが、本物に間違いないといったんは結論をだした。しかしどうも気になるので、拡大鏡を用いてよくたしかめてみた。すると竜の鱗《うろこ》の彫り口、断面に小さな傷らしきものがみとめられた。村上堆朱は重ね漆を彫りこむものではないため、堆朱のような層は生じない。だがこの傷は層に見えるし、ほんの数ミリであっても風雅らしからぬ出来だった。後の時代についたものとも考えられたが、私の見たところでは彫師のミスに思えた。よって複製品の疑いも払拭《ふっしょく》できないと感じ、クライアントにはそのように伝えるしかなかった〟

やっぱり……。莉子はiパッドの電源をオフにした。

さすが、その道ひとすじの専門家による造詣《ぞうけい》は深い。わたしは竜の爪ばかり気にしていて、傷のほうは考えすぎかと思っていた。けれども実際には、本物といいきれない根拠はむしろ傷にあったようだ。

まだまだ勉強不足ね。莉子はつぶやきながらiパッドを遠くへ押しやった。

そのとき、琉球畳を踏みしめて歩く足音がした。開いた襖《ふすま》の陰から、おばあが姿を現した。

白髪頭に皺《しわ》だらけの顔であろうとも、老婦と呼ぶには矍鑠《かくしゃく》としすぎている祖母は、莉子を見おろしてきいた。「ちょっといいかね、莉子」

「え？」莉子は居ずまいを正した。「……うん。何？」

おばあは正座するや切りだした。「小笠原さん、島をでてくんだって？」

なぜか言葉に詰まる。複雑な思いとともに莉子はうなずいた。「どうしておばあが知ってるの」

「家の貸主さんに、きょう連絡があったらしいから。月末で引き払うって」

「あー……」

「莉子。あんたは平気かね」

「平気って、なにが？」

「わたしら家族と暮らせて、仲のいい彼氏も近所にいて、いうことなしの理想的な生活を送ってきたさー。これまでは」

少しばかりあわてて、莉子は身を乗りだした。「彼氏って、それ、悠斗さんのこと？」

「彼氏じゃなきゃ下の名前で呼んだりしないさぁ。わたしだっておじい以外の男はみんな苗字しか覚えんかったし」

おばあは遠慮なく心のなかに踏みこんでくる。でもそれゆえに、莉子のほうも常に忌憚《きたん》のない意見を躊躇《ちゅうちょ》なく伝えられた。いまも、すなおな思いが自然に口を衝《つ》いてでる。

「わたし」莉子はいった。「島に帰ってきてからずっと幸せだった。でも同時に、いつかその幸せが壊れるんじゃないかって、ずっと怯《おび》えてきたの」

「マーペーさんに睨《にら》まれたのが、いまだに気になって仕方ないかね」

的確なひとことだった。「どうしてそう思った？」

「中学から高校にかけて、ことあるごとにその話ばかりしてたさー。あのころは物を知らない子だから迷信にとらわれとると思ったけど、賢くなったいまでも怖がってるなんて滑稽《こっけい》さぁ」

「だけど……」莉子は言葉を飲みこんだ。おばあのいうことはもっともだった。理解できてはいるものの、生得的ともいえる不安は和らがない。「わたし、本当は昔のまかも。怖がりだし、本質的には頭悪いし」

おばあは首を横に振った。「莉子は馬鹿じゃないさー。変わってるのはたしかだけど、そりゃ個性ってもんさぁ。賢くなれたのも、いろいろ人助けできたのも、その個性があったからこそさ」

「人助けだなんて。結局はおばあやみんなに迷惑をかけただけだもん」

「そんなことといって。わたしらのためとかいいながら、いまみたいに小さくまとまっとる日常が、ほんとは不満なんじゃないの」

「な」莉子は動揺を禁じえなかった。「なんでそんなこと」

「本音じゃ東京でやり直したいと思ってるさ」

「ないって。都会暮らしなんて無理。困っている人からお金はもらえないし、家賃分も稼げない」

おばあはため息をついた。「商売人としちゃ失格かもしれないけど、人間としちゃ合格さー。壊れてんのは東京のほうさぁ。莉子。また知恵貸してくれって、小笠原さんから頼まれたんじゃろが」

「……わたし、島をでる気はないし、でも悠斗さんは取材をつづけるっていうし」

「なら」おばあがじっと見つめてきた。「これを最後の機会とするさー」

「最後……」

「彼氏を支えてやって、悔いの残らないようにするさ。終わったら莉子は島に戻れるんだから、何も損はないじゃろ」

「だ、だけど、探偵の真似事なんてやめろってお父さんが……」

「あんな無職のいうこと真に受けんでいいさ。それより、じっとしとると落ち着かんじゃろうよ。ゆうべ宴会にきてた樫栗芽依さんって子に、小笠原さんが惚《ほ》れんとも限らんさー」

頭に血がのぼり、頬が朱《しゅ》に染まるのを感じる。「なにいってんの。そんなことあるわけない」

「そう言いきれるか？　小笠原さんの取材とやらにもういちどだけ手を貸して、思う存分にやれば、その過程で自分の気持ちに整理もつくじゃろ。ためらいを残さず島に戻っておいで。なら心穏やかに暮らせるようになるさー」

莉子は黙りこくった。最後の機会か。たしかに、これで終わりと決めてかかれば、思いのすべてを行動に表せるかもしれない。

なにより、自分の気持ちがどこへ向かうかは不明瞭《ふめいりょう》としても、かつてのように悠斗さんとともに行動し、謎を追える……。その刺激的な時間の到来に、期待を抱かずにはいられなかった。

ふしぎだった。何もかも諦《あきら》めて距離を置こうとしたはずなのに、まだ過去へのこだわりを捨てきれない。

莉子はふたたび外に目を向けた。八重山オフィスの窓明かりがしきりと気になる。

ふと不安が胸をかすめる。ふたりで事件を追う充実を体感したら、離れて住むのがよけいに辛《つら》くなるだけかもしれない。

おばあは莉子の戸惑いを見透かしたかのように、皺だらけの顔に笑みを浮かべた。「いまどう思っとる。率直に言ってみるさ」

「……上京した五年前に戻ってやり直したい」

やれやれというように、おばあは立ちあがりかけた。「五年前がよかったなんていってる人はね、五年後にも同じこといってるもんさー」

「待ってよ」莉子は当惑とともにおばあを呼びとめた。「わたしはどうすればいいの」

「自分で決めるさ」立ち去りかけたおばあが、ふと何かを思いついたように振りかえった。「石垣に行く機会があったら、野底岳に行ってマーペーさんに会ってくればいいさ」

「え……」

「あんたはマーペーさんに目をつけられてなんかいねえ。それとも、いまだに度胸はねえか」

おばあはそれだけを言い残し、襖の向こうに消えていった。

ひとり部屋に取り残された莉子は、呆気《あっけ》にとられた気分に浸りつつ、ただ襖を眺めていた。

きょうのおばあは、わたしの嫌がることばかり奨《すす》めてくる。でも、どうしてだろう。やると決めてからは、待ちきれない気分ばかりが募りだす。すぐにでも出発したい。ここに留《とど》まってはいられない。

思いがそこに及んで、莉子は立ちあがった。思考が研ぎ澄まされるのを感じる。旅立つからには、今夜のうちに確かめておきたいことがある。

旅立ちの朝

午前九時半。小笠原悠斗は波照間港の埠頭《ふとう》に立ち、高速艇の到着を待っていた。

澄みきった海は、いまや雲ひとつない空とそれぞれに質の異なる青さを競いあい、むらのない輝きをもって相互に補完しあっていた。

何もかもが東京とは異なる。夏の太陽は強く照りつけても、ねっとりと首にまとわりついたりしない。湿度が高いようで、ほどなく乾きがちな風が汗を速やかに拭《ぬぐ》い去っていく。暑さのなかに人が共存することを認める自然の優しさを感じる。

そんな波照間島もきょう限りか。ずいぶん唐突な別離だった。

荷物は旅行用トランクとショルダーバッグ。私物以外の備品と家具は八重山オフィスに残っている。数日中に業者がきて、それらを運びだし、オフィスを閉鎖する段取りだった。悠斗自身はその場に立ち会わない。いま追いかけているネタを優先しろと編集長の指示があったからだった。

集落の人々へのあいさつは、ゆうべのうちに済ませた。でも莉子にはまだ、さよならをいっていない。

遠く離れていても心は通じあう……だろうか。自信がなかった。いまこうして高艇を待つあいだにも、莉子がひょっこり姿を現さないかと、淡い期待を抱いてしまう。けれども悠斗はいま、栈橋で照屋巡査長とふたりきりだった。見送りが駐在のみとは寂しいかぎりだが、出発時刻を誰にも告げなかったせいでもある。

照屋がハンカチで額の汗を拭《ふ》きながらいった。「八重山署の枡丘警部補からは、ゆうべも何度となく電話があったさ。樫栗芽依が残していった物品が見つかったらすぐ報告しろって、それぱっかりでね」

「どんな事件なのか教えてもらったんですか」

「あらましはね。本当は捜査員だけの秘密らしいけど、枡丘さんとは知り合って長いから」

「よければ僕にも……」

「そりゃ無理さぁ」照屋が片手をあげて制してきた。「記者さんには教えられねえ。どっちにしろ、島に手がかりはないんだし、私が関わることもなさそうな事件さ」

するとそのとき、莉子の声が穏やかにいった。「手がかりならありましたけど」

息を呑《の》んで振りかえる。栈橋には、凜田莉子が立っていた。ボーダーチュニックをまとい、キャリーバッグを引きずっている。手には小さなビニール袋を持っていた。その袋のなかには、指先に載るサイズの紙片がおさまっていた。細かく破られた印刷物の断片らしい。紙幣ではなかった。チケットの類《たぐ》いに思える。〝日本国〟という活字表記のみ、かろうじて読みとれた。

悠斗はきいた。「これは?」

「南端荘の花壇で見つけたの」莉子は澄まし顔で告げた。「樫栗芽依さんが泊まった部屋の出入り口前。彼女がいなくなった朝、細かく破られた紙片がいっぱい落ちてるのをオーナーさんが見て、掃き掃除したといってたでしょう」

照屋が莉子を見つめた。「まだ残ってたって? 警部たちが目を皿のようにして探しまわったのに……」

莉子は首を横に振った。「視界に映るわけない。ドラゴンフルーツの花のなかにあったから」

「ドラゴンフルーツ?」

「夜咲く花なの。満開になれば直径十センチぐらいにはなる。夜間、紙ふぶきが舞い散ったのなら、いくらか花の上に落ちた可能性もある。花は夜明けとともにしぼんで日中はそのなかに封じこめられてる。そう思って調べにいったの。かろうじて九つの切れ端が見つかったけど、手がかりになりそうなのはこの一枚だけ」

「なるほど」照屋が目を輝かせてビニール袋を受け取った。「花によって捕獲されてたわけか」

「矢印は目的地を表してるんでしょう。日本国行きということは……」

「日本行の航空券かフェリー券か、とにかく漢字が使われる国のチケットさぁ。樫栗芽依は外国にいたとか？　とにかく、ただちに報告するさー」

照屋はそそくさと歩きだし、港に停めたパトカーへと立ち去っていった。

困惑とともに悠斗は莉子を見つめた。「持ってっちゃったよ」

「いいの」と莉子がつぶやいた。「そのつもりだったし。証拠品見つけたんだから警察に提供しなきゃ。市民の義務」

「でも、中国か台湾あたりから帰ってきたってだけじゃ、足跡たどるにはざっくりし過ぎてるね。たんに旅行にでてただけかもしれないし」

「心配ないってば」莉子は微笑を浮かべた。

その控えめながら自信に満ちた態度。久しぶりに目にした気がする、悠斗はそう感じた。どうやら莉子は手がかりがしめす目標に、警察より先に到達できると考えているらしい。

彼女は証拠品からなんらかの事実を導きだした。悠斗は思わず息を呑んだ。ということは……。

悠斗はきいた。「一緒に来てくれるってこと？」

莉子が浮かべた笑みに、わずかに翳《かげ》がさした。「わたしが本当に人の役に立てるか知りたいから……。もういちどだけ謎解きに協力したいと思ったの」

喜びの感情に、ほんの少しばかりの苦味が混ざりあう。悠斗はそんな心境だった。島暮らしを譲らない莉子の決心に一抹の寂しさを覚える。

それでも、またふたりで知力と体力を試す旅にでられること自体、至福以外のなにものでもなかった。

こちらをじっと見つめてくる莉子の真摯《しんし》なまなざしに、共鳴しあう心の振幅を覚える。互いの気持ちを確かめあう最後のチャンス、莉子の瞳《ひとみ》はそう訴えていた。

「じゃ」悠斗は静かにいった。「行こうか」

「ええ」莉子がにこりと微笑んでうなずいた。

「とはいっても……」悠斗は頭を掻《か》かざるをえなかった。「目的地さえもはっきりしてないんでね。とりあえず石垣から那覇経由で岡山空港へ飛ぶってことでいい？　それとも先に京都オフィスへ行ってあいさつするとか」

莉子はまた首を横に振った。「大阪伊丹《いたみ》空港経由、新潟空港」

「新潟？　どういうこと？」

安栄観光の高速艇が桟橋に横付けしようとしている。莉子はキャリーバッグを転がしながら駆けだした。はしゃぐような声で告げてくる。「まだいえない。確証ないし！」

悠斗は面食らったが、莉子が元気を取り戻していると気づき、思わず笑った。ショルダーバッグを肩にかけ直し、トランクを引きずって、莉子の背を追いかける。嬉々《きき》と弾みをつけて走ろう。悠斗は自分にそういいきかせた。凜田莉子が戻ってきてくれた。永遠の暗中模索に等しいと感じていた長旅も、一分一秒が切ないまでに愉《たの》しい冒険となる。これ以上なにを望めというのだろう。こんなに嬉《うれ》しい出発のときはない。

マーペー

正午過ぎ、莉子はたったひとりで石垣島北部の野底岳に赴いた。

石垣から那覇経由で伊丹空港へ飛ぶ航路は、外資系格安航空会社のオーシャン・スタークス・エアラインのみが引き受けている。きょうのフライトは午後四時二十分発の便しかない。空き時間は充分あった。悠斗が新石垣空港で手続きを済ませているあいだに、単独行動をとることにしたのだった。

沖縄では、バスに乗るにはタクシーを拾うのと同様、手を挙げてみせねばならない。何もせずに立っていると通過されてしまう。運転手が無駄な停車を嫌うからだった。地元の常識を知る莉子には問題なかった。目的地付近のバス停で降りて、丘陵と田園が連なる一帯に伸びる七九号線に沿って歩く。

空はどんよりと曇り、標高二百八十二・四メートルの野底岳も頂上付近がうっすらと消えかけている。辺りにひとけはなかった。野底を通り過ぎた先の分岐で右手に入り、登山道へと向かう。

湿気が多いせいか、島の北部はいつも霧がたちこめている。きょうも例外ではないようだと莉子は思った。けれどもそのせいで、頂上の垂直方向に尖《とが》った岩が、意思を持った人の横顔に見えなくもなかった。いまにも首をもたげ、振り向きざまにこちらを見下しそうだ。

山そのものはスダジイの群落に覆われていた。緑色火山岩や溶岩といった、古第三紀始新世の野底層からなるときく。頂上に達すれば、野底地区の素朴な街並みと彼方《かなた》まで広がるコーラルの海を眺め渡せる。

キャリーバッグは悠斗に預けてきたため、莉子は荷物もなく両手を使って登山に臨めた。

野底北部と平久保《ひらくぼ》半島の東側、伊原間《いばるま》とのあいだに林道が伸びている。そちらは舗装されているし、傾斜も緩やかなのでいい近道になる。けれども、莉子は山頂を目指しているわけではなかった。

熱帯植物の宝庫と呼ぶべき山腹のジャングルに分けいっていく。登山道は鬱蒼《うっそう》と茂る木々の隙間を縫うように伸びる、まさにけもの道だった。足場はほとんど剝《む》きだしの土と岩で、特に人の手は加えられていない。急な傾斜地帯には、表層に泥と粘土が混在していることもあり、雨後にはぬかるみに転じやすい。登山道に沿って木の幹にロープが張られているものの、降雨のなかでは摑《つか》まってもしのぎきれないほどの危険が生じる。

さいわい、いま足場は乾燥しているほうだった。山の天気は変わりやすい。崩れる前に用件を済まさねばならなかった。

登山道のいたるところに看板が立ち、頂上への方角をしめす矢印とともに、おおよその所要時間と標高が記してある。景観を損なわないよう木板をつないで作られている。小学生のころ遠足で見たのと同じ看板だった。

都会暮らしで鈍りかけていた身体は、ここしばらくの離島生活で体力を取り戻していた。二十分ほど登っても、さほど息切れしていない。看板には〝頂上まで二十分　標高一七〇メートル〞とあった。そのすぐ先に〝山小屋あり〞と記された別の看板が立っている。

ようやくここへ着いた。戻ってきたというべきか。胸をざわめかせる不安とともに、莉子は歩を進めた。

ほどなく前方に、コンクリ製の平屋建てが出現した。記憶していたよりも大きく感じる。急角度の傾斜面に、水平方向に張りだすように建ち、下部は錆《さ》びついた鉄骨で支えられていた。床のほとんどが空中に浮いていることになる。いまとなっては、その構造こそが気遣わしく思えた。

ご自由にお入りください、と記された扉はアルミ製で、これまで何度も付け直されたのだろう。遠足で訪れたときには、すりガラスを嵌《は》めこんだ木の扉だったと記憶している。

ためらいがちにノブをひねり、扉を開ける。なかの暗がりには、なんともいえない既視感を覚えざるをえなかった。

天井が低く思えるのは、それだけ背が伸びたからだろう。コンクリの空間は密閉状態ではなく、山腹とは逆側の壁が、いたるところで四角くくり貫《ぬ》かれていた。すなわちここは小屋というより、一種の展望台だった。窓には扉の類《たぐ》いは付いておらず、風が絶えず吹きこんでくる。嵐になれば長居はできない。少々の雨をしのげるていどでしかなかった。いわゆる山小屋とはかなり趣を異にするが、標高を考えれば当然かもしれない。

がらんとした巨大な箱のなかには柱がいたるところに立つのみだった。椅子は見当たらず、照明も存在していないばかりか、建物への通電自体がない。幼少期に目にしたままだった。

びくつきながら、山腹側の壁へと視線を向ける。ここまで記憶の通りとなると、問題の絵を見るのが怖い。

マーペーは、たしかにいまもそこにいた。コンクリの建物内に広がる闇ではなく、薄日のもとに輝いていた。

山小屋のなかに谷底がある、そんなふうに思っていたが、いまここに戻ってようやく構造を理解した。建物の山腹側に壁はなく、手すりだけが設けてある。マーペーの絵は、小屋から独立し山腹に浅く凹んだコンクリの枠に、ぴたりとおさまっていた。いわば、山の急斜面に埋めこまれた絵を、ほんの数メートル離れた建物から鑑賞できる、そんな趣向だとわかった。

縦二メートル、横三メートルほどの絵も、スフォリアテッレという手法の美術と理解できる。焼き菓子にも同じ名称があるが〝ひだを何枚も重ねた〟という意味を持つイタリア語だった。すなわち描いた絵の線に沿って切り抜いた木板を、複数重ね合わせてカゼイン糊《のり》で接着することで、ごくわずかながら立体を感じられる。

画面いっぱいに大きく描かれたマーペーの顔が切り絵風なのも、スフォリアテッレの作品であるがゆえだった。丸顔のマーペーは髪をアップにして、頭頂で団子のように結わえている。その髪を描いた板はいちばん手前に貼られているから、顔よりは浮いて見えるため現実感を醸しだす。鼻と、赤い紅をつけた口もとも同様だった。目は逆にくり貫かれて、一枚下の板に黒目と白目が描いてある。

とはいえ、板の厚みはさほどでもないし、なにより山腹に設けられたコンクリ製の枠は平坦《へいたん》で、内部に仕掛けを施せるものではない。電気もきていないし、目が動く機構を内蔵できるはずもなかった。だいいちスフォリアテッレとは、そんな趣旨の芸術ではない。カゼイン糊ですべての裏面を密着させておかなければ剝離《はくり》してしまう。このように外の空気に晒《さら》していればなおさらだろう。

たしかに木の表面は朽ちかけていて、塗装が薄くなっているところもあり、小さかったころのわたしが恐怖を覚えたのも当然だった。しかし、美術史を学んだいまならわかる。この絵は、描かれた当時流行していたピカソの影響を受けている。岡本太郎《おかもとたろう》の画風にも似ていた。抽象画というほど形を崩してはいないが、大胆に簡略化したタッチでもある。マーペーは若々しく魅力的に表現されていた。薄汚れた現在となってはひどく哀れに見えた。

これを手がけた画家にとっては、呪いに等しい都市伝説が広まるなど不本意に違いなかった。純朴で質朴な味わいをだすべく、地味な彩色ながら牧歌的な温かみを取りいれようとしたのに、結果として不気味なものに解釈され、怖がられてしまうとは。

そう思ったとき、莉子は苦笑した。誰よりも怯《おび》えていたのはわたし自身だった。考えてみれば、小さいころは絵本に掲載された切り絵が、なんとなく恐ろしく見えたものだった。子供のために描いているはずなのに受けいれられない。それを知れば画家もさぞ心を痛めたことだろう。

論理的に思考できる自分に、ほっと胸を撫《な》でおろしたい気分だった。しかし……。山のなかから顔を覗《のぞ》かせているようなマーペーは、画家の意図に反し、異様な迫力を帯びている。大きく描きすぎなのかもしれない。あるいはもっと遠方からでも見えるよう、このサイズで制作したが、横風に晒されるとわかり、防風の意味を兼ねて鑑賞用の山小屋を設けた可能性もあった。

ぞくっと背筋に寒気が走る。マーペーはまっすぐにこちらを見つめている。それも当然だ、わたしは真正面に立っているのだから。

子供のころのわたしは、小屋のなかを逃げまわった。マーペーはわたしを目で追ってきた。そんな馬鹿なことが……。

莉子はマーペーの目もとを見つめながら、ゆっくりと戸口のほうへと横移動していった。

白目の真ん中に黒目がある。黒目の左右、白目の比率はほぼ同じ。つまりマーペーはまっすぐ前を向いている。黒目が動けばすぐにわかる。

緊張とともに歩いていくと、しだいに不安が薄らぐのを実感した。マーペーの黒目は、真ん中に落ち着いたままだった。絵は一ミリたりとも変動しない。当然といえば当然だった。

斜めから眺めることで、いかにも平面然としたマーペーの絵。莉子はしばしその場にたたずんでいた。

そのとき、女性の声がコンクリの内部に響いた。「見つめられてる？」

「ひっ」莉子は思わず声をあげて仰《の》け反った。

あわてて振りかえると、登山服で身を固めた高齢の女性が戸口に立っていた。

女性は莉子の反応を見て笑いだした。「ごめんなさい。びっくりさせちゃった？」

「いえ……」莉子はなんとか愛想笑いを捻《ひね》りだしたが、まだ鼓動は高鳴っていた。

「心配しなくても、だいじょうぶさー。この山には何十年も登っとるけど、マーペーさんに目で追われたなんて、いちども経験ないさ」

「そ、そうですよね。でも、そういうさまを目撃したって話もよくきくので」

「わたしの姉もここへ一緒に登ったとき、なんにも反応なかったから安心しとったけど、二度も離婚したさぁ」女性はげらげらと笑った。「ほかにも迷信があるの知ってる？　マーペーさんの顔に石を投げると、その人も石になっちゃうとか」

「あー。小中学生に広まってますね」

「たぶん子供の悪戯《いたずら》を防ぐために誰かが言いだしたんだろうけど、あんまりよくないねぇ。迷信なんか吹聴しちゃ、マーペーさんが可哀想さ。山頂で石になったマーペーさんが」

　ええ。莉子はつぶやきながら、なおもおさまらない胸騒ぎとともに、ふたたび絵に向き直った。

　風化しかけて、薄汚れたマーペーの顔。目は莉子を見つめてはいないものの、なんとなくもの悲しげに見える。山そのものが語りかけてくるようだ。いまにも瞳《ひとみ》が潤みだしそうにすら思えてきた。

トラブル・シューター

小笠原悠斗は、春にオープンしたばかりの新石垣空港、その二階出発ロビーにいた。迷いようがないほどのシンプルな構造は旧空港と同じだが、時間を潰《つぶ》すにはひどく難儀な場所だった。莉子さんと一緒に野底岳に行けばよかった、そんな後悔の念にとらわれながら、空席ばかりの待合椅子のなかにひとり座り、モニターに映るテレビ番組を眺めていた。

二時間サスペンスドラマが放送されているが、セリフがよく聴き取れない。ロビーの真ん中で中年夫婦が口げんかしているせいもあった。

妻のほうは激昂《げっこう》する一方で、しだいに声も大きくなる。「買ったばっかりの軽自動車だったさー！　なのに、ウィンドウを油でギトギトにしちゃって……。水で洗っても落ちないじゃないの」

すると夫が反論しだした。「だからいってるさ。おまえのためを思ってガラスを拭《ふ》いておいたさ！　高いクリーナーも使ったさぁ」

「ふん。灯油かなんかを間違えて塗りたくったんじゃないの」

「馬鹿いうな。いつもぴかぴかになるクリーナーさー。考えられる理由はひとつだけ、おまえのふだんの手入れがひどかったのさ」

「あんたが安物のクリーナーを買ってきたのがいけないさー！」

安物じゃないって何度いえばわかる。嘘つきの言い訳きいたってしょうがないさ。

夫婦の議論は平行線をたどるばかりか、罵《のの》り合いは激しさを増すばかりだった。

空港職員が制止に入るべきと思いきや、警備員はつなぎを着た空港スタッフと深刻そうに顔を突きあわせ、揃って手もとのクリップボードに見いっている。

そのクリップボードを指し示しながら、スタッフが眉間《みけん》に皺《しわ》を寄せた。「これがアメリカからの空輸品一覧。調味料の欄のどこにも、ケチャップがないんです」

警備員が唸《うな》った。「最初から積まれなかったんじゃ……？」

「向こうにもそう伝えたんですけど、そんなはずないって一点張りで」

閑散としたゲートで待機するほかの職員たちも、困惑顔でたたずむばかりだった。トラブルを間近で見聞きしていても、持ち場を離れられない規則なのだろう。

悠斗は諦《あきら》めて、テレビに目を戻した。

ひどくわかりやすい演出のため、セリフがきこえなくても物語はおおよそ理解できる。崖《がけ》から突き落とされて死んだ富豪、容疑者は息子あるいは屋敷の使用人。当然、犯人は息子だろう。アリバイもないし、莫大《ばくだい》な遺産が手に入るという動機もある。結末が見えてしまうと、これほど興味を失わせるものもなかった。あまりに手持ち無沙汰《ぶさた》なため、待合椅子の脇にあるフリーペーパーのコーナーから、無造作に一冊引き抜いた。

開いてみると、求人情報誌とわかる。しかも八重山地方限定だった。

うーん……。転職すれば島に留《とど》まれるかな。悠斗はページを繰ったが、波照間島は製糖工場の見習いしか募集がなかった。

夫婦の口喧嘩《くちげんか》と、空港スタッフらの議論から気持ちを逸《そ》らすため、特に興味もない求人広告を眺めつづける。

〝左利きゴルファー急募〟なる見出しが目にとまった。小浜島のリゾート地にあるゴルフ場が広告主だった。募集人員は十名。はて。左利きのゴルファーなんか需要あるかな。打ちっぱなしの練習場でも、左利き用のレーンは端にぽつんと存在しているだけだが。

こういう奇妙な出来事から、背後に潜む大事件を暴けたりすると爽快《そうかい》に違いない。

莉子も以前に意外な事実を見破って人々を驚かせた。

やってみるか、と悠斗は思考をめぐらせた。彼らに左利き用のゴルフセットを買い占めさせて、値段を高騰させる企《たくら》みか。いや、そんなことで価格が上昇するのか？十人ていどで買いまわったところで、たかが知れているのでは……。

自分の発想力のなさに嫌気がさしてきたとき、莉子の声が耳に届いた。それ、家の窓ガラス用のクリーナー使ってません？

悠斗は驚いて振り向いた。莉子は、さっきの夫婦の仲裁に入っていた。

夫のほうが困惑ぎみにつぶやいた。「ええと……。たしかに家のサッシに使ってたやつさ。でも毎回、綺麗《きれい》になってたさー」

莉子がにこやかな表情で告げた。「家庭用のガラスクリーナーにはシリコンが含まれているので、油膜の原因となります。クルマのウィンドウに使うと油膜が厚くなるんです」

「な、なんだって。そりゃ本当か」

妻がしてやったりという顔になった。「ほらごらん。あんたのせいさぁ」

「だけど」夫は目を丸くした。「どうすりゃいいさ」

するとき莉子が即答した。「スプレーや泡タイプの油膜取りを試してみて、それで駄目ならコンパウンド入りを試してください。力をいれずに、水を弾《はじ》かなくなるまで磨いてくださいね」

「さっそく試そう」夫はせわしなく立ち去りながら、莉子に頭をさげた。「どうもありがとう、助かった」

妻はむっとして夫を追いかけだした。「あんた、少しは謝ったらどう」

ふたりを見送ると、莉子はこちらへ歩きだした。途中、警備員と空港スタッフのトラブルに気づいたようすで、しばらく会話に聞き耳を立てる素振りをした。

やがて莉子はそのふたりにも話しかけた。「すみません。積荷リストの〝野菜〟の欄を見ましたか」

男たちは妙な顔をして見かえした。スタッフがクリップボードの書類をめくり、文面に目を走らせる。

すぐさまスタッフが声を張りあげた。「あった！　でもなんで野菜の欄にケチャップが……」

「アメリカの法律では、大さじ二杯ぶんのトマト・ペーストを野菜とさだめてるんです。それでケチャップが野菜に含まれたりします。調味料の欄になかったのは、向こうが間違えたせいでしょう」

警備員がスタッフを見つめた。「初めてのことですか？」

スタッフは頭を掻《か》きながらいった。「新空港ができて滑走路が伸び、羽田から直行便が来るようになってからですよ、こんな国際貨物を受けとるようになったのは。でも、ほっとしました」

悠斗は呆気《あっけ》にとられていた。莉子は歩を進めるたびにトラブルを解決していく。まるで揉《も》めごとを吸い取る掃除機のようだった。

莉子は近づいてくると、笑いながら隣りの席に座った。「お待たせ」

屈託のない笑顔はひさしぶりかもしれない、そう思いながら悠斗はきいた。「ずいぶん上機嫌だね」

「どうかなぁ」莉子は首を傾げた。「けど、いまなら以前みたいに頭が働きそう」

手もとの求人情報誌の記事を、悠斗は莉子にしめしてみた。「左利きのゴルファーばっかり募集してるんだけど……」

誌面を一瞥《いちべつ》して、莉子はすぐに答えた。「対面して教えられるコーチが十人ほしいってことでしょう」

「あー！　そうかぁ。気づかなかったな。犯罪計画とは関係なかったのか」

「なに犯罪って」莉子はテレビに目を向けた。「テレビの話？」

「違うよ。それ、単純なドラマでね。富豪を突き落としたのは遺産の相続人である息子……」

「じゃなくて、いま息子さんの後ろに映ってる使用人のほうでしょう」

「……どうして？」

「崖から突き落としたら、行方不明になっちゃうかもしれない。法的に七年経たないと死亡が認められないから、そのあいだはずっと遺産相続できない。ほかの方法をとるでしょう。動機は私怨《しえん》で、息子さんに罪をなすりつけることを画策できるほど、家庭の事情に詳しい人間。もうクライマックスだろうから、映ってるなかじゃ使用人ぐらい」

「なるほど。さすがだね……」

「なーんて、ドラマを観るだけなら憶測を楽しんでられるんだけどね。本当の犯罪と向き合うとか、ちょっと考えられないかも。怖がりだし」

「そう？　以前はそんなふうに見えなかったよ」

「それは……」莉子の笑顔が少しばかりこわばった。「何もわかってなくて、向こう見ずだったから」

まだ不安が消えてはいないらしい。悠斗は穏やかにいった。「莉子さんはどんなときでも論理的だよ。出発しよう。きっとまた知性が冴《さ》え渡るね」

「どうかなぁ。あんまり自信ない」莉子はそういいながらも、ふたたび笑みを浮かべて立ちあがった。保安検査場へと歩を進めていく。

悠斗も腰を浮かせて莉子の後につづこうとしたが、テレビから大仰なほどのBGMが響いてきたため、画面を見やった。

探偵が使用人をまっすぐに指差して怒鳴っている。殺したのはあなただ。使用人は目を剝《む》いてたじろいだ。

思わずため息が漏れる。自信ないって、どこがだよ。悠斗は苦笑とともにつぶやくと、ショルダーバッグを肩に提げ莉子を追っていった。

スラング

秋月暮人警部補は小脇にファイルを携え、警視庁庁舎の廊下を足ばやに突き進んだ。憤然とした思いと苛立《いらだ》ちが混ざりあい、歩調も加速する一方だった。

贋作《がんさく》界の帝王を取り調べ中だが、いっこうに成果はなく、父親に次いで今度は元同業者にまで頼る始末だ。前科者の力を借りるなど、管理官は正気なのか。

命令は命令、逆らうことは不可能だった。秋月は突き当たりの扉の前で立ちどまると、腹立ちまぎれにあわただしくノックをした。返事も待たず室内に踏みいる。

その狭い個室には、デスクと椅子がひと組、ほかに家具の類いは存在しなかった。デスクの上にはデジタル録音再生機器。そして椅子には、派手なパンク・ファッションに身を包んだ小柄な女が腰かけていた。

髑髏《どくろ》の刺繍《ししゅう》が入ったレザー、ゴスなミニプリーツに網タイツ、華奢《きゃしゃ》な脚に異様に太くみえるブーツ。ライブハウスでロックバンドでも率いていそうだが、顔はメイクを薄くしている。透き通るような色白の肌を持ち、アイラインを引かずとも大きな瞳《ひとみ》を有していた。ストレートのショートヘアを明るく染めている。つんとすましてみえる高い鼻は小生意気そうでもあるが、どこか清純さも残し、知性も感じられる面立ちだった。

秋月は戸口に立ったまま声をかけた。「雨森華蓮《あまもりかれん》だな」

華蓮は録音機器に目もくれず、指先につまんだブレスレットをいじっていた。

返事がない。じれったさを感じながら秋月はきいた。「それはなんだ」

「見てわかるでしょ」華蓮はぶっきらぼうにつぶやいた。「ブレスレット。スイスの工芸家に作らせた特注品。気にいってたのに錆《さ》びついて歪《ゆが》んじゃった」

「そっくりに複製したらどうだ。万能贋作者と呼ばれたほどの腕なら可能だろ」

視線があがる。不敵かつ、軽蔑《けいべつ》のいろを孕《はら》んだまなざしが秋月に向けられた。「あんた誰」

「捜査二課の秋月だ。きみに関しては担当者にきいた。服飾ブランド品の精巧なコピーで荒稼ぎし、逮捕され服役。現在は保護観察中。保護司によれば問題児だそうだな。刑務所に戻りたくないなら、ここで捜査に協力して心証をよくしておくのもひとつの手だぞ」

華蓮は無表情のままだった。「演説はそれだけ？　本題に入ったらどう」

詐欺師め。本当に足を洗ったかどうかも怪しい。秋月は苦々しく思ったが、いま必要とされるのは彼女への追及ではなかった。「コピアこと孤比類巻修への面会だが、承諾してくれたか」

ふんと華蓮は鼻を鳴らしたが、笑みまでは浮かべなかった。「隣りの取調室にいるんでしょ？　さっきから壁ごしに欠伸《あくび》がきこえてくる。警察もなめられたもんね」

「きみも贋作家の端くれとして、あいつのことは以前から聞き及んでたろ。どう思ってた？」

「ひとつしかない本物をふたつにする。完璧《かんぺき》な複製を成し遂げる凄腕《すごうで》の芸術家。奇跡の男。それでいて気が短く、子供じみてて執念深い側面もある。やられたらやりかえすまでおさまらない」

「複雑な性格ってわけか」

「天才ってそういうもんでしょ。贋作家としての才能は疑いようがなかった。ただし、ある時点から複製品で利益を得るために、かなり突拍子もない詐欺計画を思いつくようになってね。そっちのほうはかなり杜撰《ずさん》だった」

「コピアはすべての偽物を、自分ひとりで作りだしてたのか？」

「そう思ってたけど、手がけるジャンルも多岐にわたってるし、わたしたちと同じくプロデュース側にまわってるのがあきらかになった。専門外のことは知り合いの下請けにまわしてる。なんていうか……」

「がっかり。そんな心境かな」

華蓮はむっとした。警察関係者に心を見透かされるのは好ましくないらしい。「失望しなかったといったら嘘になる。彼には伝説的存在でいてほしかったから」

秋月は机上の機器を見やった。「録音はきいたな？　父親の孤比類巻祐司を呼びだして、私が事情をきいた。その一部始終だが」

「子供のころから天才と凡才の両極端な二面性を内包してた。そこだけは興味深かったけど、あとは無駄話ばっかり」

そう思うのも仕方あるまい。だが、別の録音をきけば考えも変わるだろう。

録音機器のスロットからメモリーカードを引き抜く。秋月は新たなカードを取りだし、スロットに挿入した。

「こっちの録音はな」秋月は説明した。「ゴールデン・プログレス商会の浪滝琉聖《なみたきりゅうせい》が提供してくれた」

華蓮の目が鈍く光った。「浪滝？　宝石鑑定トーナメント事件の主犯ね」

「そう。彼も逮捕され服役中だが、事件に際しコピアに宝石の複製を依頼した。懐にICメモリーレコーダーを隠していて、会話を録音した」

再生ボタンを押す。明瞭《めいりよう》な中年の発声が、スピーカーから響いてきた。『あなたが、そのう、コピアという人かな』

しばし間があった。秋月が取調室で何度も耳にした、馴染《なじ》みある声が応じた。『弧比類巻って苗字をそうもじるのが、フランスの友人のあいだで流行《はや》ったらしい』

秋月は華蓮にきいた。「孤比類巻の声に間違いないな?」

「ええ」と華蓮は真顔でうなずいた。

音声はつづいていた。浪滝が嘲《あざけ》るように告げる。『巷《ちまた》で評判の贋作者にふさわしいニックネームだ』

『贋作者?』孤比類巻の声は落ち着いていた。『僕の仕事が偽物づくりだとでも?』

『……失礼。お気を悪くされたのなら謝る。どう呼べばいいのか、その業界の常識には疎くてね』

『あなたは宝石の複製を依頼してきた。非常に数が多く、種類も豊富だが、いずれも本物同然であること。僕はその要求に応《こた》えられたと自負してたが』

『もちろん。あなたの作った宝石はどれも本物と鑑定されたよ。トーナメントで対戦が終わるたびに、みんながこぞって調べた。コピアのこしらえた宝石は、彼らさえ本物と判断した』

『複製とは、ひとつだった本物がふたつに増えることにすぎない。少なくとも僕はそう認識している』

秋月は停止ボタンを押した。静寂のなか、華蓮の眉間《みけん》に皺《しわ》が寄った。

小脇に携えていたファイルを、秋月は開いた。「録音じゃないが記録はもうひとつある。きみの友人、凜田莉子さんが、波照間島でコピアに初対面したときのことを証言してくれている。ずいぶん詳細にわたって会話を覚えてるんだな。信用できるかどうかわからないが」

「Qちゃんの記憶力なら折り紙つきよ」

ふと手がとまる。秋月はきいた。「Qちゃん?」

「万能鑑定士Qって店を持ってたから」

ああ。秋月はぼんやりと応じてから、該当箇所を発見し告げた。「凜田さんに対し、コピアはこういってる。読むぞ。『僕の商売のモットーは、顧客に本物の満足を得てもらうことにあってね』……ここはいいんだが、問題はこのあとだ。『クライアントに差しだす商品は、本物のときもあれば偽物のときもある。儲《もう》けがでるならどちらでもかまわない。ただし偽物であっても、顧客はあくまで本物と信じる。本物の満足を得てもらうのがモットーとは、そういう意味だよ。僕がとる手段は二通りのうちいずれか。本物そっくりの偽物を作るか、あるいは精巧な証明書をこしらえて美術館をだまし本物をせしめるか。利潤とリスクの大きさを考えどちらかを選択する』」

華蓮の表情が険しくなった。「いってることがまるで逆ね」

「その通り。矛盾してるよ。浪滝の前では、偽物を手がけているわけでなく、本物をふたつにすることが仕事だと胸を張ってる。それだけ完璧な複製を作れると主張してるんだ。ところが凜田さんに対しては、偽物づくりを認めてる。顧客に本物と信じさせればそれでいい、稼げさえすれば。そんな言いぶんなわけだ」

「優柔不断のなせるわざかしら」

「もう少しきいてもらおう。浪滝との会話だ」秋月はふたたび機器の再生ボタンを押した。

コピアの声が淡々とした口調で告げる。『百七十億を集めた時点でどうして持ち逃げしないのか、そこが気になってね。土地を買うつもりなら、勝手に金を遣いこむわけにいかないよな。そこに取り立て屋が殴りこんできたら終わりだし。あなたが目をつけた南九州の島、十億円のお手頃価格だけど、上下水道と電気をひくだけでもその三倍はかかる』

停止ボタンを押してから、秋月はファイルに目を戻した。「一方で、コピアは凜田さんにこういってる。『僕はきみと同じ個人事業主でね。人件費もかからず年商がそのまま年収になる。儲かってる以上、勝ち組ってやつかな』と」

華蓮がまた鼻を鳴らした。「勝ち組ね。この発言に前後して、千八百万円でライオンを闇市場に売却、泡波を製造してセコく二百万の利益を上乗せ。とんだ小金持ちの成金」

「ああ。百七十億を動かそうとする浪滝に向き合っても物怖じせず、十億をお手頃価格と言い張るコピアが、またずいぶんちっぽけな収益を鼻にかけてるじゃないか」

「たしかに変わってるけど、コピアは大小あらゆる物の複製を引き受けるのよ。仕事の規模も一律じゃないわ」

「そうかもしれんが、じゃあこれはどうだ」秋月は機器に手を伸ばした。

再生すると、コピアの声がきこえてきた。依然として冷やかな物言いながら、どこか気遣いの感じられる響きで告げた。『娘さんの自閉症、たいへんだね』

また機器を停止させ、秋月はファイルに目を戻した。「凜田さんに対してはこうだ。『人を再起不能にするにはね、精神的に追いこむことが最も有効なんだよ』

華蓮の表情がいっそう険しさを増した。「異なるふたつの人格が同居してるとでもいいたいの。ジキルとハイドとか」

「両極端な二面性の存在は、きみも認めてるといったじゃないか」核心に触れるときが近づいた。秋月は華蓮を見つめた。「ひとつききたいんだがね。コピアが複製した力士シール。あの肥満体の顔を描いた、薄気味の悪い絵だが……。凜田さんはあれがコピアの贋作《がんさく》と見破った。なぜだ」

「エンクリプテッド・シグネチャ。画家は自分にしかわからない法則性を印がわりに絵に混ぜておくことで、偽物と区別をつける最終手段にする。本来の作者はエンクリプテッド・シグネチャを取りいれてた」

「コピアは贋作を手がける際、常にエンクリプテッド・シグネチャについて無頓着《むとんちゃく》なのかな」

「とんでもない。わたしだってエンクリプテッド・シグネチャがどんなものか毎回気にかけるし、情報を集めきれないうちは偽物づくりに取りかからない」

「ではコピアはどうしてエンクリプテッド・シグネチャを無視した？　宝石鑑定士の目を欺くほど精度の高い偽物を大量に作りだせる男が、なぜ？」

「うっかりしたんでしょ。彼の親父さんも証言してたように、コピアは数日おきに馬

鹿になるんだし。実際に三流詐欺師さながらのポカも演じるし。調子が崩れてるとき
に手がけたんじゃないの」
秋月は黙って華蓮を見据えた。贋作家として小憎らしいほど賢明な彼女のことだ、
そろそろ気づいてもおかしくない。
ほどなく、華蓮の面持ちがこわばりだした。椅子をまわし機器に向き直ると、華蓮
は自分でボタンを操作した。
浪滝の声がたずねる。『あなたが、そのう、コピアという人かな』
コピアが応じた。『弧比類巻って苗字をそうもじるのが、フランスの友人のあいだ
で流行ったらしい』
華蓮は硬い顔で停止ボタンを押しこんだ。
わかったようだな。秋月はファイルを読みあげた。「凜田さんに対しては、孤比類
巻修と名乗ってる」
「……浪滝の前では、孤比類巻としか名乗らなかった。下の名前をあきらかにしてな
い」
「凜田さんと会ったときのコピアは、もっと抜けてたんだな。自己紹介ではっきり口
にしてるよ。『画家の孤比類巻祐司の長男として生まれ、母親はモデル』とね」

華蓮は全身が総毛立つような戦慄《せんりつ》を覚えた。

「なんてこと」華蓮はこみあげてきた苦々しさとともに吐き捨てた。「Qちゃんとコピアの会話だけじゃなく、浪滝の録音も聞いてれば、もっと早く推理できたのに」

秋月警部補が神妙な表情で見つめてきた。「獄中の浪滝が録音の提出を了承したのは、ゆうべのことだった。このメモリーカードはけさ捜査本部に届けられた。われわれもいまになって事実を知ったんだ」

両方の会話に注意深く耳を傾ければ、矛盾だらけのふたつの人格の理由など、たちどころにあきらかになる。翻弄《ほんろう》された自分が腹立たしかった。

思わず跳ね起きるがごとく立ちあがる。秋月の手からファイルをひったくり、扉を開けて廊下にでた。

「お、おい！」秋月の声があわてたようすで追いかけてくる。「雨森、待て！」

素性をたしかめるべく元同業者のわたしを引きあわせたいのなら、その要望に応じてやる。華蓮はすぐさま、隣りの扉を開け放った。

そこは取調室だった。デスクの手前には私服警官がひとり、こちらに背を向けて座っている。彼が対面しているのは、恐ろしくスリムな体型の、宝塚歌劇団の男役にすら見える美青年だった。

その印象は、ほっそりした体形のためばかりではない。女性ならミディアムにあたる長髪は、内巻きにカールを施し、もともと小さな頭部をさらにコンパクトに見せている。目鼻立ちは異常なほど整っていて、あまりに滑らかな肌艶《つや》のせいもあり、マネキンのような質感を帯びていた。墨で引いたかのごとき細い眉《まゆ》の下、薄褐色に染まった瞳《ひとみ》は豹《ひょう》に似ている。袖《そで》のなかが骨格のみにすら思えるほどの、ほっそりと長い腕が身体の左右に垂れさがる。

ワイシャツ姿の孤比類巻修は、華蓮を見るや居ずまいを正した。陽気な声が室内に響く。「これは！　雨森華蓮じゃないか。ふんわりマッシュがいつになく決まってるな」

外見も声も、かねてから知るコピアにうりふたつ。だが軽薄すぎる。知性も感じられない。いまになってみれば、稚拙な目くらましとわかる。

憤りがこみあげて、華蓮は修に詰め寄ろうとした。「よくも人を謀《たばか》っときながら……」

壁ぎわに立つ制服たちが阻止にかかる。私服警官も羽交い絞めにしてきた。修はふいの出来事に驚いたらしく、目を瞠《みは》りこちらを見あげている。

秋月が駆けこんできていった。「いいんだ、離せ」

警官たちは困惑のいろを浮かべながら、華蓮の包囲網を解きだした。

華蓮はレザーの裾《すそ》を引っ張り、着衣の乱れを正しながら修を見やった。「弟はどこよ」

「何?」修は頬筋をひきつらせた。「なんの話だ」

「あなたと違って沈着冷静で、複製を作ることにのみ生きがいをみいだすストイックな彼よ」

「妄想か?」修は笑いだした。「僕はひとりっ子でね。兄弟なんかひとりもいやしない」

「最初にコピアを名乗ったのはあなたじゃなく弟。そこに込められた皮肉な意味合いなんか、愚鈍な兄は知っちゃいない」

「突飛な発想だな。どこからそんなふざけた思いつきを……」

華蓮は修を制して怒鳴った。「C、O、P、I、A! スペインのアンダルシア州のスラングで、一卵性双生児を意味する。それがコピアって言葉に隠された暗喩《あんゆ》よ!」

室内がしんと静まりかえった。修は静止画のように、こわばった笑顔のまま凍りついていた。

深く長いため息が漏れる。華蓮はいらいらしながら髪を掻《か》きむしった。「ったく……。保護観察期間の弊害ね。うわべだけでも品行方正な暮らしを送らざるをえない毎日のせいで、わたしもすっかりヤキがまわったわ。鈍すぎもいいとこ」

秋月が呆《あき》れたようにつぶやいた。「うわべだけでも……？」

華蓮はかまわずつづけた。「親父さんの証言で気づくべきだった。一卵性双生児は指紋も似通っているから、拇印《ぼいん》を捺して見比べたぐらいじゃ同じに見える。けど、実際には異なる。機械の認証はごまかせない。顔も同様。生体認証は別人と認識する。母親は、ふたりの子のうちひとりだけを父親のもとに帰した。やがて中学にあがる前後、母親は子供を入れ替えることを思いついた。決して父に双子だと明かさないよう、ふたりには厳重に言い聞かせておいた。以降、数日ごとに双子は学校から帰る家を交換しあった」

修の顔からは血の気がすっかりひいていた。「ど、どうして……。馬鹿げてる。なぜ僕の母親がそんなことをしでかす必要がある？」

「母子家庭は経済的な援助を受けられるけど、シングルマザーがふたりの子を育てるのは並大抵の苦労じゃないうえ、父親のほうは金持ち画家ときてる。他方、両親のどっちが親権を持つべきか検討される場合、兄弟は引き離さず一緒にしたほうがいいって判断が下る傾向がある。だから母親は双子であることを隠し、父親のもとにひとりだけ帰らせた。マレーシアに男ができたなんて嘘。居場所を特定されないため海外に住んでることにしただけ。子供があるていど大きくなってから、母はもうひとりの子が恋しくなり、入れ替えを謀った。ばれなかったから、数日おきに交換をつづけることにした。子供が父のもとを離れる二十歳まで七年ほど、そんな生活が継続された」

修が目を剝《む》きながら、震える声でいった。「大変な妄想家だな、雨森華蓮。いっぺん脳神経外科の検診でも受けたらどうだ」

華蓮は動じなかった。「弟なら人の精神面を小馬鹿にする物言いはしない。頭の弱い兄を間近に見てきたからでしょ。孤比類巻修。兄弟そろって父親の前ではひとつの名を共有してたのね。お父さんが叱ったことを、のちに綺麗《きれい》さっぱり忘れてしまうことがあったでしょ。でも二度叱られたら、それ以降は絶対に忘れなかった。当然よね。入れ替わってたなら、もう一方が受けた小言なんか知るはずもない。でもふたり一役だから、そんな行き違いは一回限り」

秋月が愕然《がくぜん》とした表情とともにつぶやいた。「もしその話が本当なら、これまでコピアのアリバイが崩せなかったのも……」

「無理ないことよ」華蓮はうなずいてみせた。「わたしがファンになってるストイックな贋作《がんさく》家は、弟のほう。どんな名前かは不明。兄の修は典型的な詐欺師。弟が贋作を手がけてるあいだは兄が遠方で人目につく行動をして、逆に兄が詐欺計画を実行しているときには弟が別行動をとった。双方がアリバイづくりに協力しあってたから、犯行は立証できない。でも最後の事件だけは別。現行犯逮捕で身柄を拘束されちゃったから、アリバイを申し立てようとしてもできない。弟の存在を明かすわけにいかないし」

修が声を張りあげた。「でたらめだ！　そんな作り話で起訴に結びつけられると思ってるなら、お門違いだ」

「兄弟でひとりのクライアントを相手にすることもあった。弟は浪滝に宝石の複製品を提供したけど、兄のほうもグレーの生地の買い占めで利益をだす方法を指南した。もちろん双子なのを隠して別々にアプローチしたから、片方がGP商会に接触してるあいだに、もう一方がアリバイ工作を働くのにも支障はなかった。毎度似たようなからくりの安っぽい詐欺計画は、あなたの発案よね。弟さんとは大違い」

「安っぽいだと……？」

「子供のころから親父さんの金をくすねたり、万引きに及んだりしたのは兄のあなた。弟は黙々と模写の練習をしてた。飄々《ひょうひょう》としたお調子者があなたで、落ち着き大人びてたのは弟。詐欺師が兄、贋作家が弟。慎重さに欠けドジを踏むのが兄、警戒心に満ち勘に優れたほうが弟……」

「黙れ！」修は顔面を紅潮させた。「怪しげな仮説で俺を陥れられると思うか。公判で披露したいのなら、もっとましな話をでっちあげるんだな」

華蓮は覚めた気分で修を見据えた。

ふん。さすがに激昂《げっこう》したとはいえ『兄より優れた弟はいない』とか、そんなふうに口を滑らすほど馬鹿ではなかったか。ケンシロウの兄ジャギよりは知性があるらしい。

ふたたびファイルを開き、華蓮は一枚の紙を破りとった。ボールペンとともにデスクの上に投げだす。「絵を描いて」

「なに？」修がじろりと見かえした。「何を描けってんだ」

「なんでもいいの。描けないでしょ？　絵の才能があったのは弟だし」

「僕はチンパンジーじゃないぞ！」修は紙とペンを押し戻してきた。「描けないんじゃない、描かないんだ」

「へたな絵しか描けないなら、世紀の贋作家コピアのはずもないって証明される。晴れて自由の身になれるのに」

「……ごめんだね。きみは警察の犬に成りさがったか。贋作家の名折れだな」

つまらないプライドだけは捨てきれないようだ。華蓮はいった。「なら質問に答えてよ。ムンクが遺した五枚の『叫び』、共通するエンクリプテッド・シグネチャは何？」

「答える気はない」

「知らないんじゃなくて？」

「警察の前でいえるかよ。正解を口にしたとたん、贋作家の証明になるからな」

「むしろそう思われたいくせに、修。完全に否定されたらこんなにさびしいことはない。でも結論は詐欺師。本物をふたつにする奇跡の人と噂されてるから注目の的だったのに、ちんけな詐欺師とわかったとたん刑事の態度も変わる。贋作界の帝王コピアは恐れられてるのに、弟の威を借る馬鹿兄貴なんか誰も怖がりは……」

「弟なんかいない。僕が贋作界の帝王コピアだ！」

孤比類巻修は、自分の怒鳴り声が室内の静寂に反響するのを感じた。沸点まで達した怒りが急速に冷えていく。周囲の寒さのなせるわざだった。

秋月が渋い顔でつぶやいた。「いまのは自白と考えて差し支えないな？　おまえ、みずからがコピアだと認めた。とりあえず、勾留の延長は決まったも同然だな」

……しまった。修は言葉を失った。

ほどなく釈放に至るはずが、気づいてみればみずからその道を閉ざしていた。日本の司法で〝証拠の王様〟と呼ばれて久しい、自白なる行為によって。

修は混乱していた。いつの間に目的を見失ったのだろう。なぜムキになってまで、贋作者コピアであると主張せねばならなかったのか。

目の前に立つパンク・ファッションの女を、修は見かえした。

誘導された。この取調室ではずっと、コピアか否かの二択が問題とされてきた。なのに、いつしか詐欺師の兄か贋作者の弟かに、論点が挿《す》げ替えられていた。

華蓮が冷やかにいった。「世間はさ、贋作家も詐欺師もひっくるめて、ひとりの犯罪者コピアだと思ってる。本来の罪の二倍罰せられることになるわよ。もし刑期を半減させたければ、双子の弟がいるって認めたら？」

それだけいうと華蓮は背を向け、戸口へと消えていった。

修は何もいえず、私服と制服たちの射るような視線を一身に受けるしかなかった。

なんて女だ……。対局はわずか数分、詰め将棋のように選択の幅を狭められた挙げ句、みずから墓穴を掘ってしまった。永遠に自由を謳歌《おうか》できるはずだった、詭計《きけい》に満ちた人生も、もはや風前の灯だった。

カフェテラス

警視庁庁舎をでると、まだいくらか柔らかい午前の陽射しが降り注いだ。

華蓮はひとり歩道を進みながら、スマホを取りだし莉子にかけた。すぐにでも事実を知らせたい。

呼び出し音が数回。応答したのは留守電のメッセージだった。

じれったく思いながら、華蓮は早口に告げた。「Qちゃん、注意して。事件はまだ終わってなかった。気づいてしかるべきだったわ。スペインのアン……」

はっとして華蓮は言葉を切った。目の前に数枚の紙がひらひらと舞い落ちてきたからだった。

そのうちの一枚を手に取る。華蓮は衝撃を禁じえなかった。

力士シール……。肥満体の顔の、片方の耳たぶから正確に四度仰角に直線を引いた先が、逆側の目尻《めじり》。エンクリプテッド・シグネチャが正確に反映されている。すなわち本物だった。

いや。真の描き手は、二度と力士シールを作らないと宣言している。

華蓮は頭上に目を向けた。桜田通り沿い、霞が関一丁目の交差点付近にある商業ビル。二階のカフェテラス、テーブルについた何者かの手が、紙を撒《ま》き散らしていた。見えるのは腕だけだった。

すぐさまスマホをしまいこんだ。監視されているに違いない。華蓮はビルのエントランスに飛びこむと、階段を駆けのぼった。

力士シールのエンクリプテッド・シグネチャは、作者から凜田莉子へと詳細が明かされた。わたしもその法則性を教えられたが、それ以外には誰も知らないはずだった。

しかし……。本物をふたつにすると評判の〝贋作《がんさく》界の帝王〟なら、エンクリプテッド・シグネチャを看破しても不思議ではない。彼は過去にもそうして、画家本人すら真作と信じる複製を作りだしてきたのだから。

カフェテラスに足を踏みいれる。空席が目立つなか、バルコニー沿いのテーブルに、その青年の姿はあった。

質のいいスーツはクラブプリヴェのオーダーメイドらしい。ついさっき取調室で目にした顔とうりふたつ。それでも既視感はなかった。全身から放つオーラがまるで異なって見える。全身がぼうっと白く輝き、周りを明るく照らしだすようだった。

宝塚の男役に見紛うスリムな体形、内巻きにカールする長髪、容姿はそっくり同じ。だが風格が違う。透き通った肌に、丁寧に仕上げられた彫刻のごとき目鼻立ち。まさしく〝本物〟に相違なかった。

いささか気取ったポージングを好み、なにげない表情で官庁街を眺める。その居ずまいそのものが一枚の絵画のようだった。

華蓮は足ばやにテーブルへと近づいた。青年の向かいの席に、断りもなく腰かける。

孤比類巻の反応は、兄のそれとは違っていた。おどけた態度など微塵《みじん》もしめさず、最小限の眼球の動きで、華蓮をとらえた。高精度のセンサーに似た虹彩《こうさい》が華蓮を見つめてくる。

コピア……。華蓮は固唾《かたず》を呑《の》んだ。かつて贋作家として複数の同業者と顔をあわせる機会があり、彼を見かけた。直接言葉を交わしたことはない。しかし、いま明白になった。あのときのコピアが目の前にいる。風のない湖面のように平穏で、機械のごとく冷たく、隙のない鋭敏さに満ち溢《あふ》れた彼が。

華蓮は胸の高鳴りを抑えながらいった。「お兄さんに会ってきたところよ」

「知ってる」孤比類巻の口調は限りなく落ち着いていて、抑揚がなかった。「捜査二課がきみを呼びだしたことも。雨森華蓮。二年前に手がけたエルメスのケリー32、トリヨンクレマンスの複製は見事だったね」

「あんな急ごしらえのしろものを、コピアが評価してくれるなんて幸せ」

「会心の出来だったろ」

「そこは否定しないけど」どうしても念を押したくなる。華蓮はたずねた。「あなた、本物のコピア？　逮捕された修の弟？」

「きみはどう思う」

疑いようがない、それが華蓮の本心だった。力士シールをテーブルに置いて、華蓮は告げた。「兄がどっかの三流贋作家に作らせたしろものとは違う。いかなる鑑定でも本物と判断される。奇跡よね。コピアの伝説どおり」

孤比類巻は眉《まゆ》ひとつ動かさなかった。上着のポケットからなにかをつかみだし、華蓮の前に据えた。「再会できた記念に」

めったに耳にしない自分の驚嘆の声を、華蓮はきいた。

ブレスレット。わたしがデザインし、スイスの工芸家にワンオフで作らせた特注品。文字どおりこの世にひとつしかない。錆《さび》も歪《ゆが》みもなく、新品のごとき輝きを放っている。

持ち歩いていたほうのブレスレットを取りだす。無残に変色し変形したそれと、コピアが差しだした物を見比べた。

そんな。華蓮は目を疑った。重さも質感もまるで同じ。工芸家のミスでわずかにずれた彫り溝まで、そのままに再現されている。

華蓮はつぶやいた。「いったいどうして……」

孤比類巻が静かにいった。「僕の仕事は、本物をふたつにすることだよ」

ぞっとする寒気を覚えながら、華蓮は視線をあげた。神仏の偶像に等しいその存在に向き合うと、畏怖《いふ》の感情が全身に満ちていくのを感じる。

これがコピアか……。私物のブレスレットについて、どうやって調べあげたのだろう。浪滝のすべても知り尽くしていた。恐るべき調査能力と複製の再現力。並みの贋作家が太刀打ちできるレベルではない。

思わずため息が漏れる。華蓮は孤比類巻を見つめた。「浪滝の前では、苗字しか明かさなかった。ふたり一役を演じながら、修と名乗りたがらない癖がでたのね」

「浪滝との会話をきいたうえで兄とも会ったのなら、真実に気づいてしかるべきだ」

「あなたの名前は?」

孤比類巻はしばし沈黙した。返答を迷ったわけではなさそうだった。ピアニストのように細い指先がグラスをつまみあげる。「コピアと呼んでくれればいい。きみが僕にとって脅威とならないうちは」

もやっとした気分が華蓮のなかにひろがった。同業者として取るに足らない存在と揶揄《やゆ》してきた。ほかの相手なら、グラスをつかみあげて水を浴びせてやるところだ。しかし彼には、それだけの口を叩《たた》ける謂《いわ》れはある。

華蓮は微笑してみせた。「兄の現行犯逮捕で、ふたり一役の日々は終焉《しゅうえん》を迎えたわね。真相を見抜かれたのは残念じゃない？　あのままだったら、コピアの伝説はそれまで。正体は安っぽい詐欺師に過ぎなかったと一笑に付され、以後は誰もあなたの犯行を疑うことはない。楽に仕事ができるはずだった。違う？」

孤比類巻の表情は変わらなかった。「華蓮。メーゲレンは知ってるね」

「ハン・ヴァン・メーゲレン？　もちろん」

「一九四五年、オランダはナチスの占領下にあった。ゲーリング元帥はメーゲレンからフェルメールの絵を引き渡された。ナチスに国宝級の絵画を譲渡した容疑で、メーゲレンはオランダ警察に逮捕された」

華蓮はあとを引き取った。「取り調べに際しメーゲレンは、ゲーリングに譲ったのはフェルメールの絵ではなく贋作だったと白状した。でも専門家ですらその話を信用しなかった。いかなる鑑定においても、フェルメールの絵は本物とされたから」

孤比類巻はうなずいた。「メーゲレンは法廷で、フェルメール作の別の絵を描いてみせた。贋作を仕上げることによってのみ、彼は自分を贋作家だと証明できたんだ」

「あなたも同じ悩みを抱えてるかもね。複製した物を提示しただけじゃ、本物としか思われない。仕事が完璧《かんぺき》すぎて、信じてもらえないジレンマが生じる」

「きょうの出来事は、誤解を解消しうる効果があった。双子という事実はなかなか受けいれられない。かといって、僕が兄のいる場所に姿を現したのでは、過去のアリバイも総崩れになるだろう。兄が逮捕されたうえで、きみのように聡明《そうめい》な人が真相に気づく。理想的な状況といえる」

「……双子なのをあきらかにしたかったの？」

「兄は詐欺師だったが、犯行計画は緻密《ちみつ》とはいいがたかった。結局、最後は現行犯逮捕されてしまった。コピアという通り名で一卵性双生児であることをほのめかしても、誰かが真実に気づく前に、じつは詐欺師にすぎなかったと流布されたのでは面白くなくてね。なにより、兄の凜田莉子に対する所業が気にいらなかった」

「Qちゃん……？」

「そう。万能鑑定士Qという店の彼女だよ。兄は莉子を逆恨みし、精神的にいたぶることで復讐《ふくしゅう》を果たそうとした。愚劣かつ、とても紳士的とは呼べない振る舞いだ。僕は兄のおこないが許せなかった」

「それがお兄さんを見捨てた理由だったの」

「僕は複製にしか興味はない。どんな作品も他人に頼らず、自分ひとりで作りだす。兄は僕の仕上げた複製品を世にだし金を稼ぐ、いわばプロモーターの役割だったが、知能犯である以前に人として足りないものがあった。ほかの贋作《がんさく》者の手による粗悪品まで、コピア作と称して売る始末だった。よって切り捨てざるをえないと判断した」

「ふうん。兄弟愛はなさそう。ずっと結託して父親すらだましてきたのに」

「そうでもないな。僕は十三歳まで母のもとで育った。兄は父の家にいた。僕らが成人したころ、母は別の男性と再婚した。以降、兄弟ふたりきりで助けあって暮らしてきたから、兄への想いは皆無というわけではないよ。今後、僕らが双子だったことは贋作界全体に知れ渡るだろうが、警察のほうには確たる証拠もないから、事実とわかっていても裏付けられない。兄は最後の事件、すなわちライオンの密売と泡波の密造でのみ起訴される。早々に出所できるだろう。詐欺などに手を染めず、真っ当に生きてくれることを望むよ。二度と会いたくないけどね」

偽らざる心情だろうと華蓮は思った。兄弟の力量の差を自覚すればこそ、彼は決別の意志を固めたのだろう。

だがすべてを知ったうえで、新たな疑問が頭をもたげる。華蓮はきいた。「わたしに真実を明かしたのは何のため？」

「莉子に情報を伝えようとするのは予想できていた。さっきも電話をかけようとしてたな。だが、しばらく待ってほしい」

華蓮は面食らった。「わたしに頼みごとをしてるの？」

「その通りだ」

「鑑定家を警戒するなんて、コピアらしくもない」

「違う。真相を知るには、いまの彼女にとっては負担が大きすぎるからだ」

「……というと？」

「兄のせいで莉子は心に深い傷を負った。もともと彼女は、人生の師だった瀬戸内陸《せとうちりく》を見習い、最小限の収入で世の役に立ちたいと願った。けれども、やりくりがうまくいかず経営面で破綻《はたん》しかかった。師と同じ轍《てつ》を踏んでしまったわけだ。そのうえ僕の兄が、莉子の家族にまで揺さぶりをかけ、彼女を精神的に追い詰めてしまった。自信を失った莉子は島に引き籠《こ》もった。コピアが逮捕されたことだけが、せめてもの心の慰めだった」

なんでもお見通しか。華蓮は皮肉をこめていった。「その逮捕されたコピアがじつは偽物で、本物は野放し。Ｑちゃんが知ったら動揺するって？　気遣いよね。お優しいこと」

孤比類巻は無表情のままだった。「そもそも莉子の観察眼と記憶力は、人並み外れた感受性の強さを拠《よ》りどころとしている。彼女はすなおな目で美を見つめられる一方、ひどく子供じみたことに怯《おび》えたりもする。兄の計画がなかなか見抜けなかったのもそのせいだ。ライオンの咆哮《ほうこう》にすくみあがってしまったんだな。事件後も恐怖心が覚めやらず、社会全般から逃避したがる姿勢をしめしている。怖がりな自分とうまく折り合いをつけられない以上、まともな活動は不可能だろうな」

「Ｑちゃんが再起不能になるのなら、贋作者としてはむしろ歓迎すべきことじゃないの？」

「彼女は僕の敵ではないよ。とてもその段階ではない。だから脅威とはなりえないし、彼女自身、無理に背伸びをしなくていいと思う」孤比類巻はそこで言葉を切った。めずらしく考える素振りをしめすと、厳かに付け加えた。「ただし、遠い将来までを考慮にいれたうえで……。彼女のように人格面に優れ、しかも能力に長《た》けた鑑定家を失うのは、おおいに惜しいと感じている」

華蓮は思わず笑った。「コピアがQちゃんの復活を願うの？　本気？」

「きみも同じ思いだろ」孤比類巻は真顔でさらりと告げた。「世に鑑定の目が育ってこそ、真贋が区別されうる。天才と呼べるほどの鑑定家が現れたなら、偽物はすべて駆逐されるだろう。贋作者は一掃される。むろん僕は困らない。僕が作る複製はすべて本物だから」

……たいした自信だ。華蓮は圧倒されていた。かつて彼に感じた理想は幻ではなかった。コピアは複製を芸術ととらえ、真贋の定義すら覆そうとしている。

孤比類巻が見つめてきた。「莉子がいまどうしているかご存じかな」

「さあ。しばらく連絡を取りあってないし」

「彼女はいま、あまり質の高くない偽札の謎を追っている。真贋の鑑定については楽勝だろうが、望みどおりに人助けを果たしうるかは、莉子の頑張りしだいだ」

「……状況を知っていて、見守ろうっていうの？」

「きみにも静観してほしいんだよ。彼女に干渉せずに」孤比類巻は垂れた前髪の隙間から、鋭く光る瞳《ひとみ》を覗《のぞ》かせた。「探偵の真似事を通じ、すべてがはっきりする。ルーヴルをも震撼《しんかん》させた、かつての凜田莉子に戻れるかどうかがね」

トンネルの出口

午前九時、新潟空港近くの村上木彫堆朱美術館。ロビーにたたずんだ莉子は、職員を待つあいだ、手早くスマホをチェックした。

雨森華蓮から留守電が入っている。再生してみると、いつになく早口でまくしたてる華蓮の声が耳に届いた。

『Qちゃん、注意して。事件はまだ終わってなかった。気づいてしかるべきだったわ。スペインのアン……』

音声は途切れ、沈黙が数秒つづいた。それっきり、メッセージは終了した。

なんだろう。スペインのアンダルシアといいたかったのか。

以後ずっと、着信履歴ひとつ残っていない。ひどく気になる事態だった。華蓮の身に何かあったのでは。莉子は不安に駆られながら、華蓮に電話をかけてみた。

呼び出し音ののち、華蓮の声が応じた。「はい」

莉子はほっとしながらいった。「華蓮？　無事なの、よかった」

ところが、華蓮の声は妙によそよそしかった。「なによ。こんなに朝早く。ホノルルのパンケーキ屋並みね」

「朝早くって……。そうでもないけど。華蓮、アンダルシアがどうかした？」

「アン……アンデスメロンっていおうとしたのよ。あれって、アンデス山脈と無関係って知ってた？」

「……『安心ですメロン』の略でしょう。知ってたけど」

「あー、そうなんだ。わかってるのならいいや。じゃあね」

通話はいきなり切れた。

莉子は狐につままれた気分で、スマホの液晶画面を眺めた。いったい何なの……？　っていうか、スペイン関係ないし。

訝《いぶか》しく思っていると、近づいてくる足音がきこえた。老齢の職員が大判の封筒を手にして歩み寄ってくる。

職員がおじぎをしていった。「お待たせしました。東雲風雅作、竜の彫刻の漆硯《しっけん》についてお尋ねだとか」

「はい。こちらなら詳細が判るかと思いまして」

「あいにく所蔵の品としてはございませんが、ひとつだけ存在を確認しております。香港の個人コレクターのかたがお持ちだそうで。クラウン・ピクチャーズという映画会社の役員、チョウ・ユイファンさんです」

スコット・ランズウィックにきいたとおりだった。硯《すずり》の所有者の名もわかった。莉子は職員に告げた。「さすが、お詳しいですね」

「二か月ほど前、鑑定を依頼されましたので」職員は封筒から、大きく引き伸ばした写真を取りだした。「ほら、これがそのとき撮ったものです」

波照間島で見たままの硯が写っていた。莉子は持参したルーペをあてがい、蓋《ふた》の彫刻を観察した。

彫り口の断面にあった、層とまぎらわしい傷は、小さすぎて判別できない。ただし、竜の爪については明確に見て取れる。

莉子はそこを指差した。「左手の爪、変じゃないですか？　鎌倉彫じゃなくて、中国の彫漆類っぽい仕上がりですけど」

職員が眉間《みけん》に皺《しわ》を寄せ、ちょっと失礼、そういって写真とルーペを受け取った。

「ふうん。いわれてみれば、そう思えなくもないですが……。ほんのわずかな刃先の迷いでしょう。彫漆類に似てるのは偶然に違いありません。私どもの鑑定スタッフはみな、本物と断定しましたから」

「でも鹿児島の糊綱英樹先生が、偽物の疑いも否定できないとおっしゃってますけど」

「糊綱先生？」職員は目を丸くした。「あの骨董《こっとう》商の？　たしかですか」

「ええ。『日刊アプライズ』電子版に書いてありました」

「すぐ確認します」職員は莉子にルーペを返すと、そわそわしていった。「こうしちゃいられない。チョウ・ユイファンさんには本物だと太鼓判を捺《お》してしまいました。もし偽物だったら当美術館の存続に関わります。失礼します……」

通路に消えていく職員の後ろ姿を、莉子は当惑とともに見送った。まいったな、専門機関でも判然としないなんて。

エレベーターの扉が開いた。小笠原悠斗がフロアに降り立ち、莉子のもとに近づいてくる。「お待たせ。レンタカー借りられたよ。……どうかしたの？」

「いえ。べつに」莉子は頭を掻《か》いた。真贋《しんがん》の区別はやはり難しい。ブランクがあったせいか勘も冴《さ》えなかった。「店の名前、変更しようかなぁ……。無能鑑定士Qとかに」

「とんでもない。莉子さんは万能鑑定士だよ。さあ、行こう。新潟を目的地に選んだ理由も興味あるし。まさか、この美術館に来るためじゃないよね？」

「違うってば。ついでに立ち寄っただけ。出発しよっか」

莉子は悠斗と歩調を合わせ、エレベーターに向かった。いまは樫栗芽依さんの足跡《そくせき》を洗いださねば。

トヨタのヴィッツが当面の移動手段だった。悠斗は運転席に乗りこみ、ステアリングを握った。行先もルートも、助手席の莉子が指示するままに従う。羽州浜《うしゆうはま》街道を北上し、山形方面に向かいだした。延々とつづく海岸線を走りつづける。

濃い藍《あい》いろを湛《たた》える新潟の海は、八重山とはまた違った美しさに包まれていた。水面《みな も》は絨毯《じゆうたん》のように平穏ながら、ときおり眼下に覗《のぞ》く崖《がけ》に高波が打ちつけ、真っ白な飛沫《しぶき》を巻きあげる。蛇行する道に沿って角度を変えるたび、周りを取り巻く自然にまるで違う顔が見えてくる。外国のようでもあり、純和風の極致と呼べる光景でもあり、まるで飽きさせない。早くも秋の気配を漂わせる繊細で温和な陽射しも、しばらく波照間島に住んだ悠斗には新鮮だった。

カーラジオからきこえてくる女性の声が告げる。ニュースをお伝えします。NTTドコモのｓｐモードメールは、あさってからドコモメールに切り替わります……。これが真っ先に伝えられるからには、世のなかはかなり平和なようだった。

羽州浜街道に並行して、JR東日本羽越《うえつ》本線が走る。視界の開けたなかに、銀行や郵便局が密集した地域があった。遠目にも駅の存在が感じられる。莉子がいった。あのなかに入って。

ほとんど車両のないロータリーの向こうに、工場に似た外観の駅舎がぽつんと存在している。ホームはかなりの長さを誇り、特急列車も停車できそうだった。

ヴィッツを歩道に寄せ静止させると、莉子が助手席側のドアを開け放ち車外にでた。待ってて、そういってバス停へと駆けていく。

路線バスが一台だけ駐車中だった。運転席でドライバーが暇そうにしているのが見える。莉子はその脇に立ち、ドライバーに声をかけた。側面のドアが横滑りに開き、莉子はステップをあがって車内に立ちいった。なにやらドライバーと言葉を交わしている。

やがて莉子は小さな紙片を受け取ると、丁寧におじぎをした。ドライバーも、美人に礼をいわれるのは悪い気はしないのだろう。にやにやしながら愛想よく手を振って見送る。

莉子はバスから降りると、まっすぐにこちらへ向かってきた。表情は喜びのいろに溢《あふ》れている。いまにもスキップを始めそうな軽い足取りだった。

助手席に乗りこんできた莉子が、紙片を差しだした。「はい、プレゼント。ほんとは発行できないっていわれたけど、余ってたやつ特別にくれた」

悠斗はそれを受け取った。レシートだった。印字された文面を見たとたん、絶句せざるをえなかった。

〝府屋駅→日本国〟。金額の下、区間名にそう記載してある。字体といい活字の大きさといい、見覚えがあった。

悠斗は思わず驚嘆の声をあげた。「これだったのかよ」

「バス停が日本国麗郵便局前って名前になってる会社もあるって。同じ行き先だけど」

「日本国って……。てっきり国籍の表記かと」

「国って漢字は、現在の中国や台湾では使われてないの。新潟県村上《むらかみ》市と山形県鶴岡《つるおか》市との境、その名も日本国《にほんこく》って山がある。別名を石鉢山《いしばちやま》」

「たいしたもんだ」悠斗は心からいった。「日本国がゴールになってる路線とか高速道路とか、そういうのを片っ端から検索して探したんだね」

「当たり」と莉子はにこりとした。

「警察はなかなか気づかないだろうな。切れ端が見つかったのが最南端の離島だし、照屋さんみたいに隣国との航路を疑っても不思議じゃないよ」

「でも、かかってもせいぜい一日ぐらいじゃないかなぁ。警察より先まわりする気なら、のんびりしてられない」

「もちろん」悠斗はキーをひねってエンジンをかけた。「いますぐ向かおうよ、その終着点、日本国ってのを訪ねてみよう」


カーナビに目的地を表示してみると、距離は八キロていどだった。ふたたび羽州浜街道、国道七号に復帰する。府屋まで行き、県道五二号を直進。やがて行く手ではトンネルが低い山を貫いていた。

徐行しながら見あげてみると、その入り口の上部にパネルが嵌《は》めこんであった。〝日本国トンネル〟と刻んである。

悠斗は鼻で笑いながらアクセルを踏みこみ、速度をあげた。ヴィッツはトンネルの暗がりへと飛びこんでいった。「樫栗芽依さんが、ここ行きのバスのレシートを持ってたとして……。どうして細かくちぎる必要があったんだろ?」

「カバンのなかを整理する暇もなく波照間島まで逃げたけど、悠斗さんやわたしに本名を告げちゃったし、また別の場所へ移動することになった。知られたくない情報は、すべて処分しなきゃと思った。だからまとめて燃やすべく、客室の外にでた」

「線香花火で遊ぶつもりだったから、ライターも携帯してたわけか。花壇から少し離れたところにあった焦げ跡だね」

「なかでもレシートはよほど見られたくなかったのか、客室のなかで細かく破いておいた。そのうえでほかの処分品と一緒に運ぼうとしたけど、風が吹いたかバランスを失ったか、とにかく戸口をでてすぐ地面にばら撒《ま》かれた。闇のなかで拾ってる暇もないから、ほかの物を燃やすのを優先した。最も処分したかったはずのレシートが、かえって焼却できない結果になった。彼女はそのまま南端荘を離れ、二度と戻らなかった」

「夜中には島を離れる決心を固めてたわけか。そこまでレシートを始末したかったからには……」

「ええ」莉子がうなずいた。「どうしても警察にここを訪ねてほしくない理由がある。じっくり調べなくても、来てすぐに気づくであろう何かが」

トンネルを抜けた。木造二階建ての家屋のような郵便局や、日本国ふれあいパークと記された看板が点在している。がらんとした駐車場の奥には道しるべがあり、登山道入り口と刻んであった。

県道沿いに見えるのは松の木林や溜池《ためいけ》ばかり。あとは大小の広告看板だった。住宅街でもあれば聞きこみを始められるが、人の営みすら見当たらない。これといって目に留まるものは……。

「あっ」莉子がふいに声をあげた。「停めて!」

あわててブレーキを踏みこむ。慣性にふたり揃って前のめりになり、かろうじてシートベルトに引き留められた。タイヤをきしませながら、ヴィッツは路上に静止した。

莉子は振りかえっていた。「バックできる?」

ミラーのなかに、ほかの通行車両は見えない。悠斗はオートマのチェンジレバーをRにいれて、車体をゆっくりと後進させていった。

悠斗はきいた。「どうかした?」

助手席で頭をさげ、ウィンドウから上方を眺めていた莉子が、なにやら指差してつぶやいた。「あれ見て」

道端の大きな看板は、山形隆泉《りゅうせん》女子短期大学の広告だった。四人の女子大生がキャンパス内を笑顔で闊歩《かっぽ》する、そんな写真が掲載されている。

看板そのものは少しばかり年季が入っていた。退色が進んでいる。四人とも痩《や》せていてスタイルはいいほうだが、髪形や服装もごく自然だった。モデルではなく、学生のなかから人選したのだろう。そう思えた。

ふいに注意が喚起された。右端に立つ女性の顔をじっくりと観察してみる。

「なっ」悠斗は思わず声をあげた。「マジかよ!?」

莉子はため息とともに、シートに身を預けた。「この一帯へ来てほしくなかったわけね」

ほかの三人と、和気あいあいと楽しげに触れあう女子大生。樫栗芽依に間違いなかった。

短大キャンパス

山形隆泉女子短大は、外国語と経理の教育に定評があり、遠方からの入学希望者も多く抱える。鶴岡市内では、山形大学農学部や東北公益文科大学大学院に次ぐ有名校で、広大な規模のキャンパスを誇っていた。

午前十一時過ぎ、莉子は悠斗とともに短大の事務局を訪ねた。悠斗がカウンターごしに樫栗芽依の写真をしめし、こちらの大学の出身者ですかときいた。

何年も前の卒業生を、事務局の職員が覚えているとは考えにくい。駄目でもともと、そんな気持ちで当たってみたことだった。

だが応対した男性職員は、写真を見るなりいった。「ああ。県道五二号沿いの広告看板にでてる……」

莉子は思わず悠斗と顔を見合わせた。悠斗が職員に向き直りたずねた。「ご記憶だったんですか」

「ええ。つい最近、あの広告を撤去できないかと相談に来たから」

いっそうの驚きを生じさせる返答だった。莉子は職員を見つめた。「樫栗さんがみずから直談判に来たんですか」

すると、職員は不思議そうな顔をした。「誰？」

「……誰って、この写真の女性ですけど」

「久尾《ひさお》さん？」

莉子はまた小笠原に目を向けた。小笠原も怪訝《けげん》な面持ちで見かえした。

「あのう」莉子は職員に質問した。「樫栗芽依さん。じゃないんですか？」

職員は眉間《みけん》に皺《しわ》を寄せ、少々お待ちください、そういって立ちあがった。カウンターの奥にある棚に向かい、ファイルを引き抜いてページを繰る。

その文面に視線を落としながら、職員は硬い顔で戻ってきた。「久尾藍《あい》さんですね」

カウンターにひろげられたファイルを見て、莉子は固唾《かたず》を呑《の》んだ。

貼られた顔写真はまぎれもなく樫栗芽依、けれども氏名欄には久尾藍と書いてある。学生証のコピーも添えられていた。卒業年はいまから四年前。れっきとした元在学生だった。

悠斗が険しい表情で職員にきいた。「なにかの理由で変名したとか？」

職員は首を横に振った。「苗字と名前をいっぺんにですか? ありえませんね。入学から卒業までの二年間、ずっと久尾藍さんですよ」

住所は鶴岡市内、ここからごく近くの表記だった。山水寮《さんすい》702となっている。

莉子はその記載内容を指さしてみせた。「この部屋に住んでたんですか」

「短大の寮ですけど、もう取り壊されてます」

「転出先とかは……」

「わかりませんね」職員は渋い顔でファイルを閉じた。「寮ですから、卒業したらでていくのがふつうです。実家に戻るケースも多いですね」

「実家はどこでしょうか」

「たしか埼玉かそのあたりじゃなかったですか。入学時のデータベースに残ってるかもしれませんけど、部外者のかたは閲覧できませんよ」

見ても仕方がない、莉子はそう思った。氏名と同じくでたらめにすぎないだろう。なんらかの事件への関与を疑われるまで、彼女は西日本のどこかにいた。倉敷署の刑事に追われていたからには、その近辺の出身かもしれない。実家が埼玉である可能性は、高いとはいえなかった。

どうもありがとうございます、莉子は頭をさげてから、悠斗と連れ立ってカウンターを離れた。

キャンパス内の通路を女子大生がさかんに行き来する。誰に尋ねようと、四年前の卒業生を知るはずもないだろう。これ以上の情報収集は困難だった。

莉子は歩きながらつぶやいた。「名前を偽って在学してたのかぁ……。どうしてだろ。これ以上手がかりは得られそうにないし」

すると悠斗がふいに足をとめた。壁ぎわの案内板を眺めている。保健管理センターと記してあり、矢印がその所在を伝えていた。

悠斗はにわかに早足で進みだした。「まだあきらめるべきじゃないかも」

どうしたのだろう。莉子は小走りについていった。悠斗は通路に深く分けいって、突き当たりのガラス戸を押し開けた。看板には〝保健管理センター　学生相談・精神保健相談〟とある。

カウンターにいた年配の女性職員に、悠斗は樫栗芽依の顔写真をしめした。「ちょっとお尋ねします。この久尾藍さんについて、おうかがいしたいことがありまして」

すると女性職員は、じっと写真を見つめながらうなずいた。「ああ、久尾さんね。よく覚えてます。担当を呼びましょうか」

「ぜひお願いします」

お待ちください。そういって女性職員は席を外した。

莉子は心底驚いて、悠斗にささやいた。「どうして情報を得られると思ったの?」

「名前を偽って在学してたんだから、不安にさいなまれる毎日を過ごしてたんじゃないかと思って。こういうところにもわりと頻繁に顔をだしたんじゃないかと」

「びっくり。冴《さ》えてる」

悠斗は少しばかり得意げな表情を覗《のぞ》かせた。「スクールカウンセラーが当たり前の時代に大学をでてりゃ、こんなのは常識的発想だよ」

「……どうせ高卒だし。学年最下位だったし」

「そういう意味でいったんじゃないよ」悠斗が眉《まゆ》をひそめた。「前より卑屈になった?」

「事実をわきまえるようになっただけ」莉子はため息をついてみせた。「付け焼刃の学習じゃ、知らないこともまだまだあるんだなって」

悠斗は微笑し、穏やかにいった。「大学でてるぐらいしか取り柄のない僕でも、莉子さんのお役に立てたか」

莉子も笑いかえした。「記者の勘、備わってきてるんじゃない?」

白髪のまじったぼさぼさ頭に、黒縁眼鏡をかけた初老の職員が、目の前に腰を下ろした。「どうも。失礼ですが、久尾さんとはどういうご関係で……」

　悠斗が間髪をいれず応じた。「臨床心理士の嵯峨《さが》敏也《としや》と申します。こちらは助手の牧瀬《まきせ》紅莉栖《くりす》」

「ああ」職員は眼鏡の眉間を指で押さえた。「カウンセラーのかたですか。ということは、いま久尾さんをご担当だとか？」

「クライアントです。在学中、彼女がどのような精神状態だったか、差し支えなければお教え願いたいんですが」

　職員は深刻そうな面持ちになった。「大変でしたよ。二年になってからはよくここに姿を見せていたと思います。常に怯《おび》えているみたいで、食事も喉《のど》を通らないらしくて」

「具体的に、どんなことに恐怖を覚えていたか、相談はありましたか」

「いえ。たずねても答えてくれませんでね。夜眠れないとか、めまいが頻繁に起きるとか悩みを口にしているうちに、うろたえて泣きだしたり、ひどく取り乱したりして……。尋常じゃない状態だったので、病院に行くよう勧めたんですけどね。ちっとも従わなかったんですよ」

　莉子は職員にきいた。「久尾さんには、相談できるお友達とかいなかったんですか」

「親友がひとり。ここへもよく連れ添ってきて、久尾さんを励ましてましたね。たしか浦橋《うらはし》……。そうだ、浦橋陽菜《はるな》さん。同学年で、寮の部屋も一緒だったはずです」

悠斗がふと思いついたような口調でいった。「その人について教えていただけませんか。仲のいい親友なら、久尾さんもリラックスして話せるかも」

職員がうなずいた。「彼女はいい子でね。卒業して以降も、私たちに刺身の詰め合わせを送ってくれたりしたんですよ。実家に帰って、サイノってスーパーに勤めてるらしくて」

胸の高鳴りが顔にあらわれないよう留意しながら、莉子は職員にたずねた。「浦橋さんはどちらにお住まいですか」

「松浜《まつはま》漁港ですね。新潟の。連絡先まではわかりかねますが」

悠斗が笑顔で告げた。「そこはこちらで調べます。どうもありがとうございました」

ふたり揃って頭をさげて、保健管理センターから退室する。通路に戻ると、悠斗は晴れ晴れとした笑顔になった。「大収穫」

莉子も笑いながら歩調を合わせた。「いきなり嵯峨先生の名前をだすなんて」

「あの人なら怒らないと思ってさ」悠斗は樫栗芽依の写真を眺めた。「彼女の身になにが起きたか、少しずつ明らかにできそうだ」

ふと足がとまりかける。莉子は悠斗の背を眺めながら、ぼんやりと思った。彼が気にかけているのは樫栗さん。そこまで入れこむ理由はなんだろう。たんなる取材対象と捉《とら》えているだろうか。それとも……。

悠斗が振りかえっていった。「莉子さん。行こうよ」

「ええ」莉子は急ぎ足に転じ、悠斗に並んだ。

フェリー乗り場

悠斗はふたたびヴィッツのステアリングを握り、海岸線の国道七号を下っていった。莉子がスマホで調べてくれた松浜漁港の所在地は、けさ旅の出発点になった新潟空港の目と鼻の先だった。阿賀野川《あがの》を挟んで対岸に位置している。鶴岡市内まで来たのと同じ距離のドライブ、午後二時をまわったころには、広い河口付近にある港町に乗りいれていた。

松浜漁港周辺には、縦横にきちんと区画整理された住宅街がひろがっていた。いたるところに保育園や理容室、クリーニング店などが点在し、生活しやすそうな印象がある。

こんな地域ならスーパーマーケットの需要も高いだろう……。そう思いながらクルマを徐行させていくと、川岸に面したメインストリート沿いに〝サイノ松浜漁港店木曜定休〟の看板がでていた。すぐ近くには、駐車場に進入するためのスロープがある。

広大な食料品売り場を誇る店内に足を踏みいれてすぐ、悠斗は従業員にたずねた。

「浦橋陽菜さんおられますか」

だが、従業員の返事はつれないものだった。浦橋さんならもう辞めてますよ。

莉子と困り顔を見合わせる。事務所にいた副店長を紹介されたが、彼も浦橋陽菜という元従業員はぼんやり記憶していても、住所まではわからないと答えてきた。どうやらパートにすぎなかったらしく、辞めたのも一年以上前とのことで、店員名簿にも記録が残っていないようだった。

浦橋陽菜と知り合いだった従業員を求めて、店のなかを駆けずりまわった。午後三時をまわったころ、ようやく彼女を最近見かけたという中年の女性従業員の証言を得た。

女性従業員は惣菜《そうざい》の陳列棚を整理しながら、煩わしそうな顔でいった。佐渡島《さどがしま》行きのフェリー乗り場で見かけたね。乗船待ちの列に並んでた。いつかって？　先月の……いつごろだったかは覚えてない。わたし単車に乗って、お客さんにアジ届けに行くところだったのよ。うちじゃ宅配サービスなんかしてないけど、その日に限ってアジが美味《おい》しくないって苦情が頻出してね。新鮮そうなやつに交換するために走りまわらされたの。忙しかったから、陽菜ちゃんにも声かけられなかった。通りすがっただけよ。

悠斗は莉子を連れ店をでて、またヴィッツに乗りこんだ。クルマで五分も走ったところに、新潟港の広大な埠頭《ふとう》が存在していた。

降車してフェリー乗り場に近づいてみる。船はでたばかりらしく、窓口の周りは閑散としていた。チケットの申し込みには、乗船カードへの記入が必要らしく、壁に貼られたポスターにその書き方の説明がある。

莉子がポスターを眺めながらいった。「住所欄があるわ。浦橋さんが乗ったのなら、実家の所在地を書いてるかも」

悠斗は釈然としなかった。「いつ乗ったかもはっきりしないのに、調べてくれるかな。ひと月のあいだに大勢乗るだろうし、カードを五十音順に整頓《せいとん》してるとも思えない。せいぜい日付ごとに分けてある程度だな。探しだすにはとんでもなく手間がかかるよ」

「十七日」

「え?」

「十七日だってば」

「ほんとに？　よし」悠斗は咳《せき》ばらいをして、窓口に声をかけた。「すみません。先月の十七日に乗船した僕の妹……。浦橋陽菜といいますけど、運賃が足りなくて後日払いにくる約束だったんですが」

職員の手が棚に伸びる。十七日、そうつぶやきながら、無数の乗船カードを束ねた分厚いファイルを引き抜いた。

しばらくのあいだ職員はカードを次々とめくっていった。やがてその手がとまる。

「浦橋陽菜さん。特にそんな話はないみたいですけど」

備考欄に書き込みが見当たらない、職員はそう主張しているのだろう。ほんとですか、と尋ねながら職員の手もとを覗《のぞ》きこむ。注目したのは別の欄だった。乗船カードの記載情報を素早く読み取る。住所は新潟市北区松浜七―二五―三五。

悠斗はいった。「これは失礼。妹はちゃんと払ってたみたいです。お手間をとらせました」

窓口から遠ざかると、悠斗は手帳を開いて、記憶したばかりの住所をメモした。

「信じられない。なぜ十七日ってわかった？」

「アジは一年じゅう食べられるけど、旬は夏でしょう。それが複数のお客さんにとって不味《まず》かったんだから、新鮮さが欠けてた、つまり冷凍だったってこと」

「このあたりじゃ毎晩、操業にでかけてそうだけどな」

「ええ。夜間に船をだして、集魚灯の光に集まってきたところを大きな網で一気にすくい取るの。けど、満月になると、明るすぎて漁獲量が落ちちゃうのよ。影響がでるのは十六日か十七日あたり。先月は十六日が木曜、スーパーの定休日だった。よって十七日」

さすが莉子さん……。悠斗は開いた口がふさがらない思いだった。「アジが美味しくなかったって、それだけで乗船日を特定しちゃったよ。プロの探偵も真っ青じゃないか」

莉子は笑顔になった。「悠斗さんもベテラン記者の域って感じ。住所、見て取ったでしょう?」

「もちろん」悠斗は手帳を開いてみせた。「ばっちり書きとめたよ」

親友

午後四時半、ようやく暑さが和らぎだしたころに、莉子は悠斗とともに浦橋陽菜の家を訪ねた。

素朴な二階建ての民家に、陽菜は両親と一緒に住んでいた。最初に玄関ドアから顔を覗《のぞ》かせた母親に呼ばれ、二十代半ばの小柄な女性が姿を現した。毛先を軽く巻いたボブスタイルの髪形に白いブラウス、清楚《せいそ》な印象を漂わせている。いまは仕事を持たず、家事手伝いがてら就職活動中とのことだった。

悠斗がきいた。樫栗芽依さん、お友達ですよね。

すると陽菜は一瞬びくついた反応をしめし、表情をひきつらせながら、知りません、そういった。

しかし悠斗がすぐに次の質問をぶつけた。久尾藍さんといえばわかりますか？

陽菜は硬い顔で沈黙したが、近くの喫茶店で話しませんか、そう悠斗が誘うと、黙って従う素振りをしめした。

三人で喫茶店の窓際の席に陣取り、無言のまま向かいあう時間がしばし過ぎた。親友が偽名で短大に通っていたことを、陽菜が知っているのはあきらかだった。その一方で、樫栗あるいは久尾という名をきいても、陽菜は嫌悪のいろを浮かべなかった。まだ友情はつづいている。おそらくは庇《かば》おうとしているのだろう、莉子はそう見当をつけた。

言葉を交わさなければ膠着《こうちゃく》状態は脱せない。莉子は賭《か》けを承知で告げた。「わたしたちは樫栗芽依さんの濡《ぬ》れ衣《ぎぬ》を晴らしにきたんです」

はっとして陽菜は目を瞠《みは》った。その切実なまなざしが、思いを同じくしている、そんな内面を端的に表してみえた。

心の壁をひとつ越えた実感があった。莉子は陽菜を見つめた。「お友達のこと、話してくださいますか」

陽菜の視線がテーブルに落ちた。喉《のど》にからむ声で、陽菜はぼそぼそとつぶやいた。「つい先週、会ったばかりです」

悠斗が身を乗りだした。「どこで……」

「ここです」と陽菜はいった。「彼女のほうから訪ねてきました。まさしくこのお店で、ふたりきりで話したんです。藍は……いえ、本名は芽依ですね。芽依は疲弊しているようすでした」

「あなたは彼女の本名を、短大に在学中からご存じだったんですか」

「いいえ、とんでもない。ここで会ったときに初めてきかされました。彼女は名前を偽っていたことを謝り、その理由も教えてくれたんです。もともと山形隆泉女子短大への入学を希望していたのに、両親に反対されて地元、岡山の四年制大学に進学することになり……。それでもあきらめきれずに、こっそり偽名で短大も受験し、合格してたんです」

悠斗が驚きの反応をしめした。「二重在学？　でも、入試のときに調査書か卒業証明書が必要になるのに」

「わたしもそこを尋ねました。彼女は高校のころネットの出会い系サイトを通じて、偽造の専門家とつながりを持っていて……。むしろ、だからこそ二重在学を思いついたらしいんですが、その人に証明書を作ってもらったそうです。バイトで貯めたお金を全額はたいて、報酬の支払いに充てたとか」

しばし三人に沈黙が生じた。悠斗は視線を落とし、複雑な表情を浮かべた。

樫栗芽依が清廉《せいれん》潔白の身でなかった。そう知らされた瞬間だった。そこに彼はどんな思いを抱くのだろう。莉子には気になった。

だが悠斗は、私情を表すまいとするように、きわめて事務的な口調で陽菜にたずねた。「なぜそうまでして、山形隆泉女子短大に通いたいと思ったんでしょうか」

「純粋に学びたかったからでしょう。語学と経理学について、隆泉女子は独特のカリキュラムを組んでいて評判も高く、芽依はそれらを習得したがっていました。実際、在学中の彼女は勉強に熱が入ってて、成績もかなり上位だったんです」

「岡山の大学に通いながら……ですよね？」

「双方の授業日程が重ならないよう、綿密に計算して科目を選択したみたいです。それでも出席日数はぎりぎりでしたけどね。芽依は自分の親に対しては、大学に行かない日は長崎や熊本の会社見学にでかけていると説明して、移動費を払ってもらっていたようです。二年間でかなりの金額に上ったと思いますけど、就職が不安だから早めに準備しておきたいとか、いろいろ理由を並べて説得したらしくて」

「じゃあ、あなたも久尾藍さんに会わない日が多かったわけですね」

「授業のない日も寮にいないし、よほど多趣味か、人にいえないバイトでもしてるのかなって思ってました。深く詮索《せんさく》はしませんでしたけど……」

莉子は陽菜にたずねた。「短大を卒業してからは、会う機会はなかったんですか」

「ずっと音信不通でした。いまになって思えば、岡山のほうの大学でなんとか四年に進級を果たそうと必死だったんでしょうね。卒業までに必要な単位数を修得しなきゃいけないし。本当の就活も、そのころに始めたみたいです。先週会ったときに、現在の職場の社員証を見せてもらいました。四大の卒業後、岡山穣毘《じょうひ》銀行に就職したようです」

悠斗が手帳にペンを走らせた。「実家通いで地元に勤めだした。そういうことですか」

「はい。でも」陽菜はためらいがちに告げてきた。「いまは解雇されたも同然らしいです。重大なトラブルを引き起こしてしまったので……。いえ、彼女によると、まったく身に覚えのないことらしいんですけど」

空気がしだいに張り詰めていくのを感じる。莉子は陽菜を見つめた。「芽依さんの身に、なにが起きたんですか」

「彼女がわたしのもとを訪ねてきた、その前日のことです。芽依は取引先から預かった、五千万円入りのジュラルミンケースを携え、徒歩で銀行に帰ろうとしてました」

悠斗が眉間《みけん》に皺《しわ》を寄せた。「女性ひとりで、ですか?」

「ずさんな話ですけど、取引先から銀行まで六百メートルほどしかなかったそうで、彼女に限らず効率を優先してそうすることが日常化してたそうです。もちろん彼女は、銀行に帰るまで一瞬たりともケースを手放す気はなく、実際、寄り道などせずまっすぐに銀行を目指したといいます」

午後二時半ごろ、樫栗芽依はジュラルミンケースを片手に取引先を出発、歩道を銀行に向かい速いペースで突き進んだ。一刻も早く銀行へ入金させよう、そんな義務感が全身に漲《みなぎ》り満ちる。脇目も振らず、一心不乱に歩いた。

場所は倉敷市役所付近から岡山バイパス方面へ南北に走るメインストリート、車両の交通量もかなり多く、人の往来も途絶えないていどにある。現金輸送車をだすには距離も短すぎ、銀行からガードマンを呼ぶには時刻が微妙すぎた。間もなく閉店の三時を迎えてしまうし、本日中に入金しておくべき事情もある。

取引先の株式会社R・O・Fから、岡山穣毘銀行までほぼ直線、大きな交差点が七つ。立ち止まるとしたら、それら七か所の信号が赤になったときだろう。ジュラルミンケースは借りた毛布でくるんで、一見それとは判らなくしてある。もっとも、芽依自身が銀行員の制服を身につけている以上、油断は禁物だった。

三百メートルほど歩いて、ほぼ中間地点に達する。歩道の脇には、明治時代に建てられた小さな赤煉瓦《あかれんが》の焼却炉と、低い煙突がそのまま残されていた。現在は使用されてはおらず、景観の一部を成すのみだ。重要文化財に指定されているものの、倉敷の観光名所としてはマイナーな部類に入る。その歩道に面した煙突の前を通りすぎたとき、芽依はわずかに安堵《あんど》を覚えた。道のりも残り半分だ、そう意識した。

直後、背後から接近する靴音をきいた。芽依は突然、何者かに突き飛ばされた。高いヒールの靴を履いていた芽依はその場に転倒してしまい、ジュラルミンケースは手から飛んで転がった。毛布が風で飛ばされ、ケースがあらわになったのを芽依は見た。

そのケースの把《と》っ手《て》を、革製の手袋がつかみあげた。

芽依は突っ伏した状態で視線を上に向けた。中肉中背、夏場というのに長袖《ながそで》のブルゾンにスラックス、長靴。さらにニットの覆面を被《かぶ》った男が立っていた。目もとのみが露出した覆面は数秒静止し、芽依を見下ろしていたが、すぐさま身を翻し逃走しだした。

同時に芽依も立ちあがり、追跡に入った。覆面の男が出現してからここまで、芽依は一秒たりともジュラルミンケースから目を離していない。

芽依は走りながら叫んだ。泥棒！　捕まえて！

周囲の歩行者に、ざわっとした反応があった。通りすがりの男性たちが何人か立ちどまり、振りかえった。車道でも、タクシーが速度を緩めていた。運転手がこちらに注意を向けたのを、芽依は視界の端にとらえた。

自然にできあがった包囲網が、覆面の男の行く手を阻んだ。男はあきらかに動揺をしめして立ちどまり、辺りを見まわすと、ふいに近くの焼却炉へと駆け寄った。

焼却炉の建物は一辺が二メートルほどの立方体をなし、前面は一メートル四方にわたり刳《く》り貫《ぬ》かれていたが、鉄格子が嵌《は》まっており中には入れない。内部もいまや設備のいっさいが除去され、がらんどうだった。煙突は炉の屋根から上空へさらに三メートルほど伸びていて、直径は五十センチていど。白塗りのセメント製の円筒に、清掃員の作業用か鉄製の梯子《はしご》が外部側面に取りつけられている。

覆面の男はジュラルミンケースを抱えたまま、跳躍して焼却炉の屋根に手をかけると、いったんケースを屋根に載せてから、懸垂の要領で自分の身体を引きあげた。屋根の上にあがった男はケースをふたたび抱え、煙突の梯子をよじ登りだした。

ここに至るまでも、芽依は男の行方をしっかり観察し、ケースの行方を目で追いつづけていた。男はほかに荷物も持たず、ケースをすり替えるすべがないことは明白だった。

歩行者たちは焼却炉を取り囲み、男に向かって怒鳴りだした。下りてこい、盗んだ物を返せ。なにごとかとさらに人が集まってきて、一帯は騒然とし始めた。

煙突の頂上まで達した男は、戸惑ったような素振りとともにこちらを見下ろした。それから周囲に視線を向け、数メートル離れたところに、二階建ての建物の屋上があるのを見てとった。跳躍を試みるようなしぐさをしめしたが、荷物が大きすぎると判断したらしく、躊躇《ちゅうちょ》しているようだった。

芽依は大声で呼びかけた。それを返して！

すると男はいきなりケースを開けにかかった。

銀行員としてあるまじきことだが、近所ゆえに油断があり、鍵《かぎ》をかける習慣が備わっていなかった。芽依のなかに後悔の念がよぎったが、いまさらどうにもならない。

ケースの蓋《ふた》が開けられた。男はそれをひっくりかえすと、中身の札束を煙突の口に注ぎだした。

高さ五メートルの位置で繰り広げられる衝撃の事態を、芽依はしっかりとまのあたりにした。と同時に、札束がばさばさと音を立てて焼却炉の内部に落ちるのも確認した。

芽依の視線は絶えず煙突の頂上と焼却炉内を行ったり来たりし、状況は余すところなく把握していた。覆面の男が手にしたケースは空《から》になっていた。男はそのケースを歩道の上に放り投げた。歩行者たちからどよめきがあがり、逃げ惑う反応もあった。ケースが音を立てて歩道に転がったとき、覆面の男は二階建ての屋上へ飛び移った。フェンスにしがみつき、それを乗り越えて、屋上に侵入を果たした。男の姿は見えなくなった。

周りの何人かが追いかけだした。携帯電話で通報する男性もいた。しかし芽依は、その場から動けなかった。

鉄格子の向こうに、五千万円の札束が散らばっている。焼却炉のなかには誰も入りこめないが、片時も目を離したくなかった。この預り金を銀行まで運ぶのはわたしの役目だ、そう胸に刻みこんだ。両手で鉄格子をつかみ、かじりつくように凝視しつづけた。

やがてパトカーが到着し、大勢の警官が駆けつけた。事情をきかれるあいだも、芽依は焼却炉内の札束から視線を逸《そ》らさずにいた。暑いのでパトカーのなかへどうぞ、そう誘導されても、芽依は従わなかった。

ほどなく焼却炉を管理している市役所の職員がやってきて、鉄格子にかかった鍵を解錠してくれた。警官たちと野次馬が見守るなか、芽依は真っ先に焼却炉のなかに身を躍らせた。石畳にひと束百万円の現金が五十散らばっている。いくつかをつかみあげて回収にかかる。

とたんに違和感を覚えた。陽の光に晒《さら》してみると、不安は現実のものになった。インクの色が異質きわまりなかった。左下に貼られているはずのホログラムシールがないのにも気づいた。

一枚を引っ張りだして、太陽にかざす。透かしもなかった。

取引先で現金を預かったときには、当然ながらすべての札を確認し、枚数を数えあげた。すべてが真札だと確認してケースの蓋を閉じ、外へ持ちだした。これは、あきらかに受け取った物とは違う。

次から次へと紙幣を抜いて調べてみたが、どれもこれも偽札だった。和紙にプリンターで印刷したものに相違なかった。黒インクで記された番号は、何枚かごとに同じ数列を繰り返している。

芽依はあわてて叫び声をあげた。これ別物よ！

しかし、警官たちは事情が呑《の》みこめないらしく、怪訝《けげん》そうな顔で見下ろすばかりだった。

焦燥に駆られながら、芽依は焼却炉の床を這《は》いまわった。札束はどれも偽物ばかりで、本物はひと束も確認できなかった。

頭上に目を向ける。空洞の円筒が垂直に伸び、その向こうに丸く切り取られた空が見えていた。すなわち、煙突の内部には誰も潜んでおらず、細工らしき物も見当たらなかった。内壁に釘《くぎ》一本突きだしてはいない。むろん、紙幣の一枚たりとも存在していなかった。

芽依は狼狽《ろうばい》し、近くにいた警官にしがみついた。すり替えられた。五千万円奪われた。泣きじゃくりながら必死で訴えた。

警官の数はいつしか膨れあがり、周囲には黄色いテープが張り巡らされ、捜査関係者以外は立ち入り禁止の区画となった。背に鑑識課の刺繡《ししゅう》が入った上着が何人も現れて、写真を撮ったり偽札をつぶさに観察したりした。

このとき芽依は、自分の手のなかに一枚の偽札があるのに気づいた。さっき焼却炉のなかで、無意識のうちに握りこんでしまったらしい。すでに鑑識課が立ち働いている状況では、なんとなく言いだせなくなった。芽依は困惑を覚えながらも、偽札をポケットにねじこんだ。

私服の刑事が近くで会話するのを、芽依は聞きつけた。刑事は報告していた。覆面の男は隣りの建物の屋上から、さらにその向こうの民家の屋根へと飛び移り、姿を消したようです。緊急配備にも、いまのところかかっていません。

妙だな。年配の刑事がそうつぶやいた。芽依は、自分を見つめる捜査関係者の視線が、しだいに怪訝《けげん》のいろを孕《はら》んできているのに気づいた。

制服警官は、もっと露骨な態度をしめしてきた。ぞんざいな口調で彼はいった。あなた、犯人が煙突に登って頂上に達するまで、片時も目を離さなかったといいましたよね？　ジュラルミンケース以外には、何も持っていなかったとも。しかし、煙突のなかをご覧なさい。上から投げいれて、下の焼却炉内に落ちる。そのあいだにどう偽札と入れ替わったというんですか。

銀行の同僚や上司たちも現場に姿を見せた。芽依の不安をよそに、みな励ましの言葉ひとつ口にせず、冷ややかな反応のみ覗《のぞ》かせた。

わたしが疑われている、芽依はそう自覚した。これほど不本意なことはなかった。芽依は異議を申し立てた。覆面をした男の人がわたしの仲間なら、どうしてわざわざ煙突の上から下へ札束を落とす必要があったんですか。そのう、からくりはわかりませんけど、きっと本物のお金を偽物にすり替える方法が存在したんです。

芽依の意見は受けいれられそうになかった。署への任意同行を求められ、取調室で別の刑事とも話したが、警察は芽依を容疑者とみなすほうへ明確に傾きつつあった。

実家が近所ということもあり、逃亡の恐れはないと判断されたらしく、芽依は深夜には家に帰された。また明日以降もうかがうことがあると思います、そう告げられた。娘が泥棒の片棒を担ぐはずがない、両親はその夜のうちに警察に抗議の電話をいれたが、芽依はひたすら心もとなさを感じるばかりだった。

まるで関係ないこととはいえ、わたしは偽名を用いて二重在学していた。偽造書類を発注した過去が暴かれたら、いよいよもって怪しむべき対象とされてしまうだろう。怖くなった芽依は、証拠隠滅を図らねばと考えた。

ちょうど友達の家に泊まりにいく予定があり、キャリーバッグには着替えから線香花火まで詰めこんであった。それを引きずって、明け方にこっそり家を抜けだし、電車で移動を開始した。目的地は短大のあった山形だった。

まずはバスで日本国付近へ赴いた。恐れていたとおり、自分の写真が載った広告看板がいまも存在しているのを確認した。

二重在学の身としては広告写真のモデルになること自体、まるで気が進まなかったが、いくらか謝礼が支払われると知って断りきれなかった。当時は金銭面に苦労していた。一万でも二万でもほしかった。

あわてて短大へ行き、看板の撤去を事務局に訴えた。それからかつてのルームメイト、浦橋陽菜のもとをたずねるべく新潟に向かった。

莉子は陽菜を見つめながらきいた。「それで芽依さんは……」

陽菜がため息まじりにつぶやいた。「助けて、と涙ながらに訴えてきました。藍……いえ、芽依は頭がよくても、じつは弱気なところがあります。証明書の偽造と二重在学の負い目があってはなおさらでしょう。親も頼れないと思ったに違いありません。ですからわたしは、彼女にお金を貸してあげて……」

悠斗が眉《まゆ》をひそめた。「逃亡の手助けをしたんですか？ 彼女は二年間、あなたにも名を偽ってたんでしょう？」

「そうですけど、悪気はなかったんです。芽依は心から詫《わ》びていましたし、わたしは今後も彼女の友達でありたいと思いました。熱心に勉強し着実に成果をだす彼女を、わたしはずっと尊敬してきましたから」

「ふうん。その後樫栗さんはここを発《た》ち、人里離れたところに身を潜めようと沖縄、波照間島まで飛んだわけか」悠斗は莉子に視線を向けてきた。「南端荘で、一枚だけ持ってた偽札を燃やさなかったのはなぜかな」

莉子は思いつくままにいった。「たぶん、偽札の処分は自分の罪を認める行為に思えたから……じゃないかな。航空券や領収書の類《たぐ》いはすべて燃やしておきながら、偽札だけ客室に置いていったのは、潔白だという彼女なりのメッセージかも。なんともいえないけどね」

「彼女が主張するとおり無実なら、覆面の男ってのを捕まえなきゃ」

「ええ」莉子はうなずいてみせた。「犯人が煙突に登ってからの一部始終は、芽依さんだけじゃなく大勢の通行人が見てたはず。紙幣が偽物にすり替わるチャンスなんてなかった。なのに、現に真札が偽札に変わったとするなら、トリックを暴いて立証しないと」

「倉敷へ行って、実際に現場を見なきゃ始まらないね」

「そうね」莉子はコーヒーカップに目を落とした。すっかり冷めている。手に取り口もとへと運んだ。

陽菜が感激したように目を潤ませながら、莉子を見つめ、次いで悠斗に視線を向けた。「そこまで親身になってくださるなんて……。小笠原さんとおっしゃいましたね。もしかして、芽依とおつきあいなさってるとか？」

莉子は思わずコーヒーを吹きだしそうになり、前のめりになった。

「ま」悠斗がうわずった声をあげた。「まさか。僕は純粋に記者として取材に徹してるだけです」

弁解を聞き流しながら、莉子はコーヒーカップを遠くへ押しやり、もやもやした気持ちを鎮めようとした。

他人からも気があるように見えるほどの、悠斗さんの熱のあげよう。思い過ごしであればいいけど……。

倉敷

それから二日間、悠斗は単独行動をとった。『週刊角川』京都オフィスにあいさつに行ったり、倉敷市内にある格安のウィークリーマンションを紹介してもらったり、雑用を済ませるべく奔走した。

莉子のほうは先に現地入りし、これまた廉価のビジネスホテルに泊まりながら、調査を進めていたようだった。三日目の朝、ふたりは市内にある美観地区の一角で落ち合った。

JR倉敷駅から伸びるアーケード通りのえびす通と本通に、大正や昭和の町並みが残っている。倉敷川沿いにはさらに、江戸や明治からつづく白壁や海鼠《なまこ》壁の蔵屋敷が建ち並ぶ。

水際の柳にアーチ状の石橋は夏の明るい陽射しに栄え、かつての綿花、米穀、肥料問屋の軒先もそのままに、古いたたずまいの洋館と相まって独特の風情をかもしだす。

いまにも商人たちの運ぶ大八車が川辺を行き交いそうに思えた。

平日の午前中だけに、観光客の姿もあまり見かけない。悠斗は莉子とともに白壁通りを歩き、レトロな店構えの前を散策した。

悠斗は印象を言葉にした。「思ったよりずっと広いね。延々つづいてるよ。僕の地元じゃ観光名所はぽつぽつと点在するだけなのに」

莉子が笑みとともにきいてきた。「北杜市《ほくと》の名所って、どんなだっけ？」

「ええと……。メリーゴーラウンドカフェかな。八ヶ岳《やつが》南麓《たけなんろく》高原の湧水。釜無《かまなし》川。それぐらいか」

「最南端の碑とニシ浜、星空観測タワー。お互いに似たり寄ったり」

悠斗は思わず苦笑した。「倉敷みたいな一大観光地には、太刀打ちできそうもないね」

「なにも張りあわなくても」

「僕らはふたりとも自然溢《あふ》れる田舎育ちなわけだ。莉子さんが北杜市に来ても、生活に不自由は感じないかも」

するとと莉子の表情が曇りだした。「わたしは波照間島を離れるわけには……」

「い、いや。たとえ話だよ。ははは」悠斗は笑ってごまかした。気持ちに変化が生じているかと思いきや、やはり莉子の決心は固そうだった。

ふいに沈黙が訪れた。柳の並木がしきりに落葉する。それでも秋の訪れはいまだ気配に留まり、強烈な照りに加えて、アスファルトの放射する熱気で足もとから火がつきそうだった。波照間島の暮らしで鍛えられたからか、酷暑もなんとかしのげそうな次元に感じられる。

少しばかり気まずさを伴う静寂を破るべく、悠斗は莉子に誘いをかけた。「事件現場の煙突、見にいこうか」

まだ心が沈んでいるようすの莉子が、つれない返事をしてきた。「もう見たから」

「……なにかわかった？」

「いえ。けっこう浦橋さんの説明どおり。浦橋さんから芽依さんの実家の住所、きいたでしょう？　わたし、ご両親を訪ねてみようと思ってる」

「それなら僕も一緒に……」

莉子の顔にようやく笑みが戻った。「悠斗さんは煙突を見ておいて。効率を優先して情報収集は別行動。論理的な判断だと思うけど」

悠斗は困惑を覚えながらもうなずいた。「わかった。気をつけて」

「ええ。悠斗さんも」莉子は歩き去っていった。遠ざかる背に長い髪が揺れている。

初めて出会ったころも、てきぱきとした行動が印象的だった。一緒にいると、ややそっけない態度に思えるのも事実だ。現にいまも、空虚な気分に陥らざるをえない。彼女のなかで、かつての謎解きへの興味がふたたび沸き立つようになったのなら、すなおに嬉《うれ》しい。しかし、夢中になると周りが見えなくなる性格は相変わらずのようだった。

そういえば最初のころは、ずいぶん蚊帳《かや》の外に置かれたな。悠斗は頭を掻《か》いた。知性ある彼女のパートナーを目指すなら、どんなことであれ全力で臨まねば。

悠斗は美観地区をでて倉敷中央通りを南下し、ひたすら歩いていった。中心街に等しいはずだが、道の左手は小学校、右手には田畑がひろがっている。倉商東の交差点を過ぎると、ガソリンスタンドや工場など、広い敷地を持つ施設ばかりが連なっていた。白壁通りに比べればひどく味気ないが、それでもときおり文化財とおぼしき古い塀や倉を見かける。

やがて市役所に近づいたころ、道路を挟んで逆側に小規模ながら商社ビルが建ち並んでいるのを見た。なかでもグレーのタイル張りの四階建てに注意を惹《ひ》きつけられる。株式会社R・O・Fとあった。樫栗芽依が五千万円を預かった企業だ。

横断歩道を渡り、そのビルを訪ねてみた。エントランスの自動ドアを入ると、一階には広いカウンターがあって〝証券〟〝外国株〟〝新規相談〟などの札が掲げられた窓口が存在していた。人のよさそうな、頭の禿《は》げた中年男性があいさつをした。いらっしゃいませ。

その男性職員に、樫栗芽依のことを尋ねてみた。男性は困惑と同情の入り混じった顔で、いま思うと軽率でした、そういった。距離もないのだから、うちの社員も何人か銀行までご同行すべきでした。

悠斗はさらに突っこんできいた。当日お金を預けることを、外部の人間が事前に知っていた可能性は？

さあ、と職員は首を傾げた。担当者が銀行と電話で打ち合わせして日程を決めるだけなので、うちのほうで漏れることは考えにくいです。岡山穣毘銀行さんにもお尋ねになってみては？

そうします、悠斗は頭をさげてビルをでた。

また歩道を進んでいく。交差点をふたつ過ぎたころ、行く手にそびえ立つ円筒が見えてきた。

煙突および焼却炉のたたずまいは、たしかに浦橋陽菜の説明どおりだった。そこだけ一軒ぶんの宅地ががら空きになっていて、真ん中に赤煉瓦《あかれんが》の立方体がぽつんと存在する。近くに案内板があって、明治二十五年の建設と説明されていた。近くにあった印刷工場で生じた不要な書類の廃棄用だったらしい。

鉄格子は閉ざされ施錠されている。事件をきっかけに内部も掃除されたのか、焼却炉の中には見るかぎりゴミひとつ落ちてはいなかった。

現場の詳細な調査は後まわしにし、悠斗は先へと歩を進めていった。五つの交差点を経て、バイパスの高架線近くに岡山穣毘銀行の看板を見つけた。

どの都市にもある地方銀行という印象の建物を入り、話のできそうな従業員を探したが、責任者は不在だとして取り合ってもらえなかった。言葉づかいは丁寧なものの、警察の捜査中なので取材は受けられない、そう突っぱねられた。

だが、カウンターの奥で何人かの制服女性と年配のスーツが、こちらを見ながら小声で言葉を交わしていた。どことなく胡散《うさんくさ》臭い金融機関だと悠斗は思った。妙に排他的でよそよそしい。

銀行をでた悠斗は、さっきの煙突へと戻った。鉄格子ごしに中を覗《のぞ》いたが、煙突の内部までは確認できない。

莉子がすでに実地を調べている。新たな発見があるとすれば、彼女ができなかった行為に及ぶしかない。

辺りに視線を配り、通行人が途絶えがちなのを見て取ると、悠斗は焼却炉の壁面をよじ登りだした。

できるだけ急ごう。警察車両の一台でも通りかかったらアウトだ。京都オフィスどころか、ふたたび遠方に飛ばされてしまうだろう。それも今度は記者でなく、全国書店に角川の雑誌を売りこんでまわる営業マンとして。『ザテレビジョン』ならまだしも月刊『俳句』だったら悲劇だ。

屋根の上に立つと、そこから直径五十センチほどの煙突を登っていく。錆《さ》びついた梯子《はしご》の耐久性を気にしながら頂上を目指した。地上五メートルていどの高さとはいえ、上昇するにつれて風が強くなるのを感じる。駆け抜けるクルマの音にも神経質にならざるをえなかった。願わくば、威嚇するような短いサイレンはきこえてほしくない。

頂上に着いた。梯子にしがみつきながら煙突のなかを覗きこむ。

円筒内部は陽光に明るく照らしだされ、底部の焼却炉の床まではっきりと見通せた。たしかに、内壁には出っ張りも窪《くぼ》みもなく、札束を入れ替えられるような機構は組みこめそうにない。むろん頂上における煙突の縁《へり》もさして厚みはなく、偽札をあらかじめ積んでおけるようなスペースもなかった。

それに……。登ってみて初めて理解できたこともある。隣りのプレハブ二階建て、おそらく中小企業の社屋と思われるが、その屋上までの距離は近くなく、飛び移るにはかなりの勇気が必要だった。助走をつけられるならともかく、梯子からの跳躍では手すりをつかめるかどうか、極めて微妙なところだ。

悠斗はみずから試そうとしたが、脚が震えるばかりで、とても手を梯子から離す気になれなかった。覆面の男はよほど身体能力に長《た》けていたのだろうか。そもそも、なぜ危険をおかしてまで真札を偽札に変異させる〝魔法〟を披露したのか。

メールサーバ

倉敷市児島《こじま》。蒼《あお》く澄んだ瀬戸内海と、鮮やかな黄緑いろの丘陵地帯に囲まれた市街地だった。莉子は児島駅の改札をでて、ヤマダ電機の左手に広がる住宅地、四丁目へと歩を進めた。

まったく同じデザインの小ぶりな戸建てが連なる。建売然とした一棟、樫栗と表札の掛かった家のチャイムを押した。

待つこと数秒、あわただしい足音が響いたかと思うと、玄関ドアが勢いよく開いた。顔を覗《のぞ》かせたのは主婦らしき女性、それから夫とおぼしき男性。年齢はいずれも五十歳前後、ふたりとも普段着だった。揃って目を剥《む》いて、こちらを凝視している。

初めて会う気がしない、莉子はそう思った。それぞれに芽依と共通する面影を備えているからだった。すなわちこのふたりが芽依の両親に違いない。特に母親はそっくりだった。

両親の名は芽依が陽菜に教え、その陽菜から莉子も伝えきいていた。樫栗隆司《たかし》・美《み》香《か》夫妻。芽依はひとり娘だった。この夫婦にはほかに子供はいない。

ふたりは莉子の顔をしばし見つめていたが、すぐに失意のいろを漂わせた。娘の帰還ではなかったからだろう。

美香があからさまな落胆とともにきいてきた。「どなた?」

「ええと」莉子はいった。「わたし、浦橋陽菜……」

浦橋陽菜さんからここの住所をきいてうかがったんですけど、そう話すつもりだった。

ところがふたりは、ふいに目を輝かせると、ドアを大きく開け放った。美香が声高に告げた。「ああ! 浦橋陽菜さんね。芽依がいつも言っていた……」

「えっ」莉子は絶句した。「あ、あのう。わたしは……」

すると今度は隆司のほうが鼻息荒くいった。「長崎のお友達だね。遠くからよくおいでになりました」

間髪をいれず、美香が笑顔でまくしたてる。「向こうで仲良くしてくれたのよね。就活、いつも一緒だったんでしょ? 芽依ったら結局、地元の銀行に入行しちゃったけど、長崎ではどんなところをまわったの? あの子、なにも教えてくれなかったのよ」

隆司が咎《とが》める目つきを美香に向けた。「こら。一方的に喋《しゃべ》っちゃ浦橋さんに迷惑だろ。まずはあがってもらったら」

ええ、もちろん。美香は満面の笑みで歓迎の意をしめしてきた。「どうぞ、浦橋さん」

莉子は笑顔がひきつるのを感じた。いまさら別人とは打ち明けづらい。

けれども、ほっとした部分もある。両親はいまだ二重在学の事実を知らない。すなわち、警察の捜査もまだそこまで行き着いていないのだろう。

芽依は浦橋陽菜について両親に話していたものの、新潟在住とは打ち明けられないため、長崎の友人ということにした。そんな事情も垣間《かいま》見える。

失礼します、そういって莉子は玄関を入った。この際、名乗るのは先送りにしてもいいかもしれない。

両親の案内で廊下を歩きながら、莉子は静かにきいた。「芽依さん、いなくなっちゃったとか」

美香は表情を曇らせた。「知ってたのね。じゃあ浦橋さんのところにも、おまわりさんが……」

らな」

隆司が険しい面持ちでうなずいた。「親しい友達ぐらい、すぐ調べがつくだろうか

ふたりは早合点したようすのまま喋りつづけた。美香がいった。「長崎の浦橋さん家《ち》にいるんじゃないかしらとか、夫とも話してたのよ。でも連絡先がわからないでしょ。おまわりさんは探り当てたのね」

通された部屋は客間ではなかった。淡いピンクのカーペットが敷いてある。カントリーとモダンの中間をテーマにしたインテリアで、簡素ながら上品にまとまっていた。ドレッサーには化粧用品が整然と並んでいる。

芽依の自室に違いない。娘の友達ときいて、両親はどうしてもここに連れてきたかったのだろう。あるいは、来客などなくとも、ふたりとも常にこの部屋にいるのかもしれなかった。娘が失踪《しっそう》した事実の衝撃を和らげ、寂しさをまぎらわせるためとも考えられる。

隆司が唸《うな》るようにつぶやいた。「芽依が銀行の金を盗んだなんて、とんでもない勘違いだ。あの子はいまもどこかで苦しんでる。私も会社に行く気にもなれず、こうしてずっと家にいるよ。せめて連絡してくれればいいんだが……」

美香は莉子にきいてきた。「浦橋さんに電話かメール、寄こしてない？」

莉子のなかに困惑が生じた。実際には、芽依は陽菜のもとを訪ねている。しかしそのことに触れるのは難しかった。山形の短大に通っていた事実を暴露したくない。首を横に振ってみせてから、莉子は穏やかにいった。「あのう、警察からはどのような話が……」

よく見ると、両親はともに疲れた顔をしていた。血走った目は、よく眠れていないがゆえだろう。隆司がため息まじりに応じた。「NTTドコモから情報提供を受けるため、両親の同意を得たいとさ。情報開示を強制するのは裁判所命令がなきゃ不可能だが、私たちが賛同すれば、ドコモに協力を願いでることが可能だと。たいてい承認される、と警察はいってた」

美香が莉子を見つめてきた。「わたしたち、もちろん賛成したんです。そしたら、芽依の持ってるケータイの位置情報が明かされましてね。姿を消した翌日には山形、その翌日には沖縄に飛んで、最終的に……ええと、どこだっけ」

隆司がいった。「波照間だ。とんでもないクソ田舎の離島だそうだ。そんな未開の地みたいなところで安宿にでも泊まって、ハブに咬《か》まれたらどうする」

莉子は思わずむきになった。「ハブはいませんけど。インターネットも通ってるし」

夫婦が揃って妙な表情を浮かべた。隆司がきいた。「知ってるのかね?」

「あ、いえ」莉子は冷や汗をかきながら笑顔を取り繕《つくろ》った。「そのう、波照間に行ってからの足取りは……？」

美香が深刻そうな表情になった。「たった一日で、また石垣島経由でこっちへ戻ったらしいの。倉敷市内に」

「えっ？　近くにいるんですか」

隆司が渋い顔でうろつきだした。「そうなんだが、娘のケータイはGPS内蔵型じゃなくてな。最寄りの基地局が判別できるだけらしいんだ。該当する基地局がカバーするエリアだけでも、十万世帯はあるらしい。捜査員が虱潰《しらみつぶ》しに探してるが、いつになったら見つかるのやら」

美香も視線を落としてつぶやいた。「ぐずぐずしてるうちに、またほかへ移っちゃうかもしれないのにね。この辺りに戻ってきたからには、わたしたちに助けを求めたがってるんじゃないかと、毎日気が気じゃなくて」

さっきチャイムが鳴ったときの反応がすべてを表している。莉子はそう思った。

近場にいるのなら、なんとか出会うすべを探りたい。莉子は両親にたずねた。「位置情報以外に、通話記録もドコモのほうで判明すると思いますけど」

隆司が首を横に振った。「ずっと電話はかけてないらしい。メールで市内の誰かとやりとりしてるのはわかったが、受信したとたんにサーバから消えちまうとかで、内容は不明だそうだ」

莉子はふいに胸が昂《たか》ぶるのを覚えた。「ドコモから情報を得たの、いつごろですか」

「二日前だ」と隆司はいった。「その後は動きがあったらまた知らせるといってたが、いまのところ何もいってこない」

「なら」莉子は両親の顔をかわるがわる見つめた。「いますぐドコモの担当者と連絡をとってみてください。警察には知らせないで、おふたりから」

真犯人

午後七時をまわり、窓の外はすっかり暗くなっていた。

けれども、樫栗芽依は明かりを点《つ》けず、六畳のアパートの隅にうずくまっていた。すりガラスを通して差しこむ、通路の蛍光灯の光が唯一の照明だった。

住人が室内にいると悟られたくない。ようやく契約できたこの隠れ家に長く居座りつづけるには、生活面にも慎重を期するよりほかになかった。

お腹がすいた……。じきに非常食にはありつけるはず。待ちつづける一分一秒が、永遠のように長く感じられて仕方ない。

そのとき、廊下に足音をきいた。薄い木製のドアがノックされる。女性の声がドアごしに告げた。「田中《たなか》さん。磯蔵《いそくら》さんからお届け物です」

田中というのは、ここでの芽依の偽名だった。やっとか。芽依は立ちあがり、サングラスとマスクで顔を覆うと、ドアに駆け寄った。「はあい」

鍵《かぎ》を開けて、ドアをそろそろと開ける。宅配業者と向かい合うと思いきや、ぎょっとして立ちすくんだ。

業者でないことは一目瞭然《りょうぜん》だった。制服を着ていない。若い男女、それも知り合いだった。男性は小笠原悠斗、女性のほうは凜田莉子。

息苦しさを覚え、芽依はマスクをむしり取った。サングラスを外し、ふたりの顔を交互に眺めた。

見間違いではなかった。波照間島のふたり……。いったいなぜここに。

悠斗が手にした買い物袋を持ちあげてしめしてきた。「差しいれ」

芽依はまだ呆然《ぼうぜん》としていた。何がどうなっているのか、皆目見当がつかない。めまいが襲ってくる。空腹のせいもあると芽依は実感した。いまはただ食事をしたい。それだけだった。

すると悠斗が、澄ました顔のまま告げた。「心配ないよ。いまコンビニで買ってきたおにぎりとサンドウィッチだから。っていうか、磯蔵って人からの荷物は待つだけ無駄。永遠に届かない」

「そ」芽依はつぶやいた。「それ、どういうこと……?」

莉子が小声でいった。「磯蔵脩平《しゅうへい》、鑑定業界にも名前が知れ渡ってる書類関係の偽造屋さんね。有印私文書偽造の容疑で何年も前から指名手配されてる」

芽依は取り乱しそうだった。「そんなことまでわかってるの？　あなたたちって、何者？」

悠斗が穏やかに告げた。「とにかく、まずはこれを食べて。なかに入っていい？」

当惑よりも食欲が確実にうわまわった。芽依は袋を抱きかかえるように受け取ると、部屋の暗がりに舞い戻った。

ふたりが入室し、後ろ手に扉を閉める。明かりを点けようとはしなかった。こちらの事情を察してくれているようだった。

うっすらと見えるおにぎりの包装紙を解《ほど》いて、ひと口かじった。美味《おい》しい……。芽依は思わず涙ぐんだ。

闇のなかにたたずむ悠斗がいった。「波照間島から倉敷に戻ったはいいけど、泊まるところもなくて困った挙げ句、もう連絡しちゃいけない相手にメールしたんだね。以前に短大入学のために偽造書類を作らせた磯蔵を頼った。磯蔵はあちこちにある隠れ家のなかから、この部屋をあなたに提供してくれたうえ、きょうも非常食を送ってくる予定だった」

芽依は食べ物を喉《のど》に詰まらせそうになった。激しくむせながらきいた。「な、なんで……」

莉子がささやくように告げた。「メールは受信とともに消えるから安全、そう思ってたんでしょう？　でも昨日付でｓｐモードメールがドコモメールに切り替わった。前と違って、ダウンロード後もサーバにデータが残る」

「……メールを盗み読みしたの？」

「ご両親の同意のもと、警察の仲介で携帯キャリアが情報の提供を了解したの。あなたの生命にかかわることだから」

思わずため息が漏れる。芽依はつぶやいた。「お母さんやお父さん、自殺の心配をしてくれてるの。わたしにはそんな気力さえないんだけど」

悠斗がいった。「メールには磯蔵が用意したこの部屋の住所と、磯蔵への謝礼金の送付先として広島の一軒家の所在地が載ってた。たったこれだけのことで四十万円だなんて、ぼったくりもいいとこじゃないか」

莉子がつづけた。「指名手配されないうちにキャッシングで借りようとしたんでしょう？　犯罪者なんかと契約しちゃいけない」

芽依はまた泣きそうになった。「ほかに方法がなくて……」。もとはといえば、短大に入るために不正な手段を模索したのが間違いだった。磯蔵みたいな男と知り合いになるべきじゃなかったって、いまじゃ反省してる」

悠斗が静かに告げた。「もう縁は切れてるから安心していい。夕方、広島の隠れ家に警察が急行して、磯蔵を逮捕したって連絡が入った」

衝撃が全身に走る。芽依は暗闇のなか悠斗のシルエットを見つめた。「警察がメールを見たから？　なら、わたしの居場所も……」

莉子がいった。「落ち着いて。メールを確認したのはご両親だけよ。警察には知らせてない。おふたりともここへ来たがってたけど、遠慮してもらったの。ご両親が動いたら警察にばれちゃうし、あなたも任意同行で連れて行かれちゃうし」

「わたし」芽依の視界が涙でぼやけた。「偽札にすり替えてなんかいない」

悠斗はなおも優しい口調のままだった。「ひとつずつ疑問を解消していこうよ。覆面の男は、あなたが五千万を運ぶのを知ってて準備してたわけだ。日程を事前に知ってた人に、心当たりは？」

「いえ。誰にもわかるはずないし」

「そうはいっても、現金を預かるからには、前もって連絡を取り合ったんだよね？」

「違うのよ」芽依は首を横に振ってみせた。「催促にいったら突然、現金が用意できてるっていわれたの。だからその足で持ち帰ることになっただけ」

「催促だって？　ってことは、預金じゃなかったのか」

「借金の返済。株式会社R・O・Fさんが銀行から借りてたぶんなのよ。期限をかなり超過してて、利息も含めて五千万円。厳密には端数もあったけど、そこは数枚の紙幣と小銭で別途受け取ってる。ジュラルミンケースの中身は、きっちり五千万」

悠斗がきいた。「急にきょう返せるといわれたの？」

「そう。でも時刻は二時半だったし、その日のうちに返済しないとまた利息が増えることになってたから……。どうしても今日付けにしてくれっていわれて、あわてて銀行に運ぶことになったの。軽はずみな行為だったけどね。規則にも違反してた。少しぐらい時間がかかっても、銀行のガードマンを呼ぶべきだった」

すると、ふいに莉子が天井を仰いだ。「あー。なんだ。そういうことか」

「……え？」芽依はたずねた。「なにが？」

「覆面の男性、警察の緊急配備にかからなかったわけね」莉子はため息とともにつぶやいた。「株式会社R・O・Fの社員だもん。すぐ近くの会社へ逃げ帰っただけ」

芽依は全身の血管が凍りつくような驚愕《きょうがく》を覚えた。「まさか!?」

悠斗も目を丸くして莉子を見た。「借金してた会社の人間が奪ったってのか？　どうして？」

暗がりに浮かぶ莉子の顔は平然としたものだった。「樫栗さん。五千万円と引き換えに、受領証を手渡したんですよね」

「はい」とたんに、ひとつの可能性を思いつく。芽依は声をあげた。「ああ！」

莉子がうなずいた。「R・O・Fって会社にしてみれば、銀行員から受領証をもらった時点で借金はチャラになる。あとはあなたが銀行に帰るまでの路上で奪ってしまえば、五千万は取りかえせる。失われた被害額は銀行がかぶるだけ」

悠斗は興奮ぎみにまくしたてた。「でも、それならジュラルミンケースを奪うだけでいいだろ。なぜ偽札を用意してすり替えたんだ？　そもそも、どうやって煙突のなかで真札が偽札と入れ替わったんだよ」

莉子が微笑を浮かべた。「煙突では何も起きてない。樫栗さんがR・O・Fから持ってでたケースの中身が、すでに偽札だったってこと」

芽依は衝撃とともに否定した。「ないって。わたし、しっかり確認したのよ。お札が本物かどうかなんて、触ればわかるし」

「受領証をもらうまでは本物だったの。樫栗さん、返済の催促に行っただけってことは、ジュラルミンケースは銀行が用意したものじゃなかったんでしょう？　R・O・

Fがくれた物だった。違います？」

浮かびあがる事実に、しだいに認識が改まっていく。芽依はつぶやいた。「その通り。ケースは会社の人が貸してくれたの。あとで返してもらえればいいって」

「R・O・Fにいた銀行員はあなたひとり。お金を確認してから、受領証を書いて印鑑を捺《お》すまで、あなたはケースにしがみついてましたか？」

「椅子の傍らに置いてました……」

「会社側はケースを隠すためといって、毛布も提供してきた。人間、視野に映ってるものしか認知できない。あなたが目を向けている以外の範囲はすべて死角です。ひとりの社員があなたの注意を惹《ひ》く。別の社員が後ろからこっそり近づき、あなたの脇に置かれたケースをすり替えても、見てなきゃ気づけない。会社の人間が全員つるんでれば難なく可能です」

「で、でも、偽札にすり替えたのなら、路上で奪う必要なんかなかったでしょう」

「五千万を取り戻そうとする会社側の思惑を考えれば、理由もあきらかになってきます。本物の現金を渡してから外で奪うのはリスクが大きすぎる。だからあなたが現金を確認したのち、偽物にすり替えることにした。路上で一瞬でも開けて中身を見る可能性も考慮して、なるべく完成度の高い偽札を詰めた。銀行員であっても、ちら見するだけなら偽札と気づかないと踏んだんです。すでに出発前にいちど確かめてますからね。けれど、そのまま銀行に持ち帰られたら、会社をでる前に偽物とすり替えたことが明白になっちゃう」

悠斗がうなずいた。「じゃあ煙突に登ったのは、ただのアクシデントか」

「そう」と莉子はいった。「ほんとは奪ったあと逃走するだけの予定だったのに、通行人に行く手を阻まれて、煙突しか逃げ場がなくなった」

「けれど」悠斗がつづけた。「てっぺんまで登ってみたら、近くの建物に飛び移るのも至難の業だった。少なくともジュラルミンケースを持ったままじゃ跳躍できない」

莉子は芽依を見つめてきた。「犯人はケースを捨てようとしたけど、それまでにケースは一瞬たりとも、あなたや通行人の監視から外れてない。そのまま地上に放り投げたんじゃ、途中ですり替えられた可能性はゼロと判断されちゃう。だから、わずか数秒でも周囲の目から隠すために、煙突のなかに札束を注いだの。鉄格子のなかに落ちた現金はすぐに真贋《しんがん》を確かめることもできないし、そちらに注意を惹きつけておけば逃走に余裕ができるとも考えたんでしょう。R・O・F側が想定したとおり、あなたに本物の五千万を渡してたら奪回に失敗するところだった。偽札だったからこそ捨てて逃げおおせられた」

芽依は失神寸前な自分を感じていた。

犯人が煙突に札束を投入したのは、すり替えがあった可能性を演出するための咄嗟《とっさ》の判断……。意識が遠のきそうになったが、かろうじて自我をつなぎとめた。

悠斗が莉子に目を向けた。「だけど、五千万が預金じゃなく返済金だとわかったら、警察もR・O・Fを疑うはずじゃないか？　煙突を通しただけじゃ偽札とすり替えられないってのは、実況見分でもあきらかだろうし」

莉子の声のトーンは変わらなかった。「もちろんそうだけど、そこを突き詰める前に樫栗さんが行方をくらましちゃったから……。現状では樫栗さんが最重要の参考人ってことになってる」

「ああ」芽依は思わず両手で頭を抱えた。「わたしったら、なんてことを……。冷静に考えてれば気づけたかもしれないのに」

悠斗が穏やかな口調でささやきかけてきた。「心配ないって。潔白を証明しようよ。真実を共有している以上、僕らも力になるから」

芽依は胸を締めつけられる気がした。悠斗のシルエットが、おぼろに幻想的な光に縁取られて見える。こんなに頼れる男性はほかにいない……。

「ありがとう」芽依は震える声でいった。「小笠原さん」

莉子が戸口に向き直った。「わたしはこれで」

すると悠斗はあわてたようすで制止にかかった。「お、おい。莉子さん」

芽依もすがる気持ちでいった。「凜田さん。お願い。このままじゃわたし……。警察に事情を打ち明けようにも、信じてもらえそうにない。あんなに大量の偽札をR・O・Fが用意してたなんて。それにあの偽札、今回の犯行に用意されたにしては、年季が入ってたでしょう？　どうしてなの？　わたしじゃ説明できそうにない……」

ほんの数秒のあいだ、莉子は背を向けたままだった。かすかにため息をついて、莉子は振りかえった。その顔には笑みがあった。「もちろん、あなたの無実はあきらかにしなきゃ。波照間島に来てくれたのもなにかの縁だし」

安堵《あんど》が芽依の胸中にひろがった。と同時に、ふと記憶の表層に浮かびあがるものがあった。「あ……。縁っていうか、島を訪ねたのは偶然じゃなかった」

莉子がきいた。「というと？」

「初めて沖縄入りしたとき、思ったよりも都会で気が動転しちゃって。そのとき、磯蔵に連絡をとろうと思い立ったの。磯蔵は返事してきた。『八重山には詳しくないけど、裏社会に精通している人物がいるから、彼にきいてみる』って」

「なんて人？」

「さあ。名前はわからない。でもメールで助言はくれた。そっけない一文だったけど。波照間島を目指せばいい、って」

小笠原が見つめてきた。「その人のメアドはわかる？」

「覚えてない。すぐ削除しちゃったし……。それが条件だったから。あのときはｓｐモードメールだったし、記録には残ってないよね」

「すると」小笠原は腕組みをした。「その後の磯蔵のおこないは、すべて謎の黒幕の指示によるものってこと？」

「どうかなぁ」芽依は首を傾げざるをえなかった。「書類の偽造は磯蔵の得意分野だったし、いつも儲《もう》けをひとり占めにしたがる男だから……。正体不明の誰かさんは、逃亡先に波照間を推薦してくれただけ。だと思う」

莉子はしばし考える素振りをしていたが、やがてつぶやくようにきいてきた。「わたしたちと外にでられる？」

「え……」芽依は不安を覚えた。「いますぐ出頭するとか？」

「いいえ。逃走した以上は、即逮捕されちゃう可能性もあるだろうし。かといって、ここに長居してれば、いずれ警察もメールの内容を突きとめて駆けつけるだろうし」莉子はまっすぐに見つめてきた。「すべてが罠《わな》だったって立証しなきゃ。警察が追いつくより早く、わたしたち三人で」

イベント

翌日、岡山の空はどんよりと曇り、昼過ぎには小雨がぱらつきだした。倉敷中央通り沿いのそこかしこに傘が咲いていく。幼稚園児の列は、揃《そろ》いの黄いろいレインコートに身を包み、小鴨のごとく群れをなし横断歩道を渡りつづける。

道端に寄せて停車したカローラセダンの助手席に、凜田莉子はおさまっていた。けさレンタカー業者からこのクルマを借りた小笠原悠斗は、運転席でステアリングに両手を置いている。株式会社R・O・Fのエントランスを見張りだして、すでに三十分以上が経過した。

後部座席の樫栗芽依は、絶えず心配そうに周りに視線を向けている。「あのう。ここから銀行も遠くないし、もし、わたし見つかっちゃったら……」

悠斗が振りかえった。「だいじょうぶ。リアは左右もスモーク貼ってあるし。外からは見えないよ」

莉子はいった。「悠斗さんも後ろに移りたきゃ移れば?」

「なんでそんなこと……」

降りかかる水滴に揺らぐウィンドウの向こうに、R・O・Fの社屋が見えている。特に目立った動きもなく平穏を保っていた。警察が出入りすればその反応で、捜査の進展ぐあいも察知できると考えていたが、予想以上にノーマークのようだった。

五千万円を奪われたという被害届は、R・O・Fではなく岡山穣毘銀行が提出しているはずだった。この会社はすでに当事者ですらない。関与を疑われにくい捜査上の盲点へと、まんまと逃げこんでいる。

莉子は姿勢を低くして、ウィンドウから看板を観察した。R・O・Fのロゴの下に、正式な社名が記してある。株式会社琉球王府《りゅうきゅうおうふ》ファイナンス。

悠斗もそこに注意を惹かれたらしい。小声でつぶやくようにいった。「名前からすると沖縄の会社かな」

「さあ」莉子は首を傾げた。「きいたことないけど」

芽依が身を乗りだしていった。「創業者が那覇の出身だったそうよ。本社はこのビルだけど、離島に不動産をいくつか持ってて、それらを担保にお金を借りてたの」

「ふうん」悠斗はうなずいた。「借金するからには自転車操業状態なんだろうね」

「ええ」芽依がシートに背を戻した。「帳簿上はね。こうして見てても、お客さんの出入りがまるでない。でもその割には従業員多いし、外壁も少し前に塗り替えてるし、どうやって儲《もう》けをだしてるんだか。不動産もそんなに有効活用できてないはずなのに」

そのとき、一階のガレージ出口から、黒塗りの大型セダンが滑りでてきた。ほどなく車道の流れに溶けこみ走り去る。

莉子はいった。「メルセデス・ベンツS600の現行モデル。ヤナセのステッカーつき。並行輸入じゃなくディーラー車ね。資金に困ってるようには思えないけど」

悠斗がつぶやいた。「どうせ僕はヴィッツにカローラだよ。それも借りてるだけ」

後ろで芽依がきいた。「もしかして小笠原さん、ひがむ人？」

「いや」悠斗は頭を掻《か》きむしった。「どこへ行くのかな」

莉子は思いつくままを口にした。「社で稼げてないのなら、収入源がほかにあるんでしょう」

「違いないな」悠斗がシートベルトを締めにかかった。「行き先を確かめてみるか」

ドライブはほんの十分足らず、倉敷ユースホステルと向山《むこうやま》公園に近い雑木林に分け入って、すぐに終了を迎えた。図書館のような大きな建物の前に、くだんのメルセデスが横付けされている。

平日というのに、少し離れたところにある駐車場はほぼ満杯だった。悠斗は駐車場内にカローラセダンを乗りいれ、空きスペースに滑りこませた。

さいわいだと莉子は思った。建物への出入りを見張れる位置をキープできている。

メルセデスから降りた男たちはみなスーツ姿で、エントランスに長テーブルを設置し、なにやら準備を進めだした。

と同時に、駐車場を含むあちこちの方角から、中高年の男女がぞろぞろとエントランスに向かい始めた。にわかに盛況の様相を呈する受付で、R・O・Fの社員たちは笑顔を取り繕《つくろ》い、来場者に封筒を配っている。

悠斗が訝《いぶか》しげにいった。「なんだろう。イベントかな」

芽依も身を乗りだした。「個人投資家向けの会社説明会かも」

すぐさま莉子はカーナビを操作した。現在地の情報を表示する。倉敷貸会議室センターとあった。

なら躊躇《ちゅうちょ》する必要もないだろう。莉子は助手席側のドアを開け放った。「行ってくる」

「えっ」悠斗が声をうわずらせながら訴えてきた。「やめときなよ。入れないって」

「レンタルスペースの集合体なんだから、ほかの部屋に用があるっていえば問題ないでしょう」

「じゃあ僕も一緒に……」

「樫栗さんを守ってあげなくていいの？　記者さん」

「莉子さんのほうこそ、怖がりなんじゃなかったっけ」

「……それを克服したいの」莉子は車外に降り立つと、ドアを叩《たた》きつけて歩きだした。

本来あるべき状態への回復、あるいは社会への適性をつけるための旅。いまのところ成果は微妙だと莉子は実感していた。

ここ数日、以前のように事件の謎を追いつづけた。発作的な怯《おび》えの兆候は表れていない。でもそれは、恐怖に直面するような事態に陥っていないからだ。悠斗さんも一緒にいてくれるし……。

エントランスに近づいた。受付にはR・O・Fの社員がずらりと並んで待ち構えている。来場者は途絶えず、続々と書類を受け取りロビーに入っていく。

莉子は素知らぬ顔を努めた。建物全体を借り切っているわけではないだろう。開放された戸口を抜けるときには緊張したが、社員たちは莉子を一瞥《いちべつ》したものの、声をかけてはこなかった。

ほっとしてさらに歩を速める。エレベーターホールの前に来場者たちの列ができていた。ドアの傍らにあるランプを眺める。上昇したエレベーターは三階で折り返し運転をしていた。あいにく、ここにも社員が立っていて、クリップボードにペンを走らせている。事前申込制か会員制か、とにかく名簿に記載の有無をチェックしていた。別の部屋にいくと告げてエレベーターに乗っても、三階で降りてから先の移動に都合が悪い。来場者たちと同じ部屋に向かうわけにはいかなくなる。

莉子はロビーの奥にあった扉に忍び入り、階段をのぼりだした。

三階に着いて、扉をそろそろと開ける。廊下に長テーブルとパイプ椅子が用意されていた。あれが最終的な受付とすると、会場はその奥だろう。社員が席を外しているらしく、廊下は無人だった。莉子は小走りに長テーブルの脇を通り抜けた。

教室然とした会議室の戸口を覗《のぞ》いた。社員のひとりが机に書類を配っている。莉子はあわてて通り過ぎ、さらに廊下の奥、突き当たりにある給湯室へと飛びこんだ。

消灯したままの小部屋で、流しの陰にかがんで身を潜める。エレベーターの扉が開く音がした。大勢の靴音、こちらですと呼びかける声。来場者たちが会場に迎えられる。

お茶をだしたりしませんように……。莉子は祈りながらその場に隠れつづけた。目を閉じると、過去に体験した恐怖が次々に想起され、まぶたの裏に浮かんできた。マーペーの壁画。モナ・リザの瞳《ひとみ》のなかの文字。耳もとにライオンの咆哮《ほうこう》まで轟《とどろ》くように感じる。いまの心境もそれらに出会った瞬間に近いのだろう。

突発的な怯えが判断を狂わせてしまう。冷静な思考が働かなくなる。まるで幼少期への退行だった。島に帰らざるをえなかったのはそのせいだ。事件を追うなんて、わたしには荷が重すぎた。小学生のころからずっと怖がりなのに。

ふと気づくと、廊下が静かになっていた。

莉子は立ちあがり、給湯室から外を覗いた。見るかぎり廊下に人の姿はなかった。半開きになった戸口から男性の声がきこえてくる。しかし反響しているせいで、何を喋《しゃべ》っているかは判然としない。

足音を忍ばせて戸口に近づく。席を埋め尽くす来場者が見える。七十人から八十人といったところか。演壇には教卓が据えられ、社員らしき若い男性が立っていた。ほっそりと痩《や》せていて、髪を七三に分け、眼鏡をかけている。塾の講師のようでもあった。

社員はにこやかに告げた。「本題の前にですね、メルマガでもお約束したとおり、ご足労いただきましたお礼に特別懸賞を実施いたします。今回の景品はこちらです」

もうひとりの社員が演壇にのぼる。手にした布の包みを開けてみせたとたん、どよめきがあがった。

金の延べ棒、ゴールドバーだった。縦十センチ、幅五センチほど。厚さは一センチか。たぶん一キログラムちょうどの純金だろう、莉子はそう見当をつけた。

すると社員が得意げに声を張った。「純金一キロ。昨日の小売価格はグラムあたり四千六百円でしたので、これは四百六十万円になります。では、幸運なおひとかたを決定しましょう」

四枚の葉書大のカードが取りだされた。それぞれのカードはマグネットになっているらしく、ホワイトボードに貼りつけられる。いずれも、裏表に二桁《ふたけた》の数字が書きこんであった。

来場者たちは、すでに抽選方法を知らされているらしく、なんの説明もないうちから続々と演壇に詰めかける。ひとりにつきカード一枚を任意に裏返していく。誰がどのカードをひっくり返しても構わないルールのようだ。順番も特に決まっていないらしい。前にでた中高年たちは、競うようにカードを裏返しつづけた。

やがて誰もが気が済んだように席に戻る。それでも数人がなおも立ちあがり、演壇でカードをひっくり返す。社員がいう。これで決定でよいですか。あるいはもう一枚だけ、どなたか裏がえしますか。全員のかたに了承していただけるまでつづけますが。

数人が意地を張りあうように前にでたが、その後ようやく会議室内は落ち着きを取り戻し、静寂だけがひろがった。来場者たちは固唾《かたず》を呑《の》んでホワイトボードを見守りだした。

社員はそのホワイトボードにマーカーペンを走らせた。四枚のカードに書かれた二桁ずつの数字を合計している。莉子も暗算で答えを導きだした。二百六。

「二百六です」と社員が告げた。

来場者たちはいっせいに、手もとの書類を取りあげた。一か所がシールになっていて、それを剝《は》がしにかかっている。

失意のため息があちこちで漏れるなか、小太りの男性が勢いよく手をあげた。「当たった!」

ざわめきが広がる。男性は立ちあがり、演壇に駆けつけた。たしかに二〇六番です、おめでとうございます。社員がうやうやしく頭をさげる。金の延べ棒が男性に手渡されると、羨望《せんぼう》の籠もった喚声が会議室を揺るがした。拍手も嫉妬《しっと》の響きを帯びている。

男性は満足そうにゴールドバーを掲げて応《こた》え、席に戻った。

社員は尊大な笑顔を湛《たた》えていった。「では本日の株価予想に入ります。五千円の参加費を取り返すのは確実、大儲《おおもう》けにつながる有力情報です。私ども琉球王府ファイナンスのシンクタンクおよび情報網は、韓国の半導体メーカーであるウォンサン・インダストリアル社の株価が、一両日中に上昇する事実をつかんでおります。根拠を申しあげますと、デジタル半導体の生産はおもに初期投資となる固定費が大きいものの、変動費が小さいため、生産量の増加によって製品あたりの経費は……」

来場者が熱心にメモをとりだしている。誰もが受験生さながらの意気ごみをしめしていた。

ひとしきり解説を終えると、社員は腕時計に目を走らせた。「そろそろお時間のようです。本日はこれまでといたしましょう。ご清聴ありがとうございました」

社員が頭をさげ、来場者たちが立ちあがりだす。莉子は冷や汗をかきながら給湯室に舞い戻った。

廊下にでた来場者たちのざわめきが響いてくる。ふたりの男性の会話が、とりわけよく聴き取れた。

兼風舎の株価があがったのも、ファルテック株が下落したのも当たってたからね、いちど出席してみようって気になったんですよ。私もです。いやあ、しかしさっきの人、延べ棒は羨《うらや》ましいですなぁ。次回も懸賞、実施してほしいですねぇ。

喧騒《けんそう》は小さくなっていった。最後にふたりほど、甲高く靴音を響かせて歩き去る者たちがいた。社員だろうと莉子は思った。やがてエレベーターの扉が閉まる音が、厳《おごそ》かに響く。それっきり、廊下は静けさに包まれた。

莉子は給湯室から廊下にでた。会議室を覗きこみ、無人なのを確認する。速まるばかりの胸の鼓動を抑えながら、室内に侵入した。

演壇に近づく。ホワイトボードには、四枚のカードが貼りついたままになっていた。その演壇に据えられた教卓を眺める。手前に開閉式の扉がついていた。開けてみたが、なかは空っぽだった。

ホワイトボードに向き直る。カードを一枚剥がしてみた。片面は65と書かれている。その裏は52だった。それをボードに戻し、別の一枚を取る。こちらは、14の裏が27になっていた。四枚とも違う数字のようだ。

廊下に靴音がした。莉子は息を呑んだ。まずい。いまから給湯室には戻れない。隠れられる場所は……。

迷うこと数秒、莉子は教卓のなかに入りこんだ。身体を丸めると、なんとかおさまった。扉を閉めた直後、靴音が大きくなった。

まさしく早鐘《はやがね》を打つような心拍の響きを耳にしながら、莉子は呼吸すら控えようと必死だった。靴音が室内を歩きまわっている。かすかに紙の音もきこえた。また書類を配っているようだ。

ほどなくざわめきが部屋のなかを支配していった。来場者の群れ。イベントは、一回限りではなかったらしい。

全身が震えだし、制止がきかなくなった。教卓が振動に共鳴し、きしんで音を立てているのに気づく。いっそう身を固くし、かろうじて震えをおさめた。

祈るような気持ちで時間の経過を待つ。なんとかこのまま最後まで……。

室内が沈黙しはじめる。莉子の緊張はピークに達した。さっきと同じ社員の声がきこえてくる。ご足労いただきましたお礼に特別懸賞を実施いたします。

まるで同じ段取りだった。純金一キロ。どよめきがあがるタイミングすら共通している。

してみると、来場者は総入れ替えになったのだろう。時間をずらして二度実施する理由は何か。単に会場が狭いからというだけではあるまい。

四枚のカードを使った抽選がつづく。社員が告げる。あとおふたりか、お三方ほどカードを裏がえしませんか。全員のかたが納得いく状態で打ち切りたいと思います。

やがて室内が落ち着きだした。ホワイトボードにマーカーペンが走る音がする。合計を計算しているようだ。

社員の声が告げた。「二百六です」

悲喜こもごもの反応が響くなか、莉子は猜疑心《さいぎしん》を募らせた。これまた同じ数字……。全員がでたらめにカードをひっくり返したはずなのに。

外を覗《のぞ》きたいが、それは不可能というものだった。扉はしっかりと閉じられ、わずかな隙間すら存在しない。

今度の当選者は女性のようだった。感激もひとしおといったようすの声が演壇に近づいてくる。追いかけるがごとく拍手が響く。

ゴールドバーの授与が終わったのち、社員がいった。では本日の株価予想に入ります。

静まりかえった室内に社員の声が反響する。「私ども琉球王府ファイナンスのシンクタンクおよび情報網は、韓国の半導体メーカーであるウォンサン・インダストリアル社の株価が、一両日中に下落する事実をつかんでおります。空売りなど駆使しお手持ちの資金を増やすチャンスですよ。根拠といたしましては……」

下落。莉子のなかに警戒の電気が走った。さっきは上昇といっていたのに。

講義は終了の時間を迎えた。来場者が席を立ち、ざわめきながら戸口へ移動していく。最後に社員らしき靴音。すっかり静かになるまで、莉子は息を潜めて待った。

無音になってからも、さらに心のなかで十を数えた。

問題なさそうだ。ようやく安堵《あんど》のため息が漏れる。莉子は扉を押し開け、外に這《は》いだした。

身体を起こそうとしたとき、ふいに背後から男性の声がした。「何をしてるんだね」

ひっ。全身が硬直して仰《の》け反る。莉子は振りかえった。

室内にたったひとり居残った男性が、すぐ近くに立ってこちらを見ていた。白いものが混じった頭は、髪質が硬いのか逆立っている。馬面にビン底眼鏡をかけ、無精ひげを生やしていた。

男性は眉間《みけん》に皺《しわ》を寄せた。「あれか。食品棚に入ったり、冷蔵庫におさまったりして、ツイッターに画像流す手合いか。若いもんのやることは理解できんな。忠告しとく。炎上するぞ」

「い、いえ」莉子は泡を食いながら弁解した。「違います。席がないっていわれたけど、どうしても参加したかったんです。そしたら社員のかたが、ここできけばいいっておっしゃって」

「ここって？」男性はぽかんとした顔で応じた。「教卓のなかでかね」

「そう……なんです。あんまりだと思いましたけど、上司のかたには黙って通してくれたらしくて。どうしても株価予想をききたかったんですよ。兼風舎の株価があがったのも、ファルテック株が下落したのも当たってましたから。すなおにすごいと思って」

おお、と男性は共感めいた声を発した。「きみも会員か。その歳で株をやるのかね。いや、まったくおっしゃるとおりだよ。R・O・Fは本物のアナリスト集団だな。こんなに精度が高く信頼が置ける予想は初めてだ」

「そ」莉子は笑顔がひきつるのを覚えた。「そうですね。五千円じゃ安すぎるぐらいです」

「たぶん、いろんな筋から信頼を得てて、取引先も多く持ってるんだろう。そちらからの収入で充分まかなえるから、私たち個人投資家の会員にはおおいにサービスできるんだな」

「一刻も早く家に帰って、ウォンサン株の下落に備えないと」

「その通りだ！　こうしちゃおれんな。きみも幸運を」男性は踵《きびす》をかえし、足ばやに戸口をでていった。

ほっとするあまり、膝《ひざ》から崩れ落ちそうになる。莉子はかろうじて踏みとどまった。

ホワイトボードに目を向ける。カードは持ち去られていた。きょうのイベントはすべて終了か。

胸が張り裂けそうなほどの緊張を解きほぐすべく、息を深く吸いこんだ。長く留《とど》まってはいられない。思い起こすだけでも、恐怖のあまり過呼吸に陥りそうな心境だった。

真相解明

小笠原悠斗は駐車場に停めたカローラセダンの運転席で、凜田莉子の帰還を待ちわびていた。

かなりの時間が過ぎた。駐車場を埋め尽くしていた車両はいちど根こそぎ退散し、すぐにまた別のクルマの群れで満杯になった。イベントは二度おこなわれたらしく、それだけの人数が入れ替わったことになる。いまや二度目の来場者たちも退出してきて、駐車場はふたたび閑散とし始めていた。

じれったさが募る。莉子さんは無事だろうか。すぐにでも駆けつけたいが、樫栗さんをほうってはおけないし……。

その芽依は黙って後部座席におさまっていたが、やがてふいに話しかけてきた。

「小笠原さん」

「何?」悠斗はきいた。

「小笠原さんと、凜田さんって、つきあってるの？」

「なっ……。なんでそんなことききくんだ？」

「べつに」芽依の目は外を眺めて、それからまたバックミラーごしに悠斗をとらえた。真摯《しんし》な瞳《ひとみ》が訴えてくる。「小笠原さんに彼女がいないなら……。わたしにもチャンスあるかなって」

動悸《どうき》が急激に速まっていく。悠斗はあわてていった。「買い被《かぶ》りすぎだよ。僕なんか会社でも窓際扱いだし、実績あげられなくて本社に呼び戻されそうになってるし」

「そうかなぁ」芽依がじっと見つめてきた。「小笠原さんは優しくて、頼りになる人だと思う」

「樫栗さんと再会できたのは、莉子さんのおかげだよ。彼女の類稀《たぐいまれ》なる知性あればこそなんだ。僕は何もしてない」

「凜田さんと恋人同士ってわけじゃないんでしょ？」

「な、なんで……」

「仲はよさそうだけど、よそよそしい感じだし。信頼のおける友達って印象。違う？」

悠斗はバックミラーに映った芽依の顔を見かえした。

恋愛関係を結びたがっているらしい純粋なまなざし。困ったような目もとは魅力的に思えなくもない。……いや、そんな考えを持つこと自体どうかしている。

戸惑いを覚えながら、悠斗はおずおずと告げた。「あのさ、樫栗さん。僕はね……」

そのとき、駆けてくる人影に気づいた。誰なのかを識別するより早く、助手席のドアが開けられ、莉子が飛びこんできた。

エントランスを監視していたはずが、いつの間にか注意が逸《そ》れていた。自分を呪いたくなる。悠斗はきいた。「莉子さん。無事だった？」

莉子はなぜかあわただしくハンドバッグをまさぐると、メモ帳を取りだした。四枚を数えて破り取ると、いちばん上の紙に大きく二桁《ふたけた》の数字を書きこんだ。65。裏がえして今度は52と記入する。二枚目の紙には14。その裏側には27……。

悠斗は呆然《ぼうぜん》としながらたずねた。「何があったの」

「株の予想セミナーだった」莉子は手を休めずに答えた。「二度連続で開催されて、参加者は総入れ替え。片方はウォンサン株が上昇、もう一方は下落って解説してたの。セミナーの参加費用は五千円だけど、これまでに少なくとも二度、メルマガで株価の上下を的中させてる。兼風舎株が上昇、ファルテック株は下落」

芽依がつぶやいた。「ウォンサン、兼風舎、ファルテック……。株価の動きが上下に激しい銘柄ばっかり」

そうなのか。悠斗は莉子の手もとを見つめた。「で、その数字は何だい？」

「一キログラムのインゴットが当たる余興があったのよ。大勢集まったのもメルマガで事前告知があったからでしょう。ええと、三枚目は表が49、裏が36だっけ」莉子はメモ用紙に書きこみつづけた。「四枚目はたしか91と、78……。参加者に好きなだけひっくり返させて、合計数の番号を持ってた人が当選してた」

「当選って」悠斗は驚きを禁じえなかった。「一キロの金の延べ棒が？」

「サクラに決まってる。当選番号は二回とも二百六だった。たぶん、どんなふうに並べてもその合計数になると……」莉子は無造作に四枚を裏表にして並べたが、ふとその表情が曇りだした。「あれ？　おかしいな。百九十三。こうひっくり返したら……。二百十九。これならどう。二百三十二？　変だわ。ぜんぜん二百六にならない」

莉子が困惑の表情とともに手をとめた。想像していたからくりが成り立たなかったらしい。

「うーん」莉子は唸《うな》った。「数字には弱くて……」

するとと芽依が後部座席から身を乗りだした。「四枚はどんなふうに裏表が決定されたの？」

「え？」莉子は芽依を見かえした。「来場者がひとり一枚ずつ、任意にひっくり返して、全員が納得いくまでつづけたのよ。社員は何度も、もういいですかって念を押してた」

「なら簡単」と芽依はメモ用紙を指差した。「どれも片側の数字が、もう片側より十三多くなってる。数字の少ないほうを表、多いほうを裏とすると、表二枚に裏二枚って条件さえ揃えば、どんな組み合わせでも合計二百六になるでしょ」

莉子が目を瞠《みは》った。「ほんとに？　ええと、表と裏が二枚ずつ……。36、27、78、65。ああっ！　二百六になってる」

悠斗は驚きとともにつぶやいた。「さすが銀行員……」

「でも」莉子はいった。「表二枚と裏二枚って組み合わせになるとは限らないんじゃない？」

芽依は眉《まゆ》ひとつ動かさなかった。「そう、確率は三十七・五パーセントよね。ほかに、すべて表あるいは裏になるケースが十二・五パーセント、表三枚裏一枚か表一枚裏三枚になるのは五十パーセント。だけどそういう場合は、社員がほのめかせば誰かがひっくり返してくれるんじゃない？」

莉子がうなずいた。「たしかにそう。一枚か二枚裏がえせば、表裏二枚ずつの状態に揃うんだから……。社員が言葉巧みに誘導したのね。サクラがひとり混じってるし、最終的にはその人がひっくり返して調整できるし」

芽依は微笑を浮かべた。「投資信託あたりの窓口はね、数字のマジックでお客様を煙《けむ》に巻いたりするものなの」

当たりもしない高額景品の抽選会を余興に、顧客を釣った。詐欺以外のなにものでもない。悠斗はため息をついた。「こりゃ集団をぺてんにかける前段階に違いないね」

「同感」莉子の目が鋭い輝きを帯びた。「メルマガ登録をした七百人ぐらいを対象に、半数には兼風舎株が上昇、残る半数には下落と予想を送りつける。当たったほうの三百五十人に、今度はファルテック株の上昇と下落、やはり半々ずつの人数に相反する予想を送る。百七十五人は、二回連続で予想を的中させたR・O・Fに対し信頼を深める。そしてきょう、ゴールドバーが当たる懸賞付きセミナーと知らされて、ほとんどの人が出向いてきた」

芽依も真顔になった。「来場者も半分ずつに分けられたってことは、八十人近くがウォンサン株について予想が的中したと信じる。もうすっかりR・O・Fの虜《とりこ》よね。次も呼びかけに応じて出かけてくるでしょう。最後は投資話を持ちかけられる。懸賞の気前のよさをまのあたりにして、財布の紐《ひも》が緩んだ来場者は、R・O・Fを盲信し出資に応じる。もちろんR・O・Fは集金したっきり、全社員が行方をくらまして終わり」

典型的な投資詐欺だと悠斗は思った。思えば琉球王府ファイナンスという社名自体、いかにも山師の好むネーミングそのものだ。伝統をにおわせたり、国家規模の強大な権力を暗示したりするあたり、扇動されがちな個人投資家の集団心理を巧みに突いている。

悠斗はいった。「メルマガでは、他人に決して情報を漏らさないよう釘《くぎ》を刺してるんだろうね。誰も口外しなきゃ、からくりは発覚しない。投資を募るのはいつかな。次回のセミナーでまた半数に減って四十人、その次は二十人……」

芽依が首を横に振った。「それじゃR・O・Fが稼げる額も減っちゃうでしょう。いかに口止めされていても、ネットで愚痴る人がしだいに増えてくだろうし」

莉子も同意をしめしてきた。「わたしもそう思う。メルマガなら人数が半減しても誰も気づかないだろうけど、セミナーの規模が開催のたびに二分の一に縮小してたら、さすがに不自然でしょう。きょう投資家候補を外に呼びだすのに成功したんだし、儲け話を持ちかけるとしたら次回じゃないかな」

論理的な説明だった。悠斗はつぶやいた。「たしかにね。八十人ぐらいが理想的かもしれない。そもそも資産運用を考えてる金持ちばかりだろうし、かなりの金額が集まるだろうな。警察に訴えれば、詐欺会社の全容もあかるみにでる」

ところが、芽依が暗い顔でうつむいた。「そうかもしれないけど……。たとえR・O・Fが詐欺容疑で立件されても、わたしの問題は別。横領して逃走したと思われてるし」

悠斗は戸惑いを覚えながらも、芽依を励まそうとした。「R・O・Fの正体が判明すれば、きっと事実も見直されると思うよ」

「証拠は？」芽依は泣きそうな面持ちになった。「罠《わな》に嵌《は》まったって証明する手段がなきゃ、どうにもならない」

「それは……」いいかけて、悠斗は口をつぐんだ。否定しきれないと気づいたからだった。

琉球王府ファイナンスが取り調べを受けたとしても、路上における五千万の奪取や、それ以前の偽札へのすり替えについては頑《かたく》なに否定するだろう。芽依は返済金を受領したことになっている。その後の出来事については、彼女自身の責任を逃れられない。

こうしているあいだにも、警察は芽依を指名手配に及ぶかもしれなかった。R・O・Fを詐欺集団と告発したところで、芽依が救われないのでは連日の努力が無駄になる。

とはいえ、八十人もの個人投資家が財産をむしりとられるとわかっていて、見過ごすわけにもいかない。

そのとき、莉子の目が車外を見つめて静止した。

悠斗は視線を追った。辺りはすでに森閑とした静けさに包まれ、帰路につく来場者がまばらに見えるていどだった。

そんななかに、逆立った白髪混じりの頭にビン底眼鏡、馬面が特徴的な男性がいた。エントランス脇の自販機で缶ジュースを購入している。莉子が注視しているのはその人物だった。

ふとなにかを思いついたように、莉子は助手席側のドアを開けて外にでた。「待ってて」

いきなりどうしたのだろう。悠斗は莉子の動きを目で追った。

莉子はビン底眼鏡の男性に駆け寄って声をかけた。すでに顔見知りらしく、男性は驚いたようすもなく応じている。

その莉子の自信に満ちた振る舞いは、出会って間もないころの彼女の再現だった。謎を追うことになんのためらいもなく、事件が難解であるほどに燃える。万能鑑定士

Qをひとりで切り盛りし、依頼人の寄せる信頼に全力で応《こた》えようとする、凜田莉子、本来の姿にほかならない。

芽依が悠斗にきいてきた。「凜田さん、どうかしたの」

「本領発揮だよ」悠斗は確信とともにいった。「かつての勘を取り戻したみたいだ」

倉敷署

地方の所轄ていどに考えていた倉敷署は、真新しい六階建ての本館に三階建ての別館も備える、驚くほど規模の大きな施設だった。倉敷市大島四五一番地という立地こそ、田畑や民家のひろがるのどかな風景に囲まれているが、それゆえ地域にしめす権威性はかなりのものと想像できた。

午後三時過ぎ、悠斗は莉子とともに恐縮しながら捜査課を訪ねた。刑事部屋の空気はさほど張り詰めてはいなかったが、応対した藤沢警部補の態度はひどく他人行儀でつれなかった。

藤沢は書類の束を抱え、デスクの谷間を足ばやに抜けていく。悠斗は莉子と並び藤沢の背を追っていた。

振り向きもせずに藤沢がいった。「おっしゃっていることが事実なら、すぐに樫栗芽依さんに会わせていただきたいですな」

返答は予期していた。悠斗はしらばっくれてみせた。「彼女がどこにいるかは知りません」

すると藤沢は足をとめ、じれったそうな顔で振りかえった。「そりゃないでしょう、記者さん」

藤沢の視線は莉子に移った。探るようなまなざしで、藤沢は莉子にたずねた。「あなたはどうです。樫栗芽依さんの居場所、お教え願えますか」

戸惑い顔で口ごもる莉子をかばうべく、悠斗は藤沢に向き直った。「樫栗さんに会うより先に、やるべきことがあるといってるんです。さっきも説明したように、琉球王府ファイナンスは詐欺集団……」

藤沢は悠斗を制し、声高に告げてきた。「容疑者の隠匿は罪ですよ」

すかさず莉子が語気を強めていった。「樫栗芽依さんは容疑者じゃありません！」

その声がよく通ったのか、捜査課はしんと静まりかえった。誰もが手をとめてこちらを注視する。

沈黙のなか、藤沢は苦りきった表情でつぶやいた。「そちらが教える気がないのなら、われわれで探すだけです」

悠斗はいった。「まだお判りいただけませんか。きょううかがったのは、R・O・

Fが大勢の投資家をだましていて……」

「週刊誌の取材をお受けした覚えはありません。広報を通してください。お引き取りを」

思わず悠斗が絶句すると、それで話し合いは終わったと判定が下ったらしい。藤沢は背を向けて歩き去った。捜査課にもざわめきが戻ってきた。

居場所も与えられず、追い立てるような空気ばかりが取り巻く。悠斗は困り果てて莉子を見つめた。莉子も戸惑い顔で見かえした。

結局、ふたりは廊下に退散せざるをえなかった。

やれやれ、と悠斗は吐き捨てた。「不倫女優への突撃取材でももうちょっと楽だよ」

莉子も思い迷っているようだった。「もう日数がないのに……」

すると背後から、低い声が響いた。「日数がどうかしたのかね」

悠斗はびくつきながら振りかえった。スーツ姿の年配の男性が立っていた。外から訪ねてきたらしく、事務カバンをさげている。見覚えのある顔だと悠斗は思った。

岡山県警の蛭崎警部が、怪訝《けげん》そうなまなざしを向けてきた。「波照間の記者さん。ここで何を？」

点と線

琉球王府ファイナンス、常務取締役営業推進部担当役員、兼営業開発部担当役員。今年四十二歳になる槌島周径《つちしましゅうけい》は、八十人近い個人投資家と顔をあわせる今朝も、名刺を持ってこなかった。本名を明かすことはまずないと踏んだからだった。

むろん登記がなされた法人である以上、役員リストを見れば槌島の名は確認できる。しかし、欲に目がくらんだ中高年はその実、証券会社の担当者名になど注意を払っていないものだ。慎重な性格の持ち主は、とうにこの集まりから除外されている。列席者は物静かにしているが、瞬《まばた》きの回数の少なさに興奮があらわれていた。儲《もう》け話ならどんな内容であろうとかまわず、即受けいれようとする旺盛《おうせい》な姿勢。それだけ理性のガードが低下している。詐欺においては絶好のカモだった。

市の中心部を挟んで、二日前の貸会議室センターとは逆側、西中新田に建ったばかりの公民館。六つ備わっているイベントスペースのうちひとつ。白い天井と壁は飾り付けもなく味気ないが、並んだパイプ椅子を埋め尽くす来場者からすれば、竜宮城も同然の居心地に感じられることだろう。

振りこめ詐欺にしてやられるのは、たんなる馬鹿や非常識な者とみなす風潮がある。なぜそんなものにだまされるのだと、呆《あき》れかえる声が世論の大半を占める。しかしそうしたものの見方こそ、事実を曲解している。

人のなかに生じる錯誤とは、部屋に充満するガスに似ている。ガス漏れが発生した室内に、住民が倒れているのが発見されたとき、どうしてそんなになるまで悪臭に気づかなかったのかと誰もが驚く。だが実際には、ガスの濃度はほんのわずかずつ上昇する。突然においだせば住民もさすがに気づくだろうが、徐々に変化したとなれば嗅《きゅう》覚《かく》も刺激としては受けとらない。結果、ガスのにおいは意識にのぼらないまま、いつしか昏睡《こんすい》状態に陥る。

金銭感覚も似たようなものだった。投資を募れば理性が反発する。しかし、そもそもR・O・Fのメルマガに登録するのは、提供された情報を積極的に受けいれようとする下地を持った人間ばかりだ。

こうした男女は儲け話について、みずから疑うことを故意に遅らせ、極力善意に解釈したがる傾向がある。

会員はさらにいくつもの段階を経て、徹底的に絞りこまれている。ここに集まった七十六名は、琉球王府ファイナンスを神格化せんまでに盲信している。企業株価の上下を的確に予想した当社の情報により、それぞれに少なからぬ儲けを手にした。そのたしかな成果があればこそ、金運の神に対し疑惑など持てようはずもなかった。いまや生得的にも従順そのものの集団と成りえていた。

壁ぎわに立ち、来場者を取り巻く社員たちは、総じて神妙な顔を取り繕《つくろ》っている。内心は誰もが有頂天だろう、槌島はそう認識した。突《つ》けば資産を吐きだす獲物を一網打尽にした、その瞬間にほかならないからだ。

槌島は控えめな笑顔を保ちながら、来場者を前にして立った。「世のなかにはまず確実に損をしない投資、すなわち九割九分、元本割れしないインヴェストメントがございます。たとえば普通預金の利子しかつかないMMF、国債運用投資信託です。私どもはこれと同じ運用メカニズムを持ち、投資家サイドのリスクがゼロに等しい社会主義国の新規事業について、独占的な投資窓口を有しております。ヴェトナム政府公認の鉄道およびバス路線敷設に関しまして、早期実現のため当局が外貨を求めておりますが、三か月後には大手スポンサー各社からの出資により多額の収益を得ることになっています。みなさまの投資額は、九十日後に倍になって配当されるのです」

来場者たちが顔を輝かせてこちらに見いっている。かかったな、槌島はそう実感した。過去の経験からわかる。もはや異論など噴出しない。こういうときには大胆な嘘もつき放題になる。

槌島はつづけた。「私ども琉球王府ファイナンスのシンクタンクが綿密に調査した結果、この投資に関しましては、安全確実と太鼓判を捺《お》させていただいております。万が一の場合でも、小社が有しております現金から肩代わりさせていただき、投資の全額をお返しいたします。なお、投資の最低額は二千万円ですが、配当がほぼ正確に二倍と定まっている以上、多くお支払いになれば、より多くの儲けを手にいれられるわけです。一億なら二億、二億なら四億となります。お配りした書類に、ご口座に関し記入していただき、ご希望の投資額をお書きいただきましたら、銀行印をお捺しください。あとは私どもがすべて責任を持って手続きさせていただきます」

みな熱心にパンフレットの文面を読みだしている。早くもペンを手に、書類への記入を始めている者もいた。

愚かであさましい、良識不足の資産家たち。ヴェトナムに新規事業などない。ネットで検索すれば該当する記事がでてくるが、それはこちらで作った偽情報専用のニュースサイトだった。分不相応に貯めこんだタンス預金を吐きだすがいい。槌島は内心せせら笑った。壁ぎわの若い社員と目が合い、思わず表情が緩みそうになる。

計画は間もなく完了だった。書類を銀行に運び、こちらの口座への振りこみが終わったら、すぐに現金を引きだして撤収する。十六人の幹部全員で遠い外国へと逃れる。手口があきらかになるころには、日本の警察権力が及ばない新天地で、第二の人生を謳歌《おうか》しているだろう。

勝利の美酒に酔った気分でたたずんでいると、ふいに列席者のなかから手があがった。あのう。男性の声が静寂に響く。

立ちあがったのは、ビン底眼鏡の馬面だった。白髪混じりの剛毛は逆立っている。この段階で質問を発しようとする人間がでるとは予想外だった。槌島は澄まし顔を維持しつつたずねた。「なんでしょうか」

男性はおずおずといった。「万が一の場合でも、R・O・Fさんが肩代わりしてくださるとの話でしたが……」

「その通りですよ。いわば元本保証つきです。ご安心を」

「たとえば三億投資して、それが先方の不都合で吹っ飛んじゃったとしても、あなたがたが払ってくださるんですかな」

「もちろんです」

「失礼ながら、それだけの現金をお持ちなら、ご自分たちで投資されたほうが……。いや、まあ、それはいいでしょう。私としては、それだけ巨額の資本を本当にお持ちかどうか、その証明をいただきたいですな」

槌島は表情筋がひきつるのを感じた。「小社の総資産額でしたら、お渡しした書類の会社概要にも書いてございますが」

男性がとぼけたような笑いを浮かべた。「いや、書面の金額はどうとでも……。現金を見られれば安心なんですがね」

来場者たちがこちらを見つめてくる。さっきまでの熱に浮かされたようなまなざしとは異なっていた。やや冷静さを取り戻し、ペンを持つ手を休めている。契約は確認を待ってからでも遅くないだろう、そんな態度をしめしていた。

道化め。槌島は内心罵《ののし》った。この男のつまらないひとことが、金蔓《かねづる》たちの理性を呼び覚ましてしまった。ゴールの一歩手前まで迫っていたのに。

だが、こうした事態はいわば想定の範囲内だった。過去の詐欺計画でも、同様の要求を受け付けたことがある。準備は怠っていない。

戸口に立つ禿《は》げ頭《あたま》の中年は、信頼のおける長年のパートナー、野池《のいけ》だった。槌島は野池に目で合図した。野池は身を翻して廊下に姿を消した。

少々お待ちください、槌島は来場者たちにそう告げた。ビン底眼鏡が着席する。槌島は苦々しく思った。いますぐひと泡吹かせてやる。

やがて廊下から騒音が響いてきた。野池のほか、社員たちが旅行用トランクを続々と運びこんでくる。いずれもLLサイズで十個あった。それらが床に寝かされる。

ショータイムだ。槌島は社員に命じた。「開けろ」

トランクの蓋《ふた》が次々に開けられる。来場者たちは立ちあがり、身を乗りだした。感嘆の声が波状に広がっていく。

どのトランクも札束で満たされている。いまにも溢《あふ》れそうだった。

槌島は告げた。「トランク一個あたり三億五千万円が詰めこまれております。いかがですか。うなずけましたでしょう」

そこかしこで着席する中高年は、ふたたび魔法に魅せられた顔に戻っていた。ビン底眼鏡はさも肩身が狭そうに押し黙っている。ざまをみろ。槌島は心のなかで罵倒《ばとう》した。

圧倒的な威力を持つ最終兵器に、もはや逆らえる投資家などいようはずもなかった。

槌島は気取った口調を室内に響かせた。「それでは書類へのご記入を始めてください。金額を決めかねておいででしたら、そこは空欄でも……。私どもが最適な投資額を導きだしますので」

するとそのとき、別の男性の声がきこえてきた。「金額を空欄？　あとから会社の人が書くんですか？　私文書偽造になると思いますが」

槌島は心臓が喉《のど》まで飛びあがるほどの驚きを覚えた。会員にしては声が若い。社員たちがうろたえて辺りを見まわす。野池も動揺をあらわにしていた。

声の主は、戸口に立っていた。髪を長めにした、ほっそりと痩《や》せたスーツの青年。手にしたICレコーダーをマイクのように突きだしている。

青年が厳かにいった。『週刊角川』記者の小笠原といいます。すごい金額ですね」

野池が顔を真っ赤にして詰め寄った。「なんです。不法侵入でしょう」

「公民館ですから、通路を歩くぶんには問題ないと思いましたが」小笠原と名乗る青年は野池をじっと見つめかえした。「ああ！　前にお会いしましたね。R・O・Fの窓口においでだったでしょう」

すると野池ははっとした表情になり、小笠原を指さした。「あのときの……」

「ちょうどよかった」小笠原は笑顔で踏みこんできた。「投資には興味があったんです」

小笠原が手近なトランクの前で身をかがめた。積まれた札束のなかから、紙幣を一枚引き抜いた。

「おい！」槌島は激昂《げっこう》して歩み寄った。「警察に通報するぞ！」

「へえ」小笠原がゆっくりと立ちあがった。「自分たちが最も会いたくない人たちを呼ぶ気ですか」

「何だと？」

不敵に見つめかえす小笠原が、いきなり手にした紙幣を後方に放り投げた。紙幣はひらひらと宙を舞い、戸口に達する。

その紙幣を、白く細い指がつかんだ。

ゆるいウェーブのロングヘアが特徴的な、二十代前半の女性が立っていた。猫のようにつぶらな瞳《ひとみ》が、保持した紙幣に向けられる。

来場者たちはざわめきだしていた。腰を浮かせて呆然《ぼうぜん》とその女性を眺める。異様なほどの存在感を醸しだす女性を見つめながら、槌島は半ば放心状態でつぶやいた。「誰だ……？」

小笠原がいった。「彼女はプロの鑑定家さんです」

この若さで鑑定家……。槌島は固唾《かたず》を呑《の》んで見守った。

女性があっさりと告げた。「ホログラムも透かしもない。偽札です」

悲鳴に似たどよめきがあがった。来場者たちがパニックの様相を呈している。槌島はあわててトランクに駆け寄り、蓋を閉めてまわった。

「み」槌島は声を張った。「みなさん。どうかご静粛に。ご説明が遅れました。こちらはあくまでレプリカでございます。みなさまの安全が脅かされることがないよう、資金と同額分の複製を展示させていただいたものです。いわば広告のイメージ画像と同じ趣旨にて用意してありました。実際に資金は口座に預金してございまして、通帳のコピーならいつでもお目にかけられますし……」

野池があわてふためいた声で呼びかけてきた。「つ、槌島さん！　あれを」

槌島ははっとして、野池が指さす戸口に目を向けた。

鑑定家の女性は、いましがた手にした偽札を片手に、もう一方の手には別の一枚を保持していた。そちらの紙幣は皺《しわ》くちゃだった。

左右の紙幣をかわるがわる見て、女性は澄まし顔でいった。「まるで同じです。紙質も印刷も」

別の男性の声が廊下に響いた。「ほう！　それは興味深い」

戸口の陰から突きだした手が、女性の持った二枚の紙幣を奪う。直後に、全身が現れた。私服警官特有の粗末なスーツ、雑な着こなし。爬虫《はちゅう》類のような目つき。その後ろから、より年配の男も現れた。こちらはもっと質のいいスーツを身につけている。槌島は鳥肌が立つのを覚えた。捜査関係者の面構えなら把握済みだ。倉敷署の藤沢。それに岡山県警の蛭崎だった。

藤沢が皺くちゃの紙幣をしめしていった。「こいつは樫栗芽依さんが持ってた偽札だ。路上強盗にすり替えられたといってた。あんたの会社にも同じ物があるとはね。それもこんなにたくさん」

慄然《りつぜん》として全身が硬直する。槌島は言葉を失った。

結びつけられてしまった。決して重なるはずのないふたつの点に直線が引かれた。五千万の奪取を謀ったのがわが社だという物証が、あろうことか警察の手に渡った。

来場者たちが騒然とし、戸口から逃げだそうとする動きさえ生じた。藤沢が一喝した。その場にいてください。

ふいに静まりかえり、冷やかに張り詰めた空気が漂う。蛭崎が歩み寄ってきた。「元本保証か。一千万円までの定期預金と日本国債以外に使っちゃいけない言葉だってことは知ってるな？　銀行以外が口にした瞬間に違法性が生じる」

「……れ」槌島は激しく動揺しながらきいた。「令状は？　こんなものは横暴だ」

蛭崎は険しい目つきで見つめてきた。「令状なんかない。公民館だ、通路を歩くぶんには問題ない。ところがこの若い記者が、勝手に部屋に入って、一万円札を奪ったのを見た。制止しようとしたが、おまえらとの会話がきこえた。出資法違反容疑で事情をきく」

野池のほか、社員たちが情けない声を発している。制服警官がなだれこんできたからだった。

槌島は激怒した。「これだけの人員を率いておきながら、偶然だと？　記者と結託した茶番だ。詐欺だ！」

虚《むな》しい言葉の響きだった。投げたブーメランが戻ってきて自分の額に突き刺さる、そんな痛恨に似た感触があった。

だが……。これが仕組まれた段取りだなんて、そんなことがありうるのか。警察は俺たちが偽札を用意していると予見していたことになる。そこまでの慧眼《けいがん》がありうるのか。

ひどく気になる存在がある。記者や県警の警部ではない。まだ開けられたままのトランクを、無言で見おろす女性。警察の嘱託とも、鑑識課員とも思えない。それでも鑑定家だという彼女。

特異な思考を働かせうる者がいるとすれば、この女性しかいない。

槌島は歩み寄った。「きみ。なぜわかった」

女性が視線を向けてきた。「なにが？」

「俺たちが偽札を準備してると……」

すると女性は、トランクのなかから札束をひとつ拾いあげた。それを槌島に差しだしながら告げた。「裏が鳳凰《ほうおう》だから現行のE券だけど、番号のインクが黒」

札束をひったくって眺める。槌島はきいた。「それがどうした」

「二〇一一年七月十九日から、番号は茶いろに変わってるの。折り目なしのピン札に見せかけてあるのに、二年以上も前の札ばかりがコピー元。五千万の奪取のために最近作ったんじゃなくて、かねてから別目的で常備してたんでしょう。ようするに詐欺グループの必須《ひっす》品、資金があるように装うための見せ金。投資家からの求めに応じて披露できるよう、現場に用意があるはず」

五千万の偽札を署で目にした結果、事実を導きだしたのか。なんという鋭い推理。それも直感や憶測の範囲ではない、極めて論理的な分析だった。

ここまでの女性が民間にいるわけがない……。

めまいに似た錯乱を覚えながら槌島はきいた。「きみは誰だ。何者なんだ」

女性は無表情に答えた。「凜田莉子」

凜田……。頭を鈍器で殴られたような衝撃とは、まさにこのことだった。偽物づくりに関わる知能犯のあいだでは、彼女の噂で持ちきりになって久しい。

「じゃあ、きみは」槌島は甲高い自分の声をきいた。「万能鑑定士Q?」

「それ、お店の名前ですけど。肩書きじゃないし」

「引退して、沖縄の離島にひっこんだんじゃなかったのか」

「わたしがでてきたわけじゃないの」莉子は醒《さ》めた口調でいった。「偽札のほうから島に来た。それだけ」

槌島はすっかり気を呑まれて立ちすくんだ。

法に縛られ、がんじがらめになってろくに動けない警察組織など、恐るるに足らないと高《たか》をくっていた。だが詐欺師のあいだでさかんに噂された、たったひとりの鑑定家のもとに物証が届いてしまうとは、なんたる運命の悪戯《いたずら》、なんという皮肉だろう。

社員の一部が、警官の手を振りほどいて窓ぎわに駆け寄った。サッシを開け放ったとたん、突風が強く吹きこんでくる。トランクのなかの偽札は帯から外れて飛び、室内に舞い散りだした。

藤沢が怒鳴り、警官たちがあわただしく動く。彼らが社員を取り押さえようとするうちに、投資家のなかにも逃亡を図る者が続出した。罵声《ばせい》が飛び交い、警笛が鳴り、制服が走りまわる。室内はにわかに大混乱の様相を呈していた。

小笠原が戸口の脇に立ち、凜田莉子を迎えようとしている。莉子は吹き荒れる風と、雪のごとく舞う無数の偽札のなかに歩を進めていく。長い髪をなびかせ遠ざかる後ろ姿が、スローモーションのように徐《おもむ》ろな時の流れに見えていた。

革命

樫栗芽依にとって西中新田は馴染《なじ》みの土地だった。風は強いものの、夏の陽射しに明るく照らしだされた青空の下にいると、自転車で少しばかり遠出をした子供のころを思いだす。田の緑は燃えるように精力的で、日光が流れる雲の影を直下に映すや、入り組んだ明暗の落差を生じさせる。ひまわりやコスモス、ホオズキ、ミソハギなど季節の花が咲き乱れ、幾千もの稲とともに風にそよぎざわめきあう。

公民館が建つこの場所も、かつては田んぼだった。古い民家ばかりが点在する開けた景色に不釣り合いな、モダンな建築物の周りには、広大な駐車場がある。いまは数台のパトカーが停車し、制服警官が群れていた。芽依は、その警官たちとともにいた。ゆうべまでは彼らを敬遠せざるをえなかったのに、いまはなんら脅威の対象ではない。状況はまさしく急変していた。

凜田莉子と小笠原悠斗のふたりが、警察と話をつけたと伝えてきたのが昨日の夜遅く。芽依は隠れ家だったネットカフェから外へでた。避けてきた白昼の陽射しの下、予想もしなかった光景が待っていた。

動きがあった。公民館のエントランスから制服がぞろぞろと外へ繰りだしてくる。スーツが十数名、連行されてきた。彼らが刑事でないことは、悄気《しょげ》てうなだれた態度で一目瞭然《りょうぜん》だった。

見た顔も何人かある。禿《は》げた頭はＲ・Ｏ・Ｆの窓口にいた。たしか野池という名だった。彼につづいて、ふてくされた顔で歩いてくるのは、あの日唐突に借金の返済を申しでた槌島常務取締役だった。みな手錠こそかけられていないものの、両腕を警官によりしっかりと摑《つか》まれている。

槌島がパトカーの後部座席に誘導される。まるで気配を察したかのように、槌島の視線がこちらを向いた。

ぎょっとするように、その目が丸く見開かれる。視界に映るすべてをたしかめようとする素振りは、芽依がどんな立場に置かれているか気になったからだろう。警官に拘束されているわけでもなく、人目をはばかっているわけでもない。そう認識するに及んだらしく、槌島は肩を落とす反応をしめした。失意というより虚無のいろを漂わせ、パトカーにその身を押しこまれるにまかせた。

パトカーが走りだしてほどなく、エントランスからは浮かない顔の中高年が群れをなして現れた。ハンカチで涙をぬぐっている女性もいれば、憤然と足ばやに立ち去る男性もいる。詐欺の標的にされた人々だろう。誰もが不満をあらわにしていたが、被害者にならずに済んだのは不幸中の幸いに違いなかった。

その異様とも思える光景のなか、最後に顔馴染みのふたりが太陽のもとに繰りだしてきた。小笠原悠斗、そして凜田莉子。陽炎《かげろう》に揺らぐ熱気のなか、真っ白に輝く莉子の目もとだけ、前髪が影を落とし暗く隠れていた。

莉子に近づく男性がいた。逆立った髪にビン底眼鏡、馬面の男性は、ぽかんと口を開けて莉子を見つめた。「驚いた。金を見せろと私にいわせたのは、内情を知ってのことだったのかね」

すると莉子が微笑して男性を見かえした。「メルマガを転送してくださったおかげです。きょう集会があると知り手が打てました」

「……きみの頼みをきいてよかった。老後の貯蓄のために積み立てた金が、すっからかんになるところだった」

悠斗が男性に告げる。そのうち取材させてください。男性は苦笑ぎみに応じた。ツケは払わにゃならんな、なんでもきいてくれ。そういって男性は立ち去っていった。

莉子と悠斗がこちらへ近づいてくる。

芽依は呆然《ぼうぜん》と思いのままを口にした。「こんなふうになるなんて……。夢みたい」

控えめに笑った悠斗がささやいてきた。「もう自由だよ」

自由……。そう告げた悠斗のまなざしがこのうえなく澄んでみえる。

むろんわたしが救われたのは、莉子の驚異的な知性によるものだろう。けれども、波照間島で初めて出会って以来、わたしの無実を信じつづけてくれたのは、ほかならぬ悠斗だった。優しく語りかけてくる言葉の節々に、彼の思いが表れていた。

どういえばわたしの気持ちが伝わるのだろうか。戸惑いに揺れだしたとき、耳に覚えのある声が呼びかけた。芽依。

芽依は驚いて振りかえった。母、そして父が背後に立っていた。

やつれた顔。ずっと眠れない日々を過ごしてきたに違いない。その姿をまのあたりにしただけで、芽依の視界は涙に揺らぎだした。嬉《うれ》しいはずなのに、哀感に似た心の昂揚《こうよう》を覚える。

次の瞬間、芽依は駆けだし、両親と抱きあった。ようやく穏やかな休息のときが訪れる、そんな安堵《あんど》があった。無言のまま通いあう心が、天地に満ちるような静けさを齎《もたら》す。たしかに存在を実感できる親子の絆《きずな》が、永遠のように思えた不安や戸惑いを、いまこの瞬間にも彼方《かなた》へ遠ざけてくれる気がした。

悠斗は、芽依が両親と喜びを分かち合う姿を、距離を置いて眺めていた。喜びのなかに、わずかながら複雑な思いが渦巻く。芽依の向けてきたまなざしが気になった。あれはやはり恋心というやつでは……。考えすぎかな。

しばしたたずんでいると、隣りにいた莉子が、ぷいっと立ち去りだした。「お、おい」悠斗はあわてながら追いかけた。「莉子さん」

不興を買った……のだろうか。いや、そんな考えを持つこと自体が思いあがりかもしれない。悠斗は考え直した。莉子はすぐに足をとめて振りかえったからだった。

降り注ぐ陽光と、絶えず吹きつける風のなかで、莉子はどこか淋《さび》しげな微笑を浮かべた。「終わったね」

「ああ……」悠斗は困惑を覚えたが、莉子の笑みに寂寥《せきりょう》を感じるのも、勘違いの可能性があった。達成感と満足こそがいまの心境だろう。「さすが莉子さん。本当に素晴らしかったよ。この大勢の人々、みんな琉球王府ファイナンスの魔手から解放されたんだ。独りひとりが人生を闇に閉ざさずに済んだ。莉子さんのおかげだよ」

「……ありがとう、悠斗さん」莉子が静かにいった。「わたしを島の外に連れだしてくれて。またふたりで謎を追えた。心から楽しかった」

悠斗は莉子を見つめた。発言の意味をしばし考える。かつての彼女に戻ることを了承してくれているのだろうか。

しかしその期待感は、ほどなく潰《つい》えることになった。莉子はささやいた。「波照間に帰らなきゃ」

胸のうちに落胆がひろがっていく。悠斗はいった。「いい線いってたのに」

莉子が苦笑に似た笑みを浮かべた。「いちどだけってつもりだったから。自分がどう思ってるか、見つめ直せる機会だと思ったし」

「その結果はどうだった？　莉子さんの知性は多くの人の役に立つんだよ。僕も莉子さんと一緒にいられるのなら……」

ふと口をつぐんだ。莉子の虹彩《こうさい》がいろを変えたように見えたからだった。どんな内面の変化だったかは判然としない。ただ、自分が喋《しゃべ》りすぎているとは感じていた。相手の意向をたしかめもせずに。

莉子の目はかすかに潤んで見えた。ささやくような声で告げてくる。「よく考えてみる。おばあとも相談したいし」

希望が持てると解釈していいのだろうか。しかし莉子はどことなく沈んだ面持ちで踵《きびす》をかえすと、ゆっくりと歩きだした。

なぜかもう会えないような気さえしてくる。悠斗はあわてて声をかけた。「莉子さん」

背を向けたまま莉子が立ちどまった。

「あのさ」悠斗は遠慮がちにいった。「この事件を取材し終えるまで、僕は京都オフィスの世話になる。週末には休みがとれるよ。土曜日、四条河原町あたりで会えないかな。それまでは京都に留《とど》まったら？」

振り向いた莉子の表情は曇っていた。ごめんなさい、と莉子はつぶやいた。「用もないのに外泊できないし。いちおう、波照間島のお店もあるから」

悠斗は少なからずショックを受けた。「もう会えないってこと？」

すると莉子は微笑を浮かべた。「そうはいってない。土曜日ね。わかった。当日の昼あたり、ケータイに連絡するから」

ああ、そうだね。悠斗はぼんやりと返事をした。莉子はふたたび背を向けて歩き去っていった。

遠ざかる後ろ姿が雑踏に消えていく。悠斗は当惑を深めていた。以前の彼女に戻ったと感じたのに……。

どれくらい時間が過ぎただろう。悠斗は視界の端に、こちらを見ている芽依の存在を捉《とら》えた。だが芽依に目を向けると、彼女は顔をそむけて両親に向き直った。

決意

週末の朝、莉子は波照間島にいた。

陽射しはなく、この季節にしては肌寒かった。空を覆う厚い雲は、波打ちながら飛ぶがごとく流れていく。風が強かった。天気予報によれば、台風が接近している。いまのところ降雨はないものの、午後からは石垣島へ渡るのは不可能だろう。

ひとり庭先から狭い道へでて、八重山オフィスが撤収した後の古民家を眺める。縁側は木製の引き戸で閉ざされていた。入居希望者がいても長つづきしない、竹富町役場はそんなふうに嘆きがちだときく。またひとつ、職員のため息の理由が増えたようだ。

胸を痛めているのはわたしも同じ、莉子はそう実感していた。

ふたりで過ごした日々は楽しかった。童心に還《かえ》ることを許された島暮らしだった。けれども、いつかは終わりがくるだろうと覚悟はしていた。こんなに早く幕切れが訪れるとは、予想もしていなかったが。

彼は都会に帰り、わたしは島に留まる。ふたりとも、本来あるべき人生に戻ったのかもしれなかった。

でも……。疑問が頭から離れない。わたしはこのままでいいのだろうか。

背後に足音がした。おばあの声が呼びかけてくる。「莉子。こりゃ波の高さは三メートル近いさー。いまからでも、石垣島まで一時間のところを三時間かかるかもしれんさ」

莉子は振りかえった。近づいてきたおばあを見つめる。「どういう意味？」

「早《はよ》ぅ出発したほうがいい」おばあはいった。「遅くなると船どころか、石垣から飛行機も飛ばなくなるさ」

「出発って、どこへ？」

おばあは顔をしかめた。「とぼけても無駄さー。そわそわして居間のカレンダーばっか見て、週末の天候を絶えず気にして。きょうあたり小笠原さんと約束でもしてたろうが」

なんて鋭い。莉子は息を呑《の》まざるをえなかった。「ゆ、悠斗さんにメール送らなきゃ。きょうは行けないって」

するとおばあがじろりと見かえした。「本当にそのつもりだったか？　莉子」

「えっ……」

「小笠原さんとあちこち動きまわって、盛昌のいう探偵の真似事ってのに明け暮れて。結果、そんな毎日が刺激的だと思い始めたんじゃないかね。やっぱり東京でこんなふうに、人に頼られて生きてきたいって。なにより小笠原さんと一緒にいたい。そう考えたんじゃないのか」

莉子はたじろいだ。心を覗《のぞ》かれるような感覚に陥るのはひさしぶりだった。

「なんで」莉子のなかで困惑は憂いに変わっていった。「いまさらそんなことというの？　わたしは家に帰ったんだし、もう上京する気なんてない」

「わたしたちのために家に留まらにゃと思っとるんなら、それは違うさ」

「都内のお店を維持できなかったのよ。わたしには独り暮らしなんてできない」

「そんなのは商売に慣れてなかっただけさー。莉子。わたしたちが莉子を家に帰したがったのは、難儀してるようにみえたからさ。でもそれは違ってたみたいだね。莉子は小笠原さんとうまくやってた。賢くなったんだもんな、人の役に立ってこそ生きがいがある。莉子はそこまで考えてたさ」

胸にかすかな感情の諧和《かいわ》を覚える。おばあがそういってくれるのは、すなおに嬉《うれ》しい。しかし、複雑な思いがなおも疼《うず》く。

莉子はつぶやいた。「わたしは大人になりきれてない」

「子供みたいに怖がるところがあるからか？　人間誰でも欠点はあるもんさ。乗り越えようと心に決めてりゃ、きっと克服できるさー」

「でも……」

「わたしらが振りこめ詐欺にやられないかと心配してるんなら、しっかり気を引き締めておくからだいじょうぶさぁ。莉子の知恵は、こんなちっぽけな島の内側に使ってちゃもったいないねえ。外にでて、世のために尽くしてくれれば、ゆくゆくは島の発展にもつながるさ」

なんともいえない歓《よろこ》びが、ひしめきあうように沸き起こってくる。莉子は泣きそうになった。「わたし、外にでてもいいの？　都会に戻っても」

おばあはじっと見つめてきた。「それをいうなら、小笠原さんと一緒になってもいいのかって話じゃろ」

絶句した莉子の前で、おばあは声をあげて笑った。絶えず吹きつける風の音さえも凌駕《りようが》する声量だった。

「さあ」おばあは促してきた。「早く家入って支度《したく》せえ。船が欠航したらどうにもならんさ」

家に向かいかけて、莉子は足をとめた。「おばあには最初からわかってたんだね。わたしがどんな気持ちになるか」

「悔いの残らないようにするさぁ、莉子」おばあは目を細めた。「忘れちゃいかんさ。努力するのはきょう。きょう頑張るんだよ。きのうはもう過ぎ去ってるし、明日《あした》はまだありもしないんだから」

運命の逆転

高速艇は激しく揺れたものの、朝も早かったおかげで、まだ台風との距離も開いているようだった。遅滞もなく無事に石垣島の離島ターミナルに着いた。莉子はキャリーバッグを引きずってバスに乗り、新石垣空港へと移動した。

ところが、そこからは予定どおりにはいかなかった。那覇経由伊丹空港行きの便は、大幅に本数を減らしていた。最も早いフライトでも午後二時半。

莉子はやむをえずその便に席をとり、荷物を預けた。まだ恐ろしく時間がある。悠斗にメールを打ち、京都へ行けるのは夕方になると連絡した。

小さな空港内にはいちおうスターバックスコーヒーやレストランもあるが、足止めになった観光客が大勢ひしめきあって満席だった。出発ロビーどころか、到着ゲート前のベンチすら空いていない。

どうしようか迷うこと数秒、訪ねるべき場所が脳裏に浮かんだ。野底岳のマーペー。

こんな天候で北部の山登りなど、常識では考えられない。けれども、いまどうしても会っておきたかった。

子供のころから憑《つ》きもののように離れない、あの恐怖心と決別したかった。上京して、また悠斗さんとともに事件の謎を追いかけるには……。衝動的な怯《おび》えのせいで理性を失っていたのでは始まらない。

それに……。わたしはマーペーと同じ運命ではないと確認しておきたかった。迷信を受けいれてはいないが、すべては幻覚、そう心に刻みたい。

予想したことだが、北部に向かうバスはがらがらだった。しかも走行中に雨が降りだし、野底岳近くのバス停に着いたころには豪雨に近づいていた。

島育ちの莉子は、悪天候のなか大自然に身を投じることには、さほど抵抗を感じなかった。ここまで来て引きかえす気にはなれない。莉子は折りたたみ傘を広げ、道路沿いを登山口に向けて歩きだした。

ひとけのないけもの道はぬかるんで滑りやすく、何度か足をとられそうになった。それでも歯を食いしばり、困難も試練のうちと自分にいいきかせ歩きつづけた。恐怖の衝動を克服できなければ、上京したところで前と同じ結果に陥る。未来はみずから切り開かねば。

まだ正午前というのに、黄昏《たそがれ》どきのように暗い。遠雷も轟《とどろ》いている。吹き抜ける風が奇妙な音《ね》いろを生じさせる。

長居はできない。マーペーにひと目会ったらすぐ下山しよう。滞在時間を短くするのは、天候がより悪化するのを懸念しているから。決して怯えているわけじゃないし……。

急角度の傾斜面に、横付けするように宙に浮くコンクリ製の平屋建て。下部の錆《さ》びついた鉄骨が、きょうはいっそう頼りなく思える。

横殴りの雨に、傘はまるで役に立たなかった。莉子はずぶ濡《ぬ》れになりながら、アルミ製の扉を開けた。

暗がりに足を踏みいれる。雨の音はいささかも勢いが衰えなかった。山腹とは逆側の壁がくり貫《ぬ》かれていて、そこから風雨が吹きこんでいる。床は浅く浸水しかかっていた。建物としての密閉感はまるでなく、屋根があることを除けば外と変わらない環境だった。夏というのに気温は低く、濡れたせいもあって寒気がした。柱の陰に立ち、かろうじて風をしのぐ。

山腹側の壁へと視線を向ける。暗いせいで判然としない。小屋から独立し、山腹に浅く凹んだコンクリの枠に、ぴたりとおさまった絵。顔は闇に溶けこんでいる。

なぜか背筋に冷たいものが走る。たとえようのない薄気味悪さに不快感がこみあげてきて、それがさらに体温を奪っていく気がした。

暗闇に目を凝らし、マーペーの顔を確かめようとしたそのとき、稲光が辺りを明るく照らしだした。

その瞬間、莉子は思わず発した自分の声をきいた。「うわっ⁉」

マーペーの目が、まっすぐこちらを見ていた。正面でなく、斜め前に立つわたしに視線を向けている。

黒目の左右、白目の比率……。半々のはずだった。いまは違う。わたしがいるほうへ黒目が寄っている。

視界がしだいに明瞭《めいりょう》になってくる。暗がりのなかでも、対象はおぼろに見極められるようになってきた。

やはりマーペーの目が見つめてきている。そんな馬鹿な。莉子はゆっくりと横方向へと歩いた。

無限に近い竪穴《たてあな》へ落下するような、激しい恐怖が全身を包みだした。

マーペーの目は莉子の移動する速度に合わせ、一瞬たりとも視線を逸《そ》らさず追いつづける。たしかに黒目が水平移動していた。正面までくると白目の比率は左右半々になり、莉子がさっきとは逆側に向かうにつれて、黒目もこちらへ寄ってくる。莉子は体内の血が逆流するほどの衝撃を感じていた。めまいが激しくなり、いまにも意識が遠のきそうだった。

子供のころに見たまま。でもありえない。冷静な思考を呼び覚まそうと努力する。物理的な仕掛けでもあるのか。誰かが手を加えた可能性は。錯覚だとしたら、それが生まれる理由は……。

なにも浮かばない。絵は先日たしかめたばかりだ。もっと明るいときに、隅々まで見た。目が動くはずがない。まして、わたしを追えるわけがない。なのにどうして。

粛然とし、視野のすべてが悪夢に思えてくる。涙のせいで対象がぼやけだす。それでも雷光が閃《ひらめ》くたび、マーペーの顔ははっきりと浮かびあがった。やはりこちらを見つめつづけている。

心拍が速くなり、呼吸も荒くなっていた。莉子は泣きながら、マーペーの前を横切るように駆けだした。猛然と走りながらマーペーを見やる。

嘘。莉子は思わずつぶやいた。黒目が追ってくる。わたしから目を離すまいと。

いきなり柱にぶつかった。莉子は激痛とともに後方に転がり、床に突っ伏した。全身が水たまりに浸かり、舞いあがった飛沫《しぶき》が頭上から降りかかる。

打ちつけた腕や脚に走る痛みを堪《こら》えながら、莉子は四つん這《ば》いになり顔をあげた。とたんに、はっと息を呑《の》んだ。

床すれすれに這った莉子を、マーペーは見おろしていた。哀れむような瞳《ひとみ》が、目の下辺に半分沈みかけている。

莉子は声をあげて泣いた。

マーペーがわたしを見ている。理解を超えた現実を前にしては、知識はなんの役にも立たなかった。迷信のなかに呑みこまれてしまっている。まさか、運命さえも彼女と同じ……。

とまらない震えが、冷えきった全身に荒い脈搏《みゃくはく》を伝える。足がすくんで動けない。冷静さを失っている、そう自覚したところでなすすべもなかった。莉子は必死で起きあがり、ふらつきながらマーペーの前を離れた。その縦に揺れる動作をも、黒目を上下させて凝視してくる。莉子は扉へと駆けだした。速度にあわせてマーペーがぎょろりと見つめてきた、確認できたのはそこまでだった。莉子は豪雨のなかへ走りでた。

極端に明るみを失ったけもの道、傾斜は緩やかであってもぬかるみは激しかった。坂を下りだしたとき、莉子は足を滑らせ大きく体勢を崩した。時間経過が遅くなったように感じる。滞空から落下、登山道を外れて木立の斜面に投げだされた。制止させようとしても、身体は転がり落ちていく。

濡れ落ち葉が顔にまとわりつき、全身が泥にまみれた。天地が認識できないほど果てしなく回転しつづけ、ようやく谷底に達して止まった。嘔吐《おうと》感とめまいが同時に襲い、全身の筋力が弛緩《しかん》した。降りかかる雨の冷たさすら感じなくなり、視界がブラックアウトした。

京都

四条河原町交差点よりわずかに西、阪急《はんきゅう》河原町駅出口付近に位置する古風なレンガ造りのテナントビル。その二階、南西の角部屋が『週刊角川』京都オフィスだった。

土曜日のきょう、職場は休みになっている。しかし小笠原悠斗はひとり出社し、記事をまとめる作業に追われていた。午前中に仕事を片付ける、そう心にきめていた。

ランチタイムにようやくひと息つけるようになり、ビルをでて四条通に面した喫茶店に赴く。職場から抜けだすときは、常にそこを利用すると先輩からきかされていた。マスターが部長と知り合いのせいで、百円割り引きしてくれるのも大きかった。

ここで莉子さんを待つのもいい、そう思って窓ぎわの席に陣取ったのだが、スマホのメールをチェックしたとたんに失意が襲う。京都に着くのは夕方になります、莉子からのメッセージにそう記してあった。

折り返し電話をかけてみたが、なぜか呼び出し音が繰りかえされるばかりで応答がない。メールも何通か送ってみたが、返信はなかった。

　現在時刻は午後三時。石垣発、伊丹空港行きの便をスマホで検索した。午後二時半に那覇経由の飛行機がでている。それに乗ったはずだ。いまごろは上空にいる。なのに機内モードに切り替えていないのは、どういう理由からだろう。

　悠斗は莉子の実家にも電話してみた。通話に応じたのは莉子の母、優那だった。莉子ならけさ出発しましたよ。優那はそういった。小笠原さんと京都で会うって言ってましたけど。まだ着かない？

　旅客機の本数が減っていることを思えば、致し方のないことと考えるしかない。けれども、どうも胸騒ぎがする。

　オフィスに戻ろうか。そう思って腰を浮かせかけたとき、ガラス戸が開いて、女性らしき人影が入店してきた。

　ハイヒールの音がつかつかと近づいてきて、悠斗のすぐ近くで止まった。

　悠斗は顔をあげた。とたんに、愕然《がくぜん》として凍りついた。

　立っていたのは樫栗芽依だった。洒落《しゃれ》たケーブルニットのVネックをまとい、髪はエクステをつけているらしくロングになり、ゆるくカールしている。どこかで見たヘアスタイル……。そうだ、莉子さんにそっくりだ。

芽依は笑顔できいてきた。「こんにちは。座っていいですか」

「え？……あ、はい」

向かいの席についた芽依は、さも嬉《うれ》しそうな顔で見つめてきた。「やっぱりここにいたのね。オフィスに行ってみたけど誰もいなくて」

悠斗は驚いた。「仕事場へ行ったの？　よく場所がわかったね」

「本社の編集部に電話できいちゃった。京都オフィスの部長さんとも話して、小笠原さんは土曜も出社するって言ってたから」

「わざわざ来てくれたのは……どうして？」

野暮な質問だと悠斗は自覚していた。芽依のばっちりと決めたメイクを見れば主張は明白だった。

芽依が上目づかいにいった。「仕事が終わったあとにでも、一緒にお食事できないかなと思って」

「いや、それは」悠斗はあわてざるをえなかった。「困るよ。約束があるし」

「約束って……凜田さん？」

答える義務があるかどうか、さだかではなかった。それでも嘘はつけない。悠斗はうなずいてみせた。「そう」

「ふうん」芽依は真顔になり、窓の外を見やった。「天候が崩れてきてる。沖縄のほうは、もう荒れ始めてるんでしょ？」

「天気予報ではそういってたね」

「飛行機、飛ばないんじゃない？」

「いや。飛んでるよ」きちんと話をつけねばならない。悠斗は居ずまいを正して芽依を見つめた。「ねえ、樫栗さん。なぜ僕なんか……。もっと地位が高くて収入がある男性が大勢いるのに」

芽依ははっきりと告げてきた。「そういう謙虚なところが好きなの」

「け、謙虚かな……。記者としちゃマイナスだって、よく上司にもいわれてるよ」

「小笠原さん」芽依が見つめてきた。「凜田さんが好きだってことは知ってる。でも彼女には、小笠原さんとつきあう気があるとは思えない」

「……どうして？」

「故郷の島での暮らしを選んだんでしょ？　小笠原さんに力を貸してくれた、知性ある人だってことは認めるけど、彼女は帰りたがってた。きっと自分にとって理想の人生を見つけてるのよ」

「そうかな」

「わたし、波照間島に着いたときはとんでもなく不安で、心もとなくて……。小笠原さんが声をかけてくれて嬉しかった。その夜一緒にいてくれたことも」

意味深な言い方をしてくる。悠斗は肩をすくめてみせた。「宴会でほかにも大勢いたけどね。僕らのあいだにミルク神も座ってたし」

「小笠原さんは、わたしを見捨てなかった。わたしを信じて、警察にまで意見してくれた。わたし、その恩返しがしたい。小笠原さんを幸せにしてあげられる自信があるの。いえ、そんなの詭弁《きべん》よね。わたしは自分のために、理想の人と結びつきたい。だから……。返事をきかせてほしい」

悠斗は黙って芽依を見つめた。芽依も悠斗を見かえした。有線の奏でるオールディーズだけが、厳かに耳に届く通底音になりえていた。

そういう心境か。悠斗は思った。もっとルックスに優れて、社会的にも強い立場にある男性なら、こんな事態に直面することもありうるだろう。常々そんなふうに感じてきた。別次元の寓話《ぐうわ》とばかりに、無縁の他人事《ひとごと》として片付けていた男女の関係、いつしかその当事者となっているなんて。

悪い気がしないとか、うぬぼれている場合ではなかった。彼女の気持ちを迷わせてしまったのなら、その責任からは逃れられない。

悠斗はいった。「樫栗さん」

「芽依って呼んでよ」満面の笑みとともに、芽依は身を乗りだした。

「……樫栗さん」悠斗は繰りかえした。

とたんに芽依の笑顔が曇りだした。

遠まわしにいっても始まらない。悠斗は芽依に告げた。「波照間島に来た警察の人たちと話したとき、僕はあなたを救いたい一心だった……。そう思ってるんなら、とんでもない誤解だよ」

「誤解って……?」

「たしかに僕は、あなたの身を案じてた。偽札とか、そんなことに関わってる人には見えなかった。だから真実を追求したい、そう思ったんだ。あなたが無実だったらそれを証明して、苦難から救ってあげたいとも考えた。けれどそれは、意思の半分ぐらいだ。残りの半分は……」

「なに?」

「莉子さんのためだった。南端荘の客室で偽札が見つかった瞬間……。正直な話、喜びを感じたんだ。これは莉子さんがふたたび世と向き合うきっかけになるって」

芽依は落ち着かなげな感情を覗《のぞ》かせた。「喜びを感じたって……」

「本当にごめん」悠斗は頭をさげた。「僕はそれぐらい、莉子さんのことばかり考えてた。いまもそうなんだ。飛行機がどのあたりまで来てるのか、なぜスマホを機内モードにしてないのか、気がかりでしょうがない。出会ってからずっと、離れていても彼女のことが忘れられない。この瞬間何をしてるのかなって自問自答してたりする」

真顔になった芽依が目を瞬《しばたた》かせた。「わたしの無実を信じてくれてたわけじゃない……ってこと？」

「そこは」悠斗はため息まじりにつぶやいた。「わからなかったよ。別の姓名を名乗っていたことがあきらかになったり、そのために証明書を偽造したと知ったりしたときには……。偽札犯罪にも関わってるんじゃないかとも思えた。ただし、それでも樫栗さんは不幸な身の上に違いないとは信じてた。助けだしてあげたいという使命感は持ちつづけてたんだ」

「……わたしに対しての情は、哀れみに近いものだったのね」

「僕には、莉子さんがいたから。愛情という意味なら、そこにしかないんだ」

そう。芽依はまた窓に視線を向けた。潤んだ瞳《ひとみ》に薄日が反射している。それでも気丈な性格からか、表情が崩れることはなかった。

「わたし」芽依はつぶやいた。「勝手よね。親は喜ばせたいけど短大にも行きたい、だからどちらにも入る。小笠原さんに彼女がいるとわかってたのに、つきあいたいと思っちゃうし。もっとまっすぐに生きなきゃ駄目だったのね。でなきゃ、小笠原さんみたいな人に選んでもらえない」

「樫栗さんはいい人だよ。きっと幸せを分かち合える彼氏が見つかる」

「差し支えなければ教えてほしいんだけど。凜田さんのどんなところが好きなの？」

そうだな、と悠斗は自分の気持ちを振りかえった。「綺麗《きれい》で頭がよくて、なんでも知ってる人だから……。全面的に彼女を頼ってるだけじゃないかと思った時期もあった。でもよく考えると、違ってたんだ。彼女にはああ見えて、不完全なところがある」

「不完全？」

「なにごとにも夢中になれる感受性の強さで、知識や鑑定力を身につけてたんだからね。クールで大人びて見えたりしてたけど、内面はびっくりするぐらい純粋だった。オカルトに近い迷信にとらわれて、失敗しかけたこともあったよ。そんな彼女を見るうちに、僕が微力ながら支えてあげなきゃって思うようになった。もちろん、普段の莉子さんはひとりでなんでも成し遂げちゃうけどね。僕自身、成長しないことには彼女の役には立てない。強くそう思い知らされた。もともと、情けない男だったから」

「わたしが会った小笠原さんは、頼りがいがある人だった。その成長後……ってことなのかな」

「成長途中だと思う。前よりマシになったか、自分でもよくわからないけど」

「凛田さんあっての、いまのあなたなのね」芽依は諦《あきら》めがついたというように、深く長いため息を漏らした。「そう。わたしには、理想しか見えてなかったみたい」

悠斗はなにもいえなかった。どんな気遣いも蛇足のひとことにしかなりえない。半ば吹っ切れたがごとく、芽依はさばさばした態度を覗《のぞ》かせた。「凛田さんは何時ごろ着くの？」

「朝早くに島をでたらしいけど、飛行機の欠航が相次いでるみたいでね。二時半発の便だろうから……」

「二時半？　あのちっぽけな空港で時間を潰《つぶ》すのは大変だったでしょうね」

妙な感触が悠斗のなかに生じた。「というと？」

「わたしにとっては逃避行の旅だったから、余計にそう感じたのかも。出発までの時間、空港にいたくなかったから、南に下って人混みにまぎれることにしたの。誰もいない北に上るって手もあったけどね。人恋しさのほうが勝《まさ》ったみたい」

悠斗はつきあい半分に苦笑してみせたが、ふいになんらかの思いに緊張を喚起された。

北。石垣島の北部といえば……。

芽依がきいてきた。「どうかした？」

気持ちがちぐはぐになって片付かない。そんななかで推論がひとつのかたちをとりはじめる。午前中に空港に着いて、フライトは午後とわかった。莉子はどうしただろう。いまは機内のはずなのに、乗っていないと感じさせる徴証がある。連絡がつかないのもおかしかった。

論理的な判断だろうか。そうともいいきれない。多分に感情に流されているようにも思える。けれども、この憶測を無視できなかった。

スマホを取りだして、国内便を検索する。伊丹空港発、那覇経由石垣島行き。夕方に最終便があった。まだ欠航の扱いにはなっていない。阪急電車を烏丸《からすま》駅で地下鉄に乗り換えて、京都駅まで十分。新幹線で新大阪駅。そこからタクシーで空港までは二十分。ぎりぎり間に合う。

情動の熱が高まり、悠斗は立ちあがった。

芽依が妙な顔をした。「どこへ行くの」

「石垣島」悠斗はそういって、レジに向かった。

「本気？」芽依が目を瞠《みは》ってきいた。「でも凜田さんはこっちへ来るんでしょ？」

「すれ違いになってもかまわない。莉子さんが無事でいてくれるのなら、あとで謝るだけだよ」悠斗は会計を済ませると、芽依に告げた。「悪いけど、急ぐから。樫栗さん、幸せになってね。応援してるよ」

無言で見かえす芽依に、それ以上視線を投げかけるのにはためらいがあった。悠斗は扉を押し開けて外にでた。

四条通沿いの歩道で雑踏にまぎれながら、悠斗はちらと店を振りかえった。ガラスごしに、芽依がテーブルに突っ伏すのを見た。肩が震えている。

良心の呵責《かしやく》に似た感情を抱きながら、悠斗はふたたび店に背を向け、歩を速めた。急ごう。西の天候は予断を許さない。

原像

小笠原悠斗が新石垣空港に着いたとき、辺りはすっかり暗くなっていた。風が強く吹き、椰子《やし》の大木が大きくしなっている。豪雨も叩《たた》きつけんばかりの烈《はげ》しさだった。北部へのバスはとっくに終了していたが、むろん予想済みだった。伊丹空港での搭乗手続きを前に、スマホでレンタカーの予約をとっておいた。空港に隣接する店舗で、受付の従業員は奇異な目を向けてきたが、悠斗は気にせずクルマのキーを受け取った。タクシーで行ったのでは帰る手段がなくなる。莉子に会えるまで、ひと晩だろうと探しつづける覚悟だった。

マツダのデミオを運転し、三九〇号線をひたすら北上する。雨はいっそう勢いを増し、ワイパーを最速に切り替えてもまるで追いつかなくなった。野原崎より先の車道には、ほかにクルマも見かけない。滝のような水流の向こうにかすかに見える視界を頼りに、延々と走りつづけた。ときおり閃《ひらめ》く雷光がむしろ、行く手を照らす助けになった。

さいわいナビの機能に支障はなかった。街路灯もない漆黒の夜道を、野底岳の登山口へと乗りつける。

鬱蒼《うっそう》と茂る熱帯性の植物が強風にざわめき、豪雨は濁流となって斜面に波打っていた。

ここにいること自体が正気の沙汰《さた》とは思えない。それでも躊躇《ちゅうちょ》してはいられなかった。愚行にすぎなければそれもさいわいだ。小笠原は傘をさし、スマホの画面を照明アプリに切り替え懐中電灯の代わりにして、登山道をのぼりだした。

ほどなく傘は無駄とわかる。横殴りの雨に意味を持たないうえ、頭上の枝葉にかえって大きく後ろに逸《そ》れてばかりいる。すでにずぶ濡《ぬ》れだ、使うのは莉子と合流できてからでいい。悠斗は傘を畳んでステッキがわりに地面を突いた。

莉子は、ここ野底岳のマーペーの壁画を気にしていた。マーペーが目を離さなかった、幼いころの体験がいまも記憶に刻みこまれている、そういった。思い出はふたつの理由で、莉子の現在に大きな影を落としていると考えられた。ひとつは、現実を超えた事態の存在を否定しきれないために、奔放な知力を得たいまでも論理的思考に限界が生じがちなこと。もうひとつは、マーペーに見つめられたからには、同じ運命をたどるのではという迷信だった。いずれも、彼女の強い感受性ゆえに生じる心理作用に違いない。

それでも莉子は、ふたたび島をでる可能性を模索しだした。京都行きを決めたのもその表れに違いなかった。しかし飛行機に乗るまでに時間ができた。石垣島で為《な》すべきこと、幻覚に端を発したに違いない心の傷との決別を図るべく、彼女はマーペーに会いにいった。

考えすぎだろうか。いや、莉子が波照間島に帰っていない以上、ありうることだった。現に莉子からは、いまだに京都に着いたという連絡が入らないのだから。

剝《む》きだしの粘土は水を含んでひどく滑りやすく、何度となく転倒しかけた。山梨の北杜に生まれ育ったのは、この状況において幸か不幸か。無茶もあるていどこなせるがゆえ、危険を知りながら深入りし、もはや引き返せないところまできているのかもしれない。

木の幹づたいに張られたロープをつかんで、滑りがちな足もとを踏みしめ、少しずつ前進する。稲光のなかに看板が浮かびあがった。〝頂上まで二十分　標高一七〇メートル〟。さらに〝山小屋あり〟との表示もあった。

行く手に見えてきたコンクリ製の屋根付き展望台が、その山小屋か。アルミ製の扉はなぜか開け放たれている。なかは真っ暗のようだった。なんとも不気味なたたずまいに思える。こんなところにマーペーの絵があるとしたら、よほど気の毒な扱われようだ。悠斗はそう思った。

戸口に近づき、悠斗は声を張りあげた。「莉子さん！」

返事はなかった。覗《のぞ》きこんだ室内は、左右に風雨が吹き抜けていて、とても人が長時間居座れる環境ではなさそうだった。照明アプリの光では、空間を隅々まで照らしだすのは難しい。

悠斗はスマホを電話機能に戻し、莉子の番号にかけた。

やはり呼び出し音がつづくのみ。けれどもそのとき、ふと聴覚に異音を捉《とら》えた気がした。

呼び出し音に連動して、かすかに着信音らしきものが響く。けたたましいばかりの雨音の向こうに、たしかにきこえた。

辺りを見まわしたが、登山道にはひとけがなかった。それでも幻聴でないのはあきらかだった。悠斗は必死で耳を傾けた。風のせいで音のする方向が判然としない。身体の向きをしきりに変えて、位置を特定しようと躍起になった。

斜面の下からきこえてくる。そう気づいて崖《がけ》を見おろしたとき、悠斗のなかに戦慄《せんりつ》が走った。

深さ数メートルの谷底に、泥にまみれて白いワンピース姿が横たわっているのがわかる。容赦ない濁流のなか、半ば粘土に埋没しかかっていた。

「莉子さん！」悠斗は傘を放りだし、垂直に等しい崖を下りだした。横方向へと突きだした木の幹や、大小の岩が足場だった。

慎重に動作を選んでいるつもりだったが、ほどなく体勢を崩し、足も滑らせ踏みとどまれなくなった。悠斗は斜面を転げ落ち、水柱を跳ねあげながら谷底に衝突した。

鈍い痛みが全身を包む。てのひらを擦りむいたらしく、雨滴があたるたび電気が走るような痺《しび》れを伴った。

泥のなかで悠斗は身体を起こした。莉子は少し離れた場所に、仰向《あおむ》けに倒れていた。

照明を求めてスマホを探したが、落下と同時にどこかへ飛んでしまったらしい。探している場合ではなかった。

暗闇に目が慣れつつある。悠斗は莉子に近づいた。雷光に照らされた莉子の顔は青白く、生気を失って見えた。

それでも、閉じた瞼《まぶた》にかすかな痙攣《けいれん》があった。

悠斗は呼びかけた。「莉子さん。しっかりして」

手を握ってみると、恐ろしく冷たかった。降りしきる雨が体温を奪っていったのだろう。だが、莉子の額に触れた瞬間、悠斗は息を呑《の》んだ。

ひどい高熱だった。一刻の猶予もならない。悠斗は莉子の身体を抱きあげると、一歩ずつ泥にめりこむ足を力ずくで引き抜きながら、斜面へと引き返していった。下りるときよりは足場を確認しやすい。莉子を背負ってみたところ、かろうじてその細い腕がわずかな力をこめて悠斗の首すじに巻きついた。

なんとかしがみついていてくれよ。祈りながら崖を登りだす。もし莉子が仰《の》け反ることがあったら、ふたりともまた泥に叩きつけられてしまう。岩もあちこちに突きだしている。場合によっては負傷の危険もあった。とはいえ、じっくり時間をかけて登る猶予は与えられていない。莉子の体力が持つあいだに登山道に復帰せねば。

滑落が生じることもあったが、わずかな距離で歯止めをかけられた。崖を登りきると、莉子の身体を登山道に押しあげてから、悠斗も前屈姿勢で這《は》いあがった。

もう全身が泥だらけだったが、かまわず悠斗は仰向けに横たわり、感覚を失いかけている腕と脚に力が戻るのを待った。

夜空に稲光が走り、暗雲が照らしだされるのをまのあたりにした。莉子を雨に打たせたままにはできない。雷鳴が地響きのように轟《とどろ》くなか、悠斗は起きあがって莉子を抱きかかえると、コンクリの建物へと向かった。壁面は吹き抜けていても屋根があるぶん、外よりはまだ救いがある気がした。

戸口をくぐってなかに入る。この季節にしては気温が低い。山腹と逆側から吹きつける風をしのぐため、柱の陰に身をかがめた。数センチにわたり浸水している床に莉子を座らせ、背を柱にもたせかけた。

悠斗は声をかけた。「莉子さん。だいじょうぶか?」

すると、莉子の目がうっすらと開いた。悠斗が安堵《あんど》を覚えたのも束の間、ふいに莉子はびくつき、悲鳴をあげて悠斗にすがりついてきた。

その視線を追って、悠斗は振りかえった。暗闇のなかに縦二メートル、横三メートルほどの絵が浮かんでいる。切り絵風の丸顔のマーペーは髪をアップにして、頭頂で団子のように結わえていた。

手すりからあるていどの距離を置き、山腹に浅く凹んだコンクリの枠に、絵は嵌《は》めこんである。本来なら微笑ましさも醸しだすはずののどかな絵柄も、色褪《いろあ》せて不気味さを漂わせていた。呪いめいた都市伝説もその印象のせいで生じたのだろう。

マーペーの目は、真正面からわずかに逸れて、ちょうどこちらを見ているように感じられる。偶然だろうと悠斗は思った。

ところが、莉子は取り乱し泣きじゃくった。叫びに似た声は、なにを喋《しゃべ》っているかさえさだかではない。

落ち着いて。悠斗が莉子の背を柱に押し戻すと、莉子は頭を抱えてうつむき、うずくまった。身体の震えがとまらないようすだ。

なぜこんなに恐れているのだろう。奇妙に思いながら、悠斗は立ちあがった。

とたんに、背筋に冷たいものが走った。マーペーの目が、悠斗の動きを追うように、見おろす角度から上へと視線をあげたからだった。

緊張が全身を包みこむ。悠斗は思わず自分の額に手をやった。発熱してるのか。いや、そうは思えない。

マーペーを眺めながら横方向へと歩く。ぞっとする寒気が襲い、足をすくませる。

黒目ははっきりと水平に移動した。こちらの動きを追った。いまマーペーはまっすぐに悠斗を見つめていた。

悠斗は震える声を絞りだした。「り、莉子さん……。マーペーがこっちを見てる」

すると莉子は頭を抱えたまま、嗚咽《おえつ》とともに怒鳴った。「だめよ！　もうだめ。やっぱりわたしを見てる。運命だったんだわ。永遠にひとり。島からもでられない」

「冷静に」悠斗はそういったものの、みずから動揺を抑えきれなかった。信じがたい事実を前に、それでも莉子の狼狽《ろうばい》を鎮めるほうが重要だと感じた。「迷信なんか受けいれちゃだめだ。論理的に考えるんだよ」

だが莉子は、熱に浮かされているように激しくまくしたてた。「子供のころに見たままよ。なにもかも本当だった。学んだって意味ない。わけわかんないことが起きる。マーペーが伝えたがってる、わたしたちはおんなじだって！」

たしかに視線を向けてくるマーペーを見るにつけ、理外の理の存在を感じずにはいられない。世に説明がつかないことも起こりうるのか。

悠斗は思い直した。恐怖にとらわれてばかりでは、なにも浮かびあがらない。事実を白日のもとに晒《さら》してこそ、人の知性は意味を持つ。

「莉子さん」悠斗はいった。「マーペーの絵を見てくれ」

依然として莉子は目をつむり、顔を伏せたままだった。「やだったらやだ。もうこんなの嫌。家に帰りたい」

稲光が建物内を瞬時に青白く閃《ひらめ》かせる。悠斗は莉子に告げた。「鑑定するんだよ、莉子さん。絵に不思議があるなら、解明すべく真実を追求するんだ」

「できないってば」莉子は声をあげて泣きながら、激しく咳《せ》きこんだ。「怖い。こんなところにいたくない。家に帰りたい」

熱のせいで混乱に拍車がかかっているようだ。ただでさえ平静を保てない事態だ、無理もない。

けれども悠斗は、いまこそ莉子が真理をみいだすときと感じていた。この瞬間を逃せば、恐怖は永遠に残る。迷信にとらわれて生きつづけねばならない。

悠斗は声を張った。「きいてくれ。理由もなく皮膚が浅く切れる現象を、江戸時代の人は鎌鼬《かまいたち》っていう、目に見えない動物のしわざだと考えた。けど現実には、大気中に生じる真空に皮膚が触れるせいだったろ」

「違う」莉子はうずくまった状態で、震える声でいった。「それは近代の疑似科学。いまじゃあかぎれ、皮膚が気化熱によって急に冷やされたときに、組織が変性して裂けるのが理由っていわれてる」

「そう……なのか？ とにかく、人は伝説をひとつずつ解き明かして発展してきたんだよ。マーペーの絵は本来、怖がられるものじゃなかったはずだ。謂《いわ》れのない迷信に恐れられて、マーペーが気の毒だよ。絵だけじゃない、作者だって傷つく。その真相を暴くために鑑定家がいるんじゃないか」

莉子の身体の震えがとまった。ゆっくりと莉子が視線をあげる。そのとき、またしても雷光が走り、山腹のマーペーを克明に照らしだした。

悲鳴をあげて莉子が顔を伏せる。「やっぱりこっちを見てる！　こんなことあるわけないのに」

悠斗は違和感を覚えた。マーペーを見やる。莉子とは離れて立っているのに、マーペーの目は悠斗に向けられていた。

「なあ、莉子さん」悠斗はいった。「マーペーは僕を見てるよ。莉子さんじゃないだろ」

「こっち見てるんだってば」

……ふたりとも一緒になれない運命だから、マーペーに見据えられていると感じる？　迷信を鵜呑《うの》みにすれば、そんな解釈に行き着くだろう。

だが悠斗は、受けいれる気になれなかった。不可思議ではあるが、超現実ともいうべき奇跡を信じていたら、記者など務まらない。

悠斗は莉子に歩み寄った。泥まみれで、小さくなって震える莉子を見おろす。身をかがめて、そんな莉子の手をとった。

莉子がびくついた反応をしめしながら、悠斗を見かえした。

轟く雷鳴を無視して、悠斗は穏やかに告げた。「僕が信じるのは、起こりえない非科学的な事象じゃなくて、莉子さんだよ。説明のつかないマーペーの目の謎は、莉子さんにとって子供のころの記憶でしかなかった。検証しようとしてもできなかったんだ。でもいま、それと直面してる。真実を知るときがきたんだよ。どんなに答えが見つかりそうになくても、きっと謎は解ける。莉子さんはこれまで何度も証明してくれたじゃないか」

甦生《そせい》

莉子は、悠斗の握りしめた手の温《ぬく》もりによって、冷えきった身体が少しずつ感覚を取り戻していくのを感じた。

恐怖のなかにあって、ほんのわずかながら生きる心地に触れた。悪夢に呑まれたように思っていたが、少しだけ現実に覚醒《かくせい》した気がした。

それでもマーペーは直視できない。寒さが波状の苦痛となって全身を包みこむ。意識が朦朧《もうろう》とし、思考に一貫性がない。震えがとまらなかった。

「だめ」莉子は首を横に振った。「わたしにはできない」

「できるって」悠斗がいった。「莉子さん。マーペーに怯《おび》えちゃ、可哀想だと思わないか。マーペーがどんな身の上だったか、説明してくれたのは莉子さんじゃないか」

莉子は息を呑んだ。悠斗が真顔でじっと見つめてくる。莉子も悠斗を見つめかえした。

可哀想……。そう、わたしが当初マーペーに抱いた感情は、まぎれもなくそれに違いなかった。

琉球王府の悪政に恋人との仲を裂かれ、大勢の島民とともに地獄の苦しみを味わい、マラリアの熱に倒れ……。息も絶えだえに野底岳に登ったにもかかわらず、故郷の島を見ることさえかなわなかった。そのまま全身が冷たくなり、石になった。恋人がくれた貝殻の首飾りが弾《はじ》けて宙に舞い、夜空に輝く星々に変わった。

美しい自然の一部と化しても、彼女の想いは報われたとはいいがたい。恋人と幸せに暮らすこと、それだけがマーペーの願いだったのではないか。

マーペーは運命に流されるしかない人生を送った。わたしはそうではない。未来はみずから変えられる、何度となくそう実感した。

島のみんなの暮らしを守りたい。平和と幸福を維持したい。悪や不正は勝たせない。わたしのほうが、人としてあるべき道を歩んでいる。マーペーがわたしの運命を決定づけるのではない、わたしがマーペーを救いださねばならない。マーペーがわたしを見つめることがあるとしたら、それは助けを求める目だ。

発熱のせいで、およそ理性的でない思考だとは自覚できている。現実と絵空事が混ざりあっている。それでも理念だけは正しくありたい。非道や不道徳がまかり通る世であってはならない。

思いがそこに及んで、ようやく莉子はマーペーに視線を向けられた。

マーペーがじっと見かえしてくる。濃霧の森に踏みこむような不安は、依然として消えない。心細さが胸のなかに、重い石のごとく沈んでいく。

それでも恐怖は薄らいでいた。絵のなかのマーペーを生きているように感じるのなら、現状を受けいれよう、そう決心してからは怖くなくなった。

熱のせいで冷静になれないのなら、そんな自分を拒絶しようとしても無駄だ。ありのままでいればいい。マーペーは救われねばならない、その思いはきっと正しいはずだから。

水たまりのなかを、莉子は前のめりになって這《は》いだした。

移動するたび、マーペーの目が追ってくる。その事実にまた意志が揺らぎかける。

莉子は泣きそうになった。「どうしてわたしを見つづけるの?」

悠斗がいった。「僕にしてみれば、マーペーの目は動いてないよ。ずっと僕を見てる」

「……なんで?　わたしを見てるってば」

「これにはなにか理由がある。落ち着いて。莉子さんの強い感受性は知力をもたらした。反面、子供のような恐怖の感情を伴った。これを乗り越えて、世にでて謎に立ち向かい、理解不能な事態に遭遇しても、自分を抑制できるかも。きみが感じた最大の恐怖なんだ、もうほかに怖いものなんかありはしない」

感情の潮《うしお》がのぼり、絶えず高音を保つ。そんな感覚が莉子のなかにあった。

わたしはもう、子供ではいられない。島のみんなを守り抜くために。石になったマーペーを救うために。

夢や幻に等しく思えた現在の知覚に、一片の冷静さが生じた。絵画の鑑定において自然に喚起される注意力が、微々たるものであっても備わったように感じる。

黒目がわずかに小さい、そう思った。

先日、昼間にここを訪ねたとき、マーペーの目は動かなかった。そのときの黒目は、目全体の縦幅とほぼ同じ直径を有していた。でもいまはどうだろう。黒目の上下にも、白目が存在している。すなわち黒目は少しばかり縮小したことになる。

莉子はささやいた。「悠斗さん。いまもまだ、マーペーは悠斗さんを見てる?」

「ああ」悠斗が緊張の面持ちでうなずいた。「こっちを見てるよ」

わたしから見れば、マーペーはまぎれもなくわたしをこそ注視している。小さくなった黒目。離れて立つふたりそれぞれに視線がぶつかりあう。

ひょっとして……。

莉子は床の水たまりに手を滑らせ、コンクリの破片とおぼしき小石を拾いあげた。それを握りしめて、身体を起こそうとする。しかし、足に力が入らなかった。

悠斗が駆け寄ってきて助け起こしてくれた。心配そうに顔を覗《のぞ》きこんでくる。「無理しないで」

「平気」莉子はめまいをこらえながらいった。「前へ連れてって」

支えられながら一歩ずつ進んでいく。身体が上下に揺れるたび、マーペーの黒目も同調する。距離を縮める莉子を、マーペーはまっすぐに捉《とら》えつづける。

ようやく手すりに達した。莉子はその手すりに覆いかぶさるようにして、膝《ひざ》から崩れ落ちるのを防いだ。

視線をあげると、マーペーの顔が大きく見えていた。とはいえ、山腹までは二、三メートル離れている。手は届かない。

莉子は手を開き、小石を眺めた。「マーペーに石を投げたら祟《たた》られる。そういう噂もあるの」

悠斗がきいた。「莉子さんは、それを信じる？」

「さあ」莉子はささやいた。「彼女の顔に投石するなんて罰当たりなことだと思う。

絶対にしちゃいけない。けどいまは、迷信を越えなきゃ真実には達しない」

都市伝説を恐れて躊躇《ちゅうちょ》すれば、謎の解明もここで終わりになる。マーペーは不本意にも魔女のごとき存在として噂が広まりつつある。そんな忌まわしい状況など、永続してはならない。この場で元を絶たねば。

マーペーには、幸せに生きる権利があるのだから。

稲光が山腹を明滅させた。莉子は力を振りしぼり、サイドスローで小石を投げた。小石は狙いどおりにマーペーの片目にまっすぐ飛び、命中した。カランという音が響き、そして……。

「消えた」悠斗がつぶやいた。

そう。たしかに小石は、マーペーの目もとで消失した。落下しなかった。

悠斗が呆然《ぼうぜん》とした面持ちで、手すりに沿って歩きだした。マーペーの顔を眺めて立ちどまる。静かにつぶやきを漏らした。「そういうことだったか……」

明瞭《めいりょう》な事実が、思考を活性化させた。

莉子は手すりにしがみついたままつぶやいた。「この作品はスフォリアテッレという手法で制作されてる。描いた絵の線に沿って切り抜いた木板を、複数重ね合わせてカゼイン糊《のり》で接着してある。でも本来は屋内に展示すべきもの。湿気の多いこの地域で、木は収縮を繰り返し、カゼイン糊が一部剝離《はくり》した。顔と、その後ろにある白板が……。顔は目が刳《く》り貫《ぬ》かれ、白板には黒目が描かれてた」

悠斗がはっとした顔で莉子を見つめてきた。「隙間ができてたのか。小石が入りこむほどの……。黒目は、目の輪郭より数センチ奥にあるんだ！」

「その通り。絵なんだから、平面上に黒目があると脳が思いこんでる。視界にもそのように映る。けど、奥まっている黒目は、左のほうから見れば目の輪郭のなかで左に寄り、右から見れば右に寄る。上下もまったく同じ」

「いわれてみれば……。奥にあると仮定したうえで、こうして動きながら見ると納得がいくよ。でも、まだ絵は平面に見えるな。強烈な錯視だ。ずっとこうなってたのかな」

「いいえ。空気が乾燥していれば隙間は生じないんでしょう。台風が接近して湿度が上昇してる。木が水分を含んで膨張したぶんだけ、二枚の板のあいだに隙間が生じたのよ」

「なるほどね。天気が崩れそうなときに登山する人は稀《まれ》だから、この状態を目撃するケースも少なかったわけだ」

「天候が悪化してれば日中でも薄暗い。この標高にも霧は発生しやすいし、幻想的に見えて、しかも真実が明るみにでにくい条件が整ってた」

点が線となってつながると、すべて納得がいった。莉子は脱力し、その場にひざまずいた。

悠斗が駆け寄ってきた。「莉子さん、しっかり……。やったね、よく頑張った。この土地に根付いた迷信の正体を暴いたんだよ」

せわしない自分の息遣いばかりがきこえる。めまいがいっそうひどくなり、手すりに背をもたせかけた。目を閉じると、ようやく落ち着きを取り戻した。

執拗《しつよう》なまでに胸を締めつける感覚が、哀しみではなく幸福ゆえと気づくまで、しばし時間を要した。

誰の罠《わな》でもない、自分との闘いだった。長かった。子供のころからずっと頭から離れない、恐怖の対象だった。きっとこれからも、わたしの衝動的な怯《おび》えは度々生じうるだろう。でも、以前のように己れを見失ったりはしない。

現実を超えた理解不能な存在などない。鑑定の力はあらゆるものに通用する、いまこそそう信じられたから……。

マーペーの絵に視線を向けていた悠斗が、ふいに驚きの声をあげた。「あっ」

なんだろう。莉子は古綿のように感じる身体に力をこめて、ゆっくりと伸びあがり、手すりの向こうを覗きこんだ。

莉子は衝撃を禁じえなかった。

悠斗がつぶやくようにいった。「泣いてるよ……」

山腹のマーペーの顔は、両目からふた筋の涙を流していた。

板のあいだに生じた隙間に、雨水が入りこんで溢《あふ》れた結果なのだろう。それでも、こちらを見つめながら泣くマーペーの顔は、いくぶん表情が和らいでみえた。悲哀よりも感謝に満ちている、そんなふうに思えてくるのは、わたしの勝手な妄想だろうか。

マーペーを眺めるうち、莉子の視界もぼやけ、雷光さえもにじんで揺らぎだした。頰に流れる涙を感じながら、莉子は目を閉じた。必死でつなぎとめてきた意識も、ようやく遠のくにまかせられる。ずぶ濡《ぬ》れのまま手すりに身を委《ゆだ》ね、莉子は眠りに落ちていった。毛布にくるまったような温かさを肌に覚えながら。

帰還

野底岳のマーペーの絵画にまつわる都市伝説、その真相解明を綴《つづ》った記事は、一か月後の『週刊角川』に掲載された。担当記者はむろん、小笠原悠斗だった。

その前の号で巻頭を飾った、琉球王府ファイナンスの投資詐欺事件に関するスクープほどには、全国的な関心を呼ばなかった。マーペーの物語自体、八重山地方の伝承であって、ほかの地域に知られていないせいもあっただろう。

だが石垣島と周辺の島々では大きな反響を呼び、ふだんごく少数しか入荷しない『週刊角川』は、どの店でも売り切れとなった。野底岳には連日大勢の登山者が訪れ、絵を鑑賞できる展望台は満員状態になることも多く、入場制限がかかるほどだった。

色褪《いろあ》せ朽ち果てたせいで、謂《いわ》れのない噂を流布されたマーペーに、ほどなく同情の声が集まった。絵を修復しようという呼びかけが市民団体から起こり、竹富町議会もこれに応じる運びになった。夏の終わりには募金活動も開始された。

マーペーの絵の作者は、すでに他界していたため、町議会は修復作業を手がけられる画家を募った。

寄付金はなかなか集まらなかったものの、作業自体は長崎在住のある画家が、匿名を条件に引き受けると連絡を寄こしてきた。その画家は、マーペーの修復のみならず、恋人のカニムイの顔も描くといった。報酬は要求せず、ボランティアに徹する意向もあきらかにした。

絵は野底岳から外され、マーペーの故郷である黒島に運ばれることになった。

幅三メートルの絵は、木板を継ぎ足して倍の六メートルに拡張された。そのサイズから、ひとりでの作業は困難を極めると予想されたが、画家は助手やスタッフの参加を断ってきた。

長丁場になるだろうと町議会は考えていた。しかし画家はたったひと月で絵の完成を報告すると、打ち上げにも参加せず島を去っていった。

十月下旬、絵は地元マスメディアや一般に公開される運びになった。凜田莉子が黒島へ招かれたのは、その前日のことだった。

石垣島の南南西十七キロメートルに浮かぶ黒島、上空から見ればハートマークの形状をなす孤島だった。

人口は波照間島よりさらに少ない二百三十人。日本最大の珊瑚礁海域《さんごしょう》、石西礁湖《せきせい》を有する。隆起珊瑚礁で形成された平坦《へいたん》な島は、かつての森林が開墾され、見渡すばかりの牧草地が広がっていた。

宮里に環境省の施設、黒島ビジターセンターが存在する。夕方の閉館時間を過ぎてから、莉子は職員に案内され、静寂に包まれた内部に歩を踏みいれた。

島の歴史年表とともに、かつて使用された農具や民具が展示してある。島に伝わる民謡をテーマにした芭蕉布《ばしょうふ》が天井を彩り、壁面には島にちなんだ絵画が飾られる。

修復されたマーペーの絵も、このビジターセンターの展示物に加わっていた。

その巨大な作品が視界に入ったとたん、莉子は息を呑《の》んで立ち尽くした。

貝や魚をあしらった大小の絵画に囲まれ、マーペーとカニムイは頰を寄せあい並んでいた。丸顔でつぶらな瞳《ひとみ》のマーペーは、いまや肌艶《つや》も若々しく甦《よみがえ》り、恋人とともに幸せな時間を取り戻していた。

綺麗《きれい》……。莉子は思わずつぶやいた。

心を奪われるほどの見事な筆致。マーペーの純粋さ、素朴さがあるがままに再生されている。巧みな色づかいとスフォリアテッレの技法が高度に融合し、切り絵のごときふたりの顔が血色を宿して、溢《あふ》れんばかりのみずみずしさとともに表現されていた。喜びに満ちた男女の表情にうかがえる純愛の深さ。思わず胸が高鳴る。光と影はまさしく八重山の陽射しそのものであり、海から吹きつける潮風さえ肌身に感じられるほどだった。

嬉《うれ》しそうに微笑むマーペーを眺めるうち、莉子は涙を堪《こら》えきれなくなった。やっと黒島に帰れたね……。これからはカニムイと一緒に暮らせる。燃えるような緑の大地と、鮮やかな青に彩られた空と海のなかで、永遠に生きていける。

職員が感慨深げにいった。「いい絵ですよね」

「ええ」莉子は頬の涙をぬぐった。「ほんとに」

「こんなに素晴らしい絵になるなんて、まるで予想もしてませんでした。修復の域を超えてますよ。しかもカニムイまで描いてくれたなんて。初めからふたりが並んでいたかのように思えてきます」

「そうですね……」

莉子はうなずいてみせたが、その直後、胸のなかに薄い霧状の雲が漂いだした。

たしかにそうだ。この絵は本来、半分のサイズでしかなかった。新旧のタッチに違和感がなさすぎて、半ば忘れかけていた。

不穏な思いが募っていく。莉子はゆっくりと絵に近づいた。

絵の傍ら、竹富町役場が制作した真鍮《しんちゅう》製のプレートを見つめる。〝波照間島の凜田莉子さん『週刊角川』小笠原悠斗さん　ありがとう〟そんな一文が刻んであった。

莉子はつぶやいた。「悠斗さんのほうはともかく、わたしは感謝されることなんて何もしてない」

「またそんなことを」職員が笑った。「凜田さんは最大の功労者ですよ」

いや……。プレートに掲載されるべきは、たったひとりで無償の修復作業を成しえた人物をおいてほかにない。

「あのう」莉子は職員を振りかえった。「これを手がけた画家のかたは……？」

「名前をだしたくないとおっしゃるんです。町議会としても、ささやかながらお礼を用意したのですが、お受け取りにならなくて」

複雑な気分とともに、莉子は絵に向き直った。

褪《あ》せていた色彩のすべてについて、本来こうだったに相違ないと共感できる、完璧《かんぺき》な解釈と再現がなされている。スフォリアテッレによる表現の最高峰と呼ぶにふさわしいマーペー、その作者が描いたとしか思えないカニムイ……。

ひどく落ち着かない気分になる。ここまでの修復は、画家本人でなければ不可能なはずだ。筆づかいどころか、木板の裁断に残るわずかな歪《いびつ》さすらも、まるで同じではないか。

莉子は職員を見つめてきいた。「修復画家さん、長崎の人だそうですね。どこにお住まいか判りますか」

「それが、住所も明かされなかったんです」職員は声をひそめた。「ただし、そのう……」

「なんですか」

辺りを見まわしてから、職員はいっそうの小声で告げてきた。「どうしてもお礼をしたくて、町議会の若い議員が画家を追いかけたそうです。画家が島を発つ日、こっそり同じ飛行機を予約しましてね。議員は画家のもとに、サプライズも同然に押しかけてしまえば、さすがに受けいれてくれるだろう……。そんな反応を期待してたらしくて」

八重山地方に特有の感性だと莉子は思った。恩義や親切心は拒絶されないと固く信じている。是が非でもお礼をしなければ気が済まないというのも、島民気質に違いなかった。

莉子は先をうながした。「それで？」

「画家はなぜか長崎に帰らず、ずっと東京のホテルに連泊しているそうです。それも最高級のスイートに……。こういっちゃなんですが、腕は立っても売れない貧乏画家を想像してたもんですから、議員も仰天したそうで。ひょっとしたら、高名なアーティストだったのかもしれません」

「……年配のかたですか？」

「いいえ。三十前後でしたね。ハンサムな人ですよ。いかにも芸術家って感じで、線が細くて」

目の前に浮かんだのは、ありえない人物の顔だった。けれども、邪推とばかりに一《いっ》蹴《しゅう》するのは、なぜかためらわれた。ずっと頭の隅でくすぶっていた華蓮からの電話が、ふいに想起されたからだった。

熟考すること数秒、疑問は半ば唐突に氷解した。

ああ……。莉子はため息とともにつぶやいた。「スペインのアンダルシア州。そういうこと」

招かれざる客

約束の朝、孤比類巻は六本木にあるザ・リッツ・カールトン東京のエントランスをでた。車寄せに用意された愛車、黒のブガッティ・ヴェイロン16・4グランスポーツに乗りこむ。

W十六気筒エンジンに四基のターボチャージャーを誇ろうとも、低速の街乗りではパワーの大部分を持て余すしかない。ほとんど意識にのぼらない機械的な運転に身をまかせること数分、六本木七丁目の住宅街に乗りいれた。ほどなく、ポストモダン風の様式を取りいれた戸建ての前に到着する。

ガレージを兼ねた庭には、先行する数台のクルマが駐車していた。うち一台は孤比類巻が所有するマイバッハ・ランドレーだった。今回の仕事のために調査係として雇った人物に、個人的に貸与してある。その彼は、いまもクルマの脇にひとりかしこまって立ち、孤比類巻を出迎えてくれている。

空きスペースにヴェイロンを停めると、孤比類巻はドアを開け放ち車外にでた。

「おはよう、ドゥエイン。依頼人は来てるか」

七十歳を超える高齢ながら、ブリティッシュ・トラッドを粋に着こなす英国紳士。ドゥエイン・ブレッティンガムは、クルマの助手席から辞書サイズの木箱を取りだした。

「はい」ドゥエインは日本語で応じた。「揃《そろ》っておいでで」

「結構。なかへ入ろう」孤比類巻は玄関へと歩を進めた。

インターホンを鳴らすと、ノイズにまみれた音声がぶっきらぼうに応じた。「はい」

「コピアだが」ひとこと告げる。すぐさま解錠の音が響いた。

扉を開けたのは、角刈り頭に黒のスーツ、目つきの鋭い男だった。愛想のよさは微《み》塵《じん》もない。敵視さながらに警戒のまなざしで眺めまわすと、ようやく迎えいれる態度をしめした。

間取りは洋館そのもので、靴脱ぎ場はない。入ってすぐ吹き抜けのホールが視界にひろがる。黒スーツは複数存在し、扉という扉の前、階段の途中、二階のバルコニーにも立っていた。要人警護のSPさながらの配置に思えた。

内装に見るべきものはなかった。高価ながら統一感のないデザイナーズ家具など、成金特有の趣味の悪さが随所に表れている。商売優先、芸術性皆無の映画配給で知られる、クラウン・ピクチャーズ役員チョウ・ユイファンが日本に所有する別邸。そう考えればさして意外でもない。

そのチョウはソファに深々と身をうずめていた。薄い頭髪の丸顔、小太りの身体に、不似合なニットセーターを着用している。

彼と一緒にいる三人の中年男性は、鑑定を生業《なりわい》にする者たちとわかった。揃って胡散臭《うさんくさ》そうな目つきを向けてきたからだった。いつものことだと孤比類巻は受け流した。贋作《がんさく》者を好意的にとらえる鑑定家は存在しない。

鑑定家たちの冷やかな反応をよそに、チョウはいちおう歓迎の意をしめしてきた。立ちあがると、訛《なま》りの強い日本語でいった。「コピア。よくおいでになった」

「お待たせした」孤比類巻は静かに告げた。「約束の物を届けに来た」

ドゥエインが携えてきた箱を開けた。布にくるまれた小物をふたつ取りだし、テーブルに並べる。それぞれの布が広げられた。

とたんにチョウと三人の鑑定家たちが、感嘆の声を発した。四人はいっせいに身を乗りだした。

鑑定家のひとりが目を瞠《みは》った。「信じられん。この光沢、漂う格調……。文様や彫りぐあい、漆の乗りぐあいばかりでなく、傷の一本一本までまるっきり共通してる」

別の鑑定家が孤比類巻を見つめてきた。「どっちが本物なんだね」

愚問だ。孤比類巻はつぶやいた。「どちらも本物だよ」

不満げな表情を浮かべた鑑定家に対し、チョウが片手をあげて発言を制した。

チョウは笑顔を向けてきた。「言い方が悪かった。きみは本物をふたつにする男だからな。どちらが私の貸した漆硯《しっけん》かね？」

孤比類巻は正直に答えた。「向かって左だ」

三人の鑑定家のうち、無言を貫いていた最後のひとりが、カバンから定規と電子秤《はかり》を取りだした。ふたつの硯《すずり》を順に計測、計量する。やがて、ため息まじりにつぶやいた。「寸分の狂いもない。重さもまったく同じだ。この手触りと質感。偽物とは思えん」

ドゥエインが控えめにいった。「偽物ではありません。複製です」

茫然自失《ぼうぜんじしつ》といったようすの鑑定家たちを横目に、チョウが愉快そうに笑った。

チョウはふたたびソファにふんぞりかえった。「そう、複製だな。それも百パーセント完璧な情報の写し、まるでデジタルコピーだ。素材から道具、制作環境まで、すべてにこだわって本物を再現するとの評判は、嘘偽りじゃなかった。いや、感心したよ」

鑑定家たちはチョウの声が耳に届いていないかのように、ひたすら驚きばかりを口にしていた。当時の漆器が持つしっとりした滑らかさをどうやって真似できた？　一ミクロンのずれもなく共通してるぞ。制作当時のトチの天然木と、まったく差異のない材質をどこで探し当てたのか。漆の塗りムラまで正確に複製してある。誰がどう見ても本物だ。どれほどの権威だろうと、真作と鑑定せんわけにはいかん。

しらけた気分で孤比類巻は聞き流していた。ありふれた反応だ。専門家の鑑定眼など取るに足らない。

チョウが目を輝かせた。「ありがたいよ、コピア。コレクションの大部分について、故宮博物院におさめるよう政府から指導を受けていてね。この複製さえあれば、私は家宝のひとつを失わずに済む」

長居はしたくない。コピアは腕時計を眺めた。「僕が請け負ったのは複製のみだ。その硯をどう使おうが、あなたの自由だよ」

「違いないな……。なあ、コピア。これだけ精度の高い再現には、かなりの費用を要したことと思う。しかし、私のほうとしては……」

「報酬は一千万ドル。費用も込み。全額の支払いがなければ取引は不成立。この場で硯のひとつを壊して帰る」

「ま、待て」チョウはソファの陰からアタッシェケースを取りだした。「きみ相手に値切ろうなんて滅相もない。これが報酬だ。千ドル紙幣で百万ドルずつの束が十個。ちゃんと用意してある」

ドゥエインがアタッシェケースを受け取った。孤比類巻のもとに運んでくる。蓋《ふた》が開けられた。一見して本物の紙幣とわかる。孤比類巻がうなずいてみせると、ドゥエインはケースを閉じた。

鑑定家のひとりが、どこか蔑《さげす》んだような物言いで告げてきた。「なんでも複製できるんなら、金も自分で作りゃいいだろ」

孤比類巻はつぶやいた。「むろん可能だよ。でも製造コストは紙幣一枚あたり、額面の百倍はかかる。現金を稼いだほうが早い。本物がふたつになることを受けいれてくれる鑑定家が、この世には大勢いるのでね」

三人の鑑定家たちが、揃って苦虫《にがむし》を噛《か》み潰《つぶ》したような顔で押し黙る。チョウも値下げ交渉に失敗したせいか、憤然とした面持ちに転じていた。

もとより和気あいあいとしたやりとりなど望んではいない。複製に真の賞賛などなく、取り引きはただ憂懼《ゆうぐ》と反感を残すのみだった。孤比類巻は踵《きびす》をかえし戸口に向かいだした。

そのとき、玄関のチャイムが鳴り響いた。

自然に足がとまる。孤比類巻はチョウを振りかえった。

チョウが怪訝《けげん》な顔で腰を浮かせた。黒スーツのひとりに顎《あご》をしゃくる。

ただちに黒スーツが壁ぎわに駆け寄る。インターホンの受話器をとった。「はい。……なんの用ですか」

しばしの沈黙があった。黒スーツはかすかな戸惑いのいろを覗《のぞ》かせると、チョウに告げた。「コピアに会いたいといってます」

全員の視線が孤比類巻に注がれた。孤比類巻はたじろぐことはなかったが、疑念は拒《こば》みえなかった。僕の居場所を知る人間がいるのか……？

するとチョウが取り乱したようすで駆け寄ってきた。「誰に話したんだね⁉　私は贋作家との接触を、他人に悟られるわけにはいかない。集めた骨董《こっとう》品や美術品のすべてに、偽物の疑いがかけられてしまう」

孤比類巻はいっこうに動じなかった。いまだ不可解ではあっても、冷静さを失うまでには至らない。チョウを見かえして、孤比類巻は穏やかにいった。「僕が明かすはずあるまい」

「……それもそう、だな」チョウはつぶやいたが、安堵《あんど》にはほど遠い心境のようだった。額に汗をにじませながら、黒スーツに向き直る。「そんな人間はいないといえ」

黒スーツが受話器に告げた。「ここにそんな人はいません。すぐ立ち去ってください」

また沈黙がおりてきた。今度の静寂はさらに長かった。

やがて黒スーツが、ためらいがちな口調でチョウに伝えた。「扉を開けなければ通報するといってます。ひとつしかないはずの物がふたつある家に、踏みこまれてはまずいでしょう……とも」

「な」チョウが目を白黒させた。「な、なんだって！　どうして室内のことがわかるんだ」

鑑定家たちがいっせいに狼狽《ろうばい》をしめした。チョウさん、困るよ。私たちは秘密裏に協力する約束でここに来てるんだ。鑑定業で飯が食えなくなる。

チョウがあわてぎみに彼らをなだめる一方、黒スーツたちは緊張の面持ちで警戒態勢をとりだした。邸内の空気はにわかに張り詰めていった。

しばらくのあいだ、孤比類巻は無言を貫いていた。そのうち、思わず口もとがほころぶのを自覚した。

孤比類巻は黒スーツに指示した。「扉を開けろ」

全員が凍りつく反応をしめした。チョウが血相を変えて詰め寄ってくる。「馬鹿をいうな！　こんな状況を公僕に見られたら……」

「お客さんは警官じゃないよ。民間人、それも若い女性だ」孤比類巻は、受話器を手にした黒スーツにきいた。「違うか？」

黒スーツがこわばった面持ちでうなずいた。

ふっ。孤比類巻は控えめに笑った。「開けるがいい」

チョウは目を剝《む》いたまま立ち尽くし、動こうともしない。黒スーツたちもまたしかり、ひたすら顔を見合わせるばかりだった。

やがてドゥエインが足ばやに扉へと近づき、鍵《かぎ》を外しにかかった。把《と》っ手をつかみ、ゆっくりと押し開ける。

一同が畏怖《いふ》の反応をしめすなか、孤比類巻は悠然とたたずんだ。飛びいりの客を迎えるべく、戸口に向き直った。

真贋《しんがん》

凜田莉子はひとり戸口に立ち、開いた扉の向こうを冷静に観察した。

小太りのニットセーターは漆硯《しっけん》の持ち主だろう。彼の服といい家の内装といい、色の合わせ方が日本人らしくなかった。家具は香港製が大半を占める。近年、中国本土の富裕層は香港での高級品購入を控える傾向があるから、この人物が香港在住の可能性は高いと推察された。クラウン・ピクチャーズ役員のチョウ・ユイファンとみて間違いない。

彼に寄り添うように立つ三人は、こういう場に不慣れな態度をしめしていた。依頼人と贋作《がんさく》家のいずれにも与《くみ》しないポジションらしい。複製品の取り引きに加わっているからには、鑑定家としか思えない。

そこかしこで身構える黒スーツは、依頼人が雇った雑用係兼ボディガードに違いなかった。過去を振りかえっても、巨悪はたいてい取り巻きを引き連れている。それで威厳が保たれると確信しているふしもある。多くの場合、いざというときには全員が棒立ちの反応をしめし、森の木々も同然の背景と化すのみだが。

そして……。ホールの中央、異常なほど痩《や》せ細った長身のスーツが目にとまった。女性ならミディアムにあたる長髪は、内巻きにカールを施し、もともと小さな頭部をさらにコンパクトに見せている。端整な顔に表情はなく、全身が無機的な質感に覆われていた。眼球はガラス玉、あるいはカメラレンズのように生気がなかった。

波照間島で顔を合わせた記憶は、たしかにある。だがいまの彼がしめす淡泊な態度は、初対面の人間のそれ以外のなにものでもない。その素振りを除けば、決して見分けがつくものではなかった。孤比類巻は、泡波の酒造所で逮捕されたときの容姿そのままにたたずんでいる。

とはいえ……。あのときのコピアと同一人物ではありえない。莉子は確信を深めた。醸しだす空気がまるで違う。波照間の彼が荒れ狂う嵐の海原なら、いまここにいるのは静穏なるわだつみそのものといった印象を漂わせていた。

しばらくのあいだ、莉子は黙って孤比類巻を見つめていた。孤比類巻も莉子を見かえした。

彼は、テーブルの上に置かれた物を隠そうともしていなかった。東雲風雅作の村上木彫堆朱、竜の文様の漆硯。莉子が波照間島で目にしたアイテムとまるで同一。双子のコピアを象徴するがごとく、そっくりの硯がふたつ並んでいる。

最初に漆硯の鑑定を依頼してきた人物も、すぐ脇に立っていた。扉を開けてくれたのが、くだんの老紳士だった。

老紳士はやや気まずそうな表情を浮かべたが、莉子が視線を向けると、英国執事のごとく姿勢を正した。

莉子は微笑んでみせた。「その節はどうも。ええと……」

すると老紳士が静かに応じた。「名前はお伝えしてあったと思いますが」

「ブリストル出身のスコット・ランズウィックさんって？　ありえないですよ。映画関係者でもないでしょう？」

「ほう。……どうしてそうお思いになるのですか」

「ハリウッドの丘に、HOLLYWOODと看板が建ててありますね。あれ、どんな目的で作られたかご存じですか？」

「それは、そのう、観光名所だし、映画の都ということで」

「違いますよ。もともとは不動産広告の看板だったんです」

「……店名の由来を知らない人間が、その店の従業員でないと決めつけるのは早計かと」

「たしかに」莉子は老紳士を見つめた。「でもあなたの場合、はっきりした根拠があるんです。『硫黄島の恋人』ですよ。共同脚本家のバートランド・キヨサキさんと、ふたりで切磋《せっさ》琢磨《たくま》しながら書きあげたとおっしゃったじゃないですか。あの日の晩、わたし映画を観たんです」

「連名でクレジットがあったと思いますが」

「ええ。でもふたりのお名前は、ANDで結ばれてました」

「……はて」老紳士は困惑のいろを浮かべた。「どういう意味なのか判りかねますな」

チョウ・ユイファンがぞんざいに口をきいた。「ふたりの脚本家による共作なら、クレジットは〝&〟になるんだよ。〝AND〟の場合は、誰かの脚本に別のライターが手を加えた、そんな主旨になる」

老紳士は面食らったようすだったが、すぐさま孤比類巻に向き直り、神妙な面持ちで頭を垂《こうべ》れた。「面目しだいもございません」

孤比類巻が穏やかな口調で応じた。「かまわないよ、ドゥエイン。きみは詐欺師じゃないんだしな。そもそもきみに、チョウ・ユイファンの友人を名乗るよう指示したのは僕だ」

チョウが孤比類巻を睨《にら》みつけた。「この外人のじいさんに、私の友人を騙《かた》らせたのか？　名前の利用を許可した覚えはないぞ」

だが孤比類巻は涼しい顔のままつぶやいた。「漆硯の所有者が、香港在住のチョウ・ユイファンだってことは、誰でも調べればわかる。鑑定家と会うときには、それなりの言い訳が必要だった」

莉子は情報が追加されるたび、脳裏に刻みこんでいった。老紳士の本名はドゥエイン。チョウはなおも孤比類巻に雇われている立場らしい。

孤比類巻に食ってかかった。「私はきみに複製を依頼したんだぞ。鑑定家と接触する必要がどこにある」

その答えなら明白だった。莉子はチョウに告げた。「贋作の完成度をあげるためです」

室内の全員の視線が、いっせいに莉子に向けられる。

だが莉子は物怖《お》じしなかった。「コピアによる漆硯の複製品は、まず新潟の村上木彫堆朱美術館に持ちこまれました。ほかにも大勢の専門家へ鑑定依頼がなされたと思いますが、やがてわたしのもとへ来た。さらにその夜には鹿児島、糊綱英樹先生の骨《こっ》董《とう》店に」

　孤比類巻の表情はこわばるどころか、逆にかすかに和らいでみえた。「どうしてそう思ったのかな」

「糊綱先生がお書きになった記事によれば、漆硯は本物と鑑定してもおかしくない出来だったそうです。しかし竜の鱗《うろこ》、彫り口にある断面に、漆の層と見紛いやすい小さな傷があるのが気になった。それで評価を保留してます」

「賢明な判断だ」

「でもわたし、波照間島で硯を見たとき、ひっかかったのは別の箇所でした。竜の左手の爪に注意を喚起されたんです。鎌倉彫でなく彫漆類の技法に近かった。そっちのほうが、彫り口の傷よりも先に目につきます。それで判ってきました。糊綱先生のところへ持ちこまれた漆硯は、左手の爪の彫りぐあいについて問題がなかった。あなたはわたしの指摘をもとに、ただちに修正を施したうえで、糊綱先生に鑑定させたんです」

「いいね」孤比類巻は依然として無表情ながら、どこか満足げないろを覗《のぞ》かせていった。「こっちへ来て座らないか、莉子」

　ふいに下の名前で呼ばれ、莉子はどきっとした。黒スーツの群れが監視するなか、ゆっくりとソファに向かって歩きだす。

チョウが苛立《いらだ》ちをあらわにした。「なんだ？　どうなってる。この女の子は誰だね。どうして迎えいれたんだ。ここは私ときみの商取引の場だぞ」

「ユイファン」孤比類巻はいった。「来客には茶をだすのが礼儀だろう。キーマンのホットをふたつもらおう」

眉《まゆ》をひそめたチョウが、孤比類巻に皮肉めかせた。「紅茶ならラプサンスーチョンのほうがお奨めだがね」

「駄目だ。正露丸のような香りが優雅さに欠ける。キーマンのブレンドだからといってトワイニングの黒缶など使うなよ。僕がたしなむのは本物だけだ」

むっとしたチョウだったが、孤比類巻に無視を決めこまれ、どうにもならないと諦《あきら》めたらしい。黒スーツに向き直り忌々しげに命じる。キッチンへ行って茶の用意をしろ、キーマンのホット二人分。

莉子がソファに腰かけると、孤比類巻は斜め向かいに座った。着席しているのはふたりだけで、あとは総立ちで鈴生《な》りに周りを囲んでいる。

テーブルの上に、自然に目が向いた。ふたつの漆硯《しっけん》。莉子は身を乗りだし観察した。どちらも竜の爪に問題がないのがわかる。彫り口の断面にも傷はなかった。

孤比類巻がきいてきた。「どっちが本物かわかるかい」

「……いいえ」莉子はため息をついて、ソファの背に身をあずけた。「わたしじゃコピア作の複製が区別できるはずもない。お兄さんの力士シールとは違うし」

「ふうん。僕のほうが弟だとなぜ知ってる？」

「波照間島で会った修さんが、長男って自己紹介してたし。お名前、うかがってもいいですか」

「コピア。そう呼んでくれればいい。双子と気づいたのは、華蓮から電話があったからかな」

「そう。はっきり伝えられたわけじゃないけど」

「いい勘してるね。彼女には当面、きみに真実を伝えないよう頼んでおいた」

莉子は不可解に感じた。「なぜですか」

「きみが立ち直るまで刺激したくなかったんだ。僕のことを気にかけていたのでは荷が重すぎるだろうと判断した。きみはすでに、身の丈に合ったリハビリに取りかかっていたからな」

「リハビリって……？」

「株式会社R・O・Fに濡《ぬ》れ衣《ぎぬ》を着せられた銀行員、樫栗芽依の事件だよ。僕は職業柄、世の贋《がん》作《さく》者たちに名が知れ渡っている。頼られることも少なくない。磯蔵脩平という、偽造書類専門の小悪党から相談を受けたのもその一環だ。本来なら手助けなどしないが、芽依が石垣島に逃げたうえで、潜伏先を探しているときいて興味が沸いた。偽札が絡む知的犯罪。きみがどうでるか見ものだった」

喫驚《きっきょう》するほどではなかった。それなりに察しがついていたことだ。莉子はいった。「波照間島に渡るよう樫栗さんに助言を送ったのは、あなただったんですね」

「きみが食いつかなければそれまで。困っている人が目の前にいても、殻に閉じこもることを優先するようでは、今後も鑑定家としてめざましい働きなど期待できそうもない。だが、やはりきみはひと味違う女性だった。事件解決に乗りだし、R・O・Fの不正を暴くに至った」

複雑な気分が胸中に渦巻く。莉子はささやいた。「きっかけは、わたし以外の人にあるんです。本当はわたし、二度と島をでるつもりはなかった」

「小笠原悠斗のおかげか。相思相愛の彼の頼みじゃ断れないよな」

莉子はふいに雷に打たれた気がした。「え……?」

「そういえば、悠斗はどこかな。恋人をひとりで危険な目に遭わせておいて、平気なのかい」

「悠斗さんには黙ってここに来たんです。心配をかけたくないし」

「ほう。よかった。どうやら以前のきみに戻ったみたいだ。無邪気で無鉄砲、向こう見ずであると同時に、観察眼と奔放な知識で謎を解き明かしていくきみに。さしずめ、野底岳からマーペーを救いだせたことで、真の勇気を勝ち得たかな。過去のトラウマとも決別できたようだ」

混沌《こんとん》とした思いが脳裏をよぎる。莉子は孤比類巻を見つめた。「マーペーとカニムイを助けだしたのは、あなたです。あんなに見事な修復画は、ほかの誰にも描けない。ふたりとも幸せそうだった。あなたは、八重山地方に伝わる昔話の結末さえ変えてしまった」

孤比類巻はあいかわらず悠然としていた。「凜田莉子に認めてもらえたのは、すなおに嬉《うれ》しい。僕の仕事ぶりに理解と敬意をしめしてくれるのは光栄だ」

「修復画家としてはおおいに。でも贋作家としては受けいれられません」

「複製師と呼んでもらいたいが」

「双子と発覚した以上、今後はもうお兄さんと相互にアリバイを作りあうのは無理。偽物づくりもおおいに難しくなると思うんですけど」

「心配ない。複製を手がけているだけなら犯罪にはならない。たとえ制作現場に踏みこまれても逮捕はされないよ」

「でも、ひとつしかないはずの本物がふたつ出回っていて、あなたの関与が疑われたら、警察はきっとあなたを訪ねる。どこで何をしていたか、事情をきくでしょう」

「そうだな。そこについては、いままでのように自由がきくことはあるまい。僕の兄は疫病神だったが、同時に切り札でもあった。彼がいなくなったせいで、僕の足跡もたどりやすくなったはずだ。現にこうして、きみに居場所を嗅《か》ぎつけられているのだしね」

コピアが不利を認めた……。莉子の胸中に昂《たか》ぶるものがあった。ここまでのところ優勢なのでは。

だが孤比類巻は、いまだ計り知れないほどの余裕を覗《のぞ》かせていた。「莉子。琉球《りゅうきゅう》王府の道切法に苦しめられたのは、黒島と波照間島の民だった。マーペーはきみに助けを求めていた。芽依を嵌《は》めたのも琉球王府ファイナンスなる会社とは、実に皮肉がきいている。あらゆる状況を考慮しても、きみが再生と復活をかけて挑むゲームとして膳《ぜん》立てが整っていた。破産の危機に直面していた大勢の人々を、きみは救いおおせたな。琉球王府の圧政から民を解放したわけだ。面白かった」

そういいながらも、孤比類巻の口もとには微笑ひとつ浮かんでいなかった。

莉子のなかで、コピアに対する敵愾心《てきがいしん》がふたたび募りだした。「わたしはあなたの遊び道具ですか。ギリシャの神様みたいに天空から試練を与えて、なりゆきを見物するの？」

「そこまで驕《おご》り高ぶってはいないよ。僕は兄とは違う。ただ物の真贋《しんがん》は追究する。きみも鑑定家でありつづけるかぎり、僕の監視を受けつづけることになるだろう。興味の対象になりうるレベルならね」

「やっぱり人を見下してるようにきこえるんですけど」

「大局に立って俯瞰《ふかん》で全体を観るようにはしている。矮小《わいしょう》な一個人としてではなく。僕にとっては、世の鑑定家と贋作者はチェス盤の駒も同然だ。兄にも、きみとの対峙《たいじ》はあくまで推理劇だという心構えを持って臨むよう、アドバイスしてあった。兄は半分、僕を演じているのだからね。勝負は四ラウンドに及んだが、兄は大根役者だったから、きみも薄々芝居がかったゲーム性に気づいてたんだろう。推理劇の五幕目はないといったな」

「……推理劇って言い方を、お兄さんのほうが口にしたから」

「自分から事情を明かしてしまうあたりが兄の浅はかさだ」

チョウが黒スーツからトレイを受け取った。それを両手に掲げ、テーブルに近づいてくる。

ポットとティーカップを並べながら、チョウは憤然としていった。「コピア。この女の子がひとりで来たのなら、なにも恐れることはないじゃないか。通報もしてないみたいだし、連れ去っちまえば口封じになる」

孤比類巻は冷静沈着な態度を崩さなかった。ピアニストのように細い指先でティーカップを取りあげる。ストレーナーをセットして、ポットを回しながら注いだ。「北京原人並みの粗野な思考は現代にふさわしくない。言葉にも気をつけたほうがいい。携帯電話に専用マイクを差しこんで機能するデジタル盗聴器が、アマゾンの通販で買える世のなかだ。身につけずこの家に入ってくるなど考えにくい」

莉子は全身の血管が凍《い》てつくような寒気を覚えた。思わず胸ポケットに手をやりそうになり、かろうじて抑制する。

チョウがじれったそうに声を荒げた。「なら身体検査だ」

孤比類巻の落ち着いた物言いに変化はなかった。「強制わいせつの現行犯で逮捕されるのが関の山だ。会話は筒抜けだといったろう。警察に踏みこまれる理由をみずから作りだすつもりか」

「盗聴していても、警察を説得するまでは時間がかかる。彼女はひとりで来てるんだ」

「莉子の発言を疑いなく信じてるわけじゃあるまいな。恋人の週刊誌記者がそう遠くない場所から、ここの玄関をカメラで狙い済ましてるよ」

「き、記者だって？　でもさっき、心配かけたくないとかいって……」

「悠斗に特ダネをものにさせたいと、莉子は常々望んでいる。定期的にスクープを獲得できないと、記者はクビを切られてしまうからな。リッツ・カールトンからここまで追いかけてきたのなら、クルマで尾行したはずだ。莉子は運転免許を持っていない。悠斗もクルマを所有してないが、新潟や石垣島でレンタカーを借りている。都内で同じことをしないとどうしていえる」

　チョウがひきつった表情で押し黙る。大勢がひしめきあうホールのなかに、ふしぎな静寂の輪ができあがっていた。

　孤比類巻は莉子の前にティーカップを据えた。「熱いうちにいただこう」

　莉子は焦燥に駆られた。募る不安とともに心臓の音が異様に昂進《こうしん》する。何もかも見透かされている。対局は、最低でも均衡を保てるだろうか。

　じれったそうに身を揺すっていたチョウが、黒スーツに指示を発した。「漆硯《しっけん》を持って裏口から抜けだせ。……ひとりに一個ずつ、別々に持たそう。まずは本物からだ」

歩み寄ってきた黒スーツが、ふたつのうち左の硯《すずり》をつかんだ。莉子は思った。そちらが本物か。右はコピアの作った複製ということになる。

その瞬間だった。孤比類巻が素早く人差し指を振り下ろし、黒スーツの手首をしたたかに打った。黒スーツは悲鳴をあげ、身を退かせた。漆硯はふたつとも、テーブルの上に残った。

チョウが目をいからせた。「コピア！　なにをする。正気か」

孤比類巻はティーカップを口に運んだ。「まだ話は終わってない」

「ふん」チョウは鼻を鳴らした。「だいたい、あんたがこの女の子のもとに漆硯を持ちこんだせいで、尻尾《しっぽ》をつかまれたんだろうが」

それは否定できない話だと莉子は感じた。実際、コピアはなぜわたしに鑑定を依頼したのだろう。

莉子は孤比類巻を見つめた。「どうしてわたしに漆硯を見せたんですか。最初から糊綱先生のお店へ行っていれば、竜の爪も断面の傷も両方あきらかになったでしょう」

孤比類巻はスモーキーフレーバーをたしなむかのように、ティーカップを軽く揺らした。「村上木彫堆朱美術館のほか、大勢の専門家に鑑定させたが、みな本物と判断した。だが僕は満足できず、ドゥエインに複製品を託し、さらに鑑定家をあたらせた。その際、糊綱英樹よりも先にきみのもとへ持ちこませた。糊綱以上に、きみの鑑定眼を信じていたからだ」

「まさか。糊綱先生は村上堆朱研究の最高権威なのに」

「きみは」孤比類巻がまっすぐに視線を向けてきた。「万能鑑定士だろ」

「えっ」莉子は言葉に詰まった。「で、でもそれは……」

「店の名か。決まり文句だな」孤比類巻のまなざしが、ふいに穏やかないろを漂わせて見えた。「莉子。いまの段階ではたしかに、僕の複製を看破できないだろう。これらふたつの硯が同一に思えるのも仕方がない。でもきみには、誰よりも強い感受性がある。イレギュラーな存在だったことが、子供のころは馬鹿にされる理由だったが、それを唯一の武器に変えてここまで来た。積極的に謎を追いかけようとするきみが帰ってきてくれて嬉《うれ》しい。瀬戸内陸に約束したとおり、すべての知性と行動力を人助けに費やそうとする信念も尊敬に値する。ひとつだけアドバイスをあげよう」

「……なんですか」

「店に料金表を貼れ。品物で決めず時間制にするんだ。五分以内は千円、十五分以内は三千円、三十分以内は五千円。それ以上は一時間ごとの区切りで一万円ずつ追加だ。

一日以上かかる場合も、金額に上限のサービスを設けてはならない」

「な……」莉子は面食らわざるをえなかった。「だけど、そんなこと」

「依頼人は無駄話をしなくなり回転も良くなる。長期にわたってきみを頼ろうとするのは、よほど困っている人のみに絞られる」

「初めての提案じゃないんですけど」

「知ってる。きみのお父さんがすでに助言したな。ドゥエインからきいた。この件に限っていえば、お父さんが正しい。厳守しろ。そうすれば瀬戸内陸《せとうちりく》が目指した、人助けと商売の両立が可能になる。彼にとっては理想に終わったが、きみなら実現できる」

身体に漲《みなぎ》り渡るような心持ちがあった。莉子は呆然《ぼうぜん》としながら孤比類巻を見つめた。コピアはわたしのことを……。

チョウが業を煮やしたようすで怒鳴った。「次はオリンピックの経済効果について一席ぶつのか、コピア。無駄話はそれぐらいにして漆硯を渡せ。金はすでに払ったんだぞ」

すると孤比類巻は顔をあげた。視線を向けたのはチョウではなく、ドゥエインだった。

微妙なアイコンタクトで、意思の疎通が図られたらしい。ドゥエインはアタッシェケースを黒スーツのひとりに放り投げた。黒スーツはびくつきながら、それを両手で受けとめた。

孤比類巻はいった。「取り引きはキャンセルさせてもらう」

「なに⁉」チョウが頓狂《とんきょう》な声を発した。「ふざけたことをいうな、コピア！」

「ここで複製品を譲渡するのは法に触れないが、ユイファン。あなたが故宮博物院に漆硯をおさめた時点で『週刊角川』はきょうの出来事を記事にするだろう。この家を出入りする僕とあなたの写真が誌面を飾ることになる」

「か、かまうか。おまえの作る複製は本物なんだろ。中国政府に引き渡すのはひとつだけだ。物証がない以上、罪には問われない」

「わかってないな。莉子は僕の手による複製を見抜けないと知ってた。だから鑑定は無理でも、決定的な現場を押さえようと乗りこんできたんだ。僕の複製は完成度が高すぎて、単体では複製と証明できない。よって商取引の場にはふたつとも用意される。彼女はそれを予測していた。狙いどおりに彼女は、ひとつしかないはずの漆硯がふたつあるのを見た」

チョウは血相を変え、莉子を指差してまくしたてた。「だ……。だからこの女の子を無事に帰しちゃいけないんだ！」

「隠しマイクを忘れたか。莉子に手をだした瞬間に御用になる」

「なら、そもそも家にいれるべきじゃなかったろうが！」

「莉子がチャイムを鳴らした時点で、僕は玄関を入るのを写真に撮られたと気づいた。あなたはどうか知らないが、僕はまだ世間に疑惑を持たれたくないのでね」

「それで彼女の訪問を拒まなかったのか？　コピアともあろうものが、週刊誌記者の間接的な脅しに屈したのか」

「ああ」孤比類巻はあっさりと認めた。「兄によるアリバイづくりに頼れなくなった弊害だな。次からはもっと抜かりない手段をとるよ。きょうのところは、莉子と引き《イー》分《ブン》けだ。こんな事情で商取引を中止せざるをえないこと自体、初めてだがね」

「この女の子を人質にとればいいじゃないか。写真のデータを渡せと記者を脅せば……」

「原人以下、もはや猿の所業だ。先進国の知能犯にふさわしくない。暴力に訴えた駆け引きなど、思いついた時点で負けなんだ」

　チョウは顔面を紅潮させた。テーブルに突進しながら声を張りあげる。「戯言《ざれごと》をほざくな！　知能犯に先進国も途上国もあるか。漆硯は私のもんだ」

ところが、チョウの手が達するより先に、孤比類巻がふたつの硯をつかみ、ササッと素早く、何度か入れ替えてしまった。

目にも止まらぬ早わざとは、まさにこのことだった。チョウが絶句して踏みとどまる。ホールにひしめく全員が沈黙してテーブルを見つめた。

莉子も言葉を失っていた。どちらが本物……？

孤比類巻は平然と告げた。「好きなほうを持って帰るがいい」

チョウが憤りをあらわにした。「貴様ぁ。どっちが本物かわからなくなったじゃないか！」

「ふたつとも本物だといってるだろう」

「か、鑑定では不明だったとしても、東雲風雅が作ったほうこそ本物だ。私が手もとに残しておくのは、常に本物のほうだ」

「ふん」孤比類巻が嘲《あざけ》るようにつぶやいた。「それが本音か」

しばしチョウはふたつの硯《すずり》をかわるがわる見つめていたが、識別は不可能と悟ったらしい。泡を食ったようすで三人の鑑定家たちに詰め寄った。「あんたたち、専門家だろ！　どっちが私の硯なんだ。教えてくれ」

鑑定家たちはすっかり腰が退《ひ》けていた。わからないんですって。さっきもそういったじゃないですか。コピアの複製は見抜けませんよ。

ふうっとため息をついた孤比類巻が、莉子を見つめてきた。「どちらかを指差してくれないか。当てずっぽうでいい」

莉子は戸惑いを覚えた。ふたつの漆硯《しっけん》、区別はいっこうにつかない。

ただし、でたらめに指差していいのなら、拒むまでもない。莉子は右の硯を指しめした。「これ……」

「そっちでいいんだな」孤比類巻は、もう一方の硯を手に取った。「じゃあ、こっちは要らないわけだ」

なにを……。莉子が疑問を口にする間もなく、孤比類巻は驚くべき行動にでた。硯を勢いよく床に叩《たた》きつけた。

漆硯は甲高い音とともに、破裂するがごとく砕け散った。

悲鳴に等しい絶叫がホールに響きわたった。チョウと三人の鑑定家たちが、必死の形相で床に這《は》い、破片をかき集めだした。

孤比類巻は立ちあがった。「取り引きは破談になった。失礼する」

「ま」チョウはうずくまったまま顔をあげた。「待て！　おまえが壊したほうが本物だったかも……。どうしてくれるんだ」

「残ったほうも本物だ。なにも問題あるまい」コピアは真顔のまま、莉子に視線を投げかけてきた。「複製を見抜ける鑑定家が育てば別だが。いずれそうなることを期待してるよ。莉子」

ガラス玉、もしくはレンズのように思えていた瞳《ひとみ》が、その一瞬だけ潤いを帯び、涼しいまなざしに転じた。

莉子は啞然《あぜん》として、その目を見かえした。

孤比類巻は踵《きびす》をかえし、扉へと立ち去りだした。

「あの」莉子は呼びかけた。

すると孤比類巻は足をとめた。だが、振りかえることはなかった。

その背に莉子はきいた。「わたしを苗字でなく下の名前で呼ぶのはなぜですか。悠斗さんについても……。多少なりとも親しみを込《こ》めてるんですか。それとも、軽視もしくは侮辱の表れですか」

しばし沈黙していた孤比類巻が、ぼそりと告げた。「黎弥《れいや》」

「……は？」

「僕の名前だ」

孤比類巻はふたたび歩きだした。ドゥエインが莉子に向けて頭《こうべ》を垂れる。その顔には微笑があった。背を向けると本物の執事のごとく、孤比類巻の半歩後ろにつづく。黒スーツたちも身じろぎひとつせず、ふたりを見送った。騒動を起こせば通報に至ると認識しているからだろう。

ほどなく孤比類巻とドゥエインの姿は、扉の向こうに消えていった。

床に突っ伏していたチョウが身体を起こし、鑑定家のひとりの胸ぐらをつかんだ。「おまえらがしっかり鑑定できてさえいれば……」

別の鑑定家があわてぎみに仲裁に入った。「およしなさい！　鑑定不可能な複製を作らせたのは、あなたでしょう。あなた自身が招いたことですよ」

「なにを？　このエセ鑑定家風情が……」

また小競り合いの様相を呈しだした。莉子はため息をついて振りかえった。「真贋《しんがん》なら区別がつきます」

拳《こぶし》を振りあげていたチョウが、それを宙に留めて莉子を見つめた。「なんだって……？」

「鑑定は無理です。でも」莉子はいった。「コピアの複製かどうかはわかります」

莉子が要求したのは片栗粉、梵天《ぼんてん》つきの耳かき、黒い紙、それに事務用品のスタンプ台とセロハンテープ。それだけだった。

チョウは黒スーツたちとともに家じゅうを駆けまわり、すべてを揃えてきた。梵天を筆がわりにして片栗粉をつける。テーブル上に無傷で残された漆硯に、パウダーのようにやさしく粉を塗りつけていく。

指紋がいくつか浮かびあがってきた。それらひとつずつにセロテープを貼り、剝《は》がしたのち、黒い紙に貼りなおす。

仕上げは、黒スーツのひとりから指紋を採取することだった。チョウが硯の回収を命じたとき、本物のほうの硯をつかんだ彼だ。

チョウが意地悪く口をはさんできた。「きみも家に入る前の出来事は知らないだろう。彼が事前にいちども硯に触れてないと、どうして断言できるんだね」

莉子はいささかも動じなかった。黒スーツの指先にスタンプ台を這わせながら答えた。「この人は、一瞬ではあっても硯をしっかりと握りしめました。事前に触れたとしても、あれだけ指先に力をこめたとは考えにくいでしょう。本物の硯には、指紋がくっきりと残ってるはずです」

三人の鑑定家たちが笑顔でうなずいた。チョウは苦い表情で彼らを睨《にら》みつけた。鑑定家たちは恐々としながら視線を逸《そ》らした。

採取した指紋を、黒い紙と並べて比較する。集められた指紋のうち、とりわけ鮮明なひとつと照らしあわせた。

「お」鑑定家のひとりが声をあげた。「同じだ!」

チョウが身を乗りだし、紙に顔を密着させんばかりに凝視した。

すぐさま、チョウは満面の笑いとともに両腕を高く掲げた。「やった、あったぞ! 指紋があった。残ったほうが本物だったんだ!」

ついさっきまでのいがみ合いもどこへやら、チョウと鑑定家たちは抱きあい、歓《よろこ》びを分かちあっている。莉子は呆《あき》れた気分で見守るしかなかった。

すると、チョウは莉子にも握手を求めてきた。うっすらと涙を浮かべてチョウはいった。「さすが、コピアが一目置く鑑定家さんだけのことはある。あなたが本物を見抜いてくれたおかげだ。どうだろう、私と契約してくれないか。こんな役立たずどもはお役御免にするから」

三人の鑑定家たちが不満の声をあげるなか、莉子はチョウを見つめた。「待ってください。本物を選んだって……?」

「あなたが指差したんじゃないか、本物の硯を。コピアは選ばれなかったほうを壊した」

ああ……。そういうことか。莉子は思わず微笑した。「あれはコピアの誘導ですよ。本物を壊すつもりなんか、彼にはなかったんです」

チョウが眉《まゆ》をひそめた。「なんだって？」

「彼は、どちらか当てずっぽうで指差すよう頼んだだけです。本物もしくは偽物を指差せとはいっていない。もし偽物のほうを指差していたら、すかさずそっちを手に取り、床に叩きつけていたでしょう。まるで初めからそうするつもりだったかのように」

「ど、どっちにしても複製品を壊したってのか？　まさか。逆じゃないのか？　コピアはくどいぐらい、自分が作る複製は本物と豪語してたじゃないか」

「彼も人間だった……ってことでしょう。良心には逆らえなかったんです」

「……なんだ」チョウはへなへなとその場に膝《ひざ》をついた。「それならそうといえばいいじゃないか。いたずらが過ぎる。心底、性悪なやつだ」

莉子は黙って、孤比類巻が退出した扉を眺めた。

孤比類巻はあの局面で、ほうっておいても複製品のほうを壊す人格者だったのだろうか。それとも、きょうだけは心変わりしたのか。

たしかなことはわからない。けれども、なぜか清々しさに似た感慨がひろがっていく。

いまは無理でも、コピアの常勝に歯止めをかけるのがわたしの仕事。彼自身、そう望んでいるように思えてならない。

ふいにチャイムが鳴った。チョウや鑑定家たちが、びくついた反応をしめし静止した。

次いで、あわただしく扉をノックする音が響く。悠斗の声が呼びかけてきた。「莉子さん、まだなかにいる？　だいじょうぶ？」

思わず顔がほころぶ。莉子は玄関へと駆け寄っていった。

復帰

十一月の初週、小笠原悠斗は千代田区富士見の角川第三本社ビルに戻った。『週刊角川』編集部に、正式に復帰が決まったからだった。

辞令がなかなか下りなかったのは、琉球王府ファイナンス事件の取材が長引いたせいもある。社主および役員全員が地検に起訴されるに至り、毎号のように掲載してきた関連記事もようやくひと区切りがついた。

フロアはいつものように、締め切り前の喧騒《けんそう》に包まれていた。机に堆《うずたか》く積みあがった資料の山は、崩れ落ちないのが不思議なぐらい絶妙なバランスを保っている。そんな机が六卓でひとつの島を形成、四つの島でひとつの部署となりえている。編集者は島のあいだを忙《せわ》しく行き来するか、受話器片手に声を張りあげているか、突っ伏して居眠りにふけるかのいずれかだった。

離島暮らしでは無縁に等しかったカオスぶり。京都オフィスもここまで騒々しくはない。小笠原はあらためて圧倒された。こんなに慌ただしかったっけ……。

その蟬噪《せんそう》を圧倒するほどの声量が耳に飛びこんできた。「小笠原!」

やや喉《のど》にからんだ野太い声。編集長だと瞬時に気づいた。

小笠原は最も奥まった場所に急いだ。熱帯魚の水槽の前、次長クラスがデスクをつきあわせる島には、ひとつだけ木目張りのエグゼクティヴ仕様の机がある。黒革張りの肘掛《ひじかけ》椅子に身をうずめた、細身ながら目つきのすわった白髪頭の男。それが編集長の荻野甲陽《こうよう》だった。

「遅かったな」荻野が小笠原のさげた袋を睨《にら》みつけた。「そいつはなんだ。八つ橋なら飽きてるぞ」

恐縮しながら小笠原は袋を差しだした。「岡山名物です。京都オフィスよりも、そっちへ行ってることが多かったので」

受け取った袋のなかをちらと見て、荻野は顔をしかめた。「きびだんごだと? 俺を家来にしてひざまずかせようってのか」

「とんでもない」小笠原は手を伸ばした。「お気に召さないのなら……」

だが荻野は、その手から逃れるように椅子を回転させ、袋を机の陰に隠した。「もらっとく。社長に食わすのもいい」

はあ、そうですか。小笠原はつぶやくしかなかった。編集長の天邪鬼《あまのじゃく》な態度は、いまに始まったことではない。

そのとき、同期の宮牧拓海《みやまきたくみ》が、ぎょろ目を剝《む》きながら近づいてきた。「おい。小笠原じゃねえか！　ひさしぶりだな。ようやく謹慎が解けて、左遷先から戻ってきたか」

小笠原は物憂げな気分で応じた。「謹慎も左遷も覚えがないんだけど」

「うちの班、デスクが辞めちまって不在でよ。でも机はそのままになってるから、サブデスクの熊井《くまい》さんが昇進かな。で、空いた席におまえがおさまるわけだ。ようやく班も本調子だな。戻ってきてくれて嬉《うれ》しいぜ、相棒」

すると荻野が宮牧にいった。「デスクだ」

「へ？」宮牧が目を丸くした。「デ、デスクって……？　机って意味ですよね」

「肩書きだ」荻野は表情ひとつ変えずに告げた。「きょうから小笠原が、おまえらの班の責任者だ」

「マジですか」宮牧は情けない声をあげた。「小笠原の指図を受けて仕事するなんて」

荻野はさっきの袋から箱を取りだし、開けて差しだした。「きびだんご食っとくか」

いただきます。宮牧が手を差しだそうとした。だが荻野にはその気はないらしく、箱を勢いよく閉じると、またそそくさとしまいこんだ。

ドタバタ劇に小笠原は思わず笑いかけたが、荻野が鋭いまなざしを投げかけてきたため、あわてて真顔を取り繕った。

「小笠原」荻野がきいた。「凜田莉子さんはどうなった」

「……このところ会えてません。忙しかったもので」

ふいに荻野は憤りのいろを浮かべた。「なにをぼやっとしとる！　おまえは凜田さんの番記者でもあるだろうが」

「えっ」小笠原は面食らった。「でも、編集部内のあいさつまわりもまだ……」

「そんなもん明日《あした》にしろ。社内の慣例より世間の常識が優先する。小笠原悠斗といえば凜田莉子。凜田莉子といえば小笠原悠斗だろうが。おまえにとっちゃここより重要なはずだ。さっさと行ってこい！」

編集長……。きょうはまたやけに熱いな。小笠原はすっかり腰が引けていた。

だがこの態度こそ、頑固気質の管理職がしめしうる唯一の優しさだと、小笠原は解釈した。深々と頭をさげて小笠原はいった。「感謝します。ではお言葉に甘えまして、早速失礼します」

歩を踏みだすと同時に、身体が軽くなったように感じる。心が飛び立つ気持ちに、嬉々《きき》と弾みをつけて歩きたくなるほどだった。職務に忙殺される毎日、片時も彼女のことを忘れたことはなかった。いま大手を振って会いにいける。

成長

淡い秋の陽射しは透明感に満ち、木漏れ日と枝葉の影との境界をきわめて曖昧《あいまい》にさせる。神田《かんだ》川沿いの商店街に立つと、青く澄んだ氷のごとき風が吹き抜けていった。爽《さわ》やかな涼感は寂寥《せきりょう》を伴うものの、いまの莉子は孤独などとは無縁だった。波打つごとに煌《きら》めきを放つ川面《かわも》と同様、光り輝く希望の存在を覚えている。

季節相応のトレンチコートをまとった莉子は、馴染《なじ》みのスーツをまとった悠斗と、ひさしぶりにこの界隈《かいわい》を散策していた。

ケヤキ並木が絶えず枯れ葉を降らせている。積もりかけたと思うと風に運ばれ、かさかさと音を立てて路面を撫《な》でていく。閑散とした古い商店街では、耳に届く物音もそれだけだった。

並んで歩く悠斗が、穏やかに告げてきた。「僕にとっては、莉子さんはこの辺りの景色と一体化して感じられるよ。波照間島じゃなくて飯田橋って印象なんだ」

莉子は思わず微笑した。「わたしも悠斗さんは、京都オフィスじゃなく千代田区富士見の角川本社って感じ」

悠斗も笑いながらいった。「やり直しの第一歩かな。いや、生まれ変わりといったほうがいいか」

「いい言葉」莉子は心からつぶやいた。「あるいは、本当の始まりかも」

「都内でまた店を開くからには、前と同じ苦難に直面するかも」

「そうね。でも……」莉子は口をつぐんだ。あえて言葉にせずとも、胸に刻んでおけばいい。わたしはもう怖くなって逃げ帰ったりしないと。

何もわからず、たったひとりで経営者としてスタートした二十歳のころ。迷いながらも精一杯頑張ってきた。けれども本当の意味での目標は、ずっと不分明なままだった。

悠斗が肩をすくめた。「質屋でも開けばもっと安定した収入が得られそうなのに。どうして鑑定のみの店にこだわるの?」

わたしのなかに疑問はない。莉子は笑みとともに応じた。「見ることで本物かどうかわかるから。わたしにできるのはそれしかない」

鑑定依頼品に評価を下した結果、さらなる謎や事件に巻きこまれる。そんな事態にどう対処すべきだろう。

いまならわかる。依頼人に幸せをもたらすまでが、鑑定家の職域だと。人はただ、物の真贋《しんがん》や価値を知りたがっているのではない。大なり小なり、生涯になんらかの岐路を迎えているからこそ、鑑定を必要としている。あるべき道をしめせるまで、背を向けることなど許されない。

運命に流されるばかりが離島の民でないと、身をもって証明したい。圧政者との知恵比べに勝ち、人々の幸せを維持したい。五年前、わたしを送りだしてくれた父母やおばあ、集落のみんなに報いるすべがあるとするなら、それはわたしらしく生きることだけだろう。

雑居ビル、一階のテナント前に行き着いた。

新宿区神楽坂《かぐらざか》西四―三―一二。正面はガラス張り、入り口は自動ドア、規模は小さくともカフェか美容室のようでもある。アクリルにステンレス板を嵌《は》めこんだ、しゃれた字体の看板が掲げてあった。万能鑑定士Q。

ここにふたたび戻れたのはさいわいだった。安くない家賃ゆえ、いったん解約しても新たな入居者は現れなかった。とはいえ、喜んでばかりもいられない。わたしもやりくりの難しさに再度挑まざるをえないのだから。

悠斗がガラスに貼られた紙を眺めていった。「なんだこれ。料金表……？」

「あー」莉子は笑ってごまかした。「ほんの思いつきで」

「へえ。意外だなぁ。しっかりしてるじゃないか。どう？　うまくやれそう？」

ちょうどその自問自答にふけっていたところだった。莉子は苦笑してみせた。「記者の勘、ほんと冴《さ》えてる。でもだいじょうぶ。なにがあっても恐れたりしない。悠斗さんがいてくれるし」

莉子は悠斗を見つめた。悠斗もごく自然な微笑とともに見かえしてきた。

「わたしたち」莉子はつぶやいた。「こうして、少しずつ本当の大人になっていくんだね」

「そうだね」悠斗もうなずいた。

店に向き直る。自動ドアが開き、莉子は歩を踏みいれた。

何もかもが真新しくなっていた。シンプルモダンでスタイリッシュにまとめた内装。艶《つや》消《け》しのアルミとガラス、無機質でシャープな印象の家具で統一してある。わずかに青みがかった透明なデスクに黒革張りの椅子、客用のソファが数脚。小物を飾ったキャビネット。

開いたままの自動ドアの外から、悠斗の声がした。「あ、莉子さん。お客さんだよ」

振りかえると、初老の男性が戸口に近づいてくるところだった。手にしているのは古そうな桐箱、大きさと形からして茶道具が入っていると考えられる。

「いらっしゃいませ」莉子はにこやかに応じた。「鑑定のご依頼でしょうか」

【参考文献】

『石になったマーペー　沖縄・八重山地方の伝説から』
谷真介（文）／儀間比呂志（絵）／ほるぷ出版

解説

細谷正充（文芸評論家）

「面白くて知恵がつく　人の死なないミステリ」

あらためていうまでもないが、これは松岡圭祐《まつおかけいすけ》の「万能鑑定士Q」シリーズに付された、キャッチ・コピーである。この世界の森羅万象を対象にして、意外な事実をストーリーと絡めた内容は、まさに〝面白くて知恵がつく〟だ。また〝人の死なないミステリ〟というのは、シリーズの大きな特色となっている。

ところで〝人の死なないミステリ〟というと、日常の謎をメインにしたミステリを思い出される読者もいることだろう。近年では、三上延《みかみえん》の「ビブリア古書堂の事件手帖《てちょう》」や、岡崎琢磨《おかざきたくま》の「珈琲店タレーランの事件簿」といった、人気シリーズも生まれている。それらのシリーズより先に刊行され、なおかつ〝人の死なないミステリ〟を前面に打ち出した本シリーズは、こうしたミステリ・ブームの先駆けとなったといっていい。

だが、それにもかかわらず本シリーズは、日常の謎系のミステリではないのだ。凛《りん》田《だ》莉《り》子《こ》初登場となる、ハイパー・インフレ事件を見よ。『万能鑑定士Qの事件簿Ⅰ』『同 Ⅱ』で描かれた、ハイパー・インフレで機能不全に陥った日本は、死者が出なかったのが不思議なほどの狂乱状態にあったではないか。さらにシリーズのスケールは日常の謎に収まりきれないほど巨大である。そしてそれは、シリーズを通じての、大きな読みどころになっている。

もちろん以後の作品でも、死者が出ておかしくない状況は何度もあった。でも作者は、それを巧妙に回避している。なぜこれほどまでに、人が死なないことにこだわるのか。人の死なないミステリの定義は『万能鑑定士Qの攻略本』１８６Ｐに詳しく書かれているが、作品のコンセプトだからというのが、理由として挙げられよう。だが、それだけだとは思えない。むしろ凛田莉子が主人公だからこそ、人の死なないミステリになっているのではなかろうか。

凛田莉子。人が暮らす最南端の島である、沖縄の波照間島に生まれる。高校生までの彼女は、人一倍感受性が鋭く、底抜けに明るく素直な性格だったが、勉強がまったく出来ず、一般常識も欠けていた。高卒後、上京して就職活動をするも、連戦連敗。だが、リサイクルショップ「チープグッズ」の社長と出会い、人生が激変する。社長から、感受性を生かした勉強法を伝授された莉子は、貪欲《どんよく》に知識を吸収。さらに社長の指導により、ロジカル・シンキング（論理的思考）も鍛える。二十歳になると、「チープグッズ」から独立し、雑居ビルの一階に「万能鑑定士Q」なる看板を掲げる。これは書画・骨董《こっとう》からサブカル系のアイテムまで、広範な物を即座に鑑定する店であった。以後、莉子は、シリーズ第一弾で知り合った角川書店の『週刊角川』記者・小笠原《おがさわら》悠斗《ゆうと》と共に、さまざまな事件にかかわり、ロジカル・シンキングにより謎を解いていく。

というように凜田莉子は、おバカ人間から、博覧強記と論理的思考を武器にした名探偵へと変身した、きわめて珍しいキャラクターである。しかも彼女は、強い感受性や、素直な心を失っていない。高校生までの自分がいかにおバカであり、まったくの他人の好意により、今の自分があることも忘れない。だから、

「わたしも貧しい人々のために力になろう。最低限必要な稼ぎ以外、儲《もう》けに走らず、ただ顧客の満足のために全力を尽くそう。苦しんでいる人を見かけたら、誰であろうと手を差し伸べよう。それがわたしの学んだすべてだから。わたしの成

しうるすべてのことだから」(『万能鑑定士Qの事件簿 I』)

という信念を抱いて、事件に立ち向かうのである。そのようなヒロイン(「特等添乗員αの難事件」シリーズの浅倉絢奈《あさくらあやな》も同様なキャラクターである)が奮闘する世界に、死者は相応《ふさわ》しくない。莉子の願いを叶《かな》えるように、物語世界が創られているのである。ここに〝人が死なないミステリ〟の理由がある。

以上のことを踏まえて本書の内容に入っていきたいが、その前に、前作『万能鑑定士Qの推理劇 IV』を、簡単におさらいしておこう。シリーズ第一弾の重要な謎であった〝力士シール〟の再出現。凜田莉子・雨森華蓮《あまもりかれん》・浅倉絢奈の共闘。宿敵と化したコピアとの決着。莉子と悠斗の仲の深まりと、ふたり揃っての、波照間島への移住。まるでシリーズのラストを飾る大団円ともいうべき内容であった。

しかし本書でシリーズは、当たり前のように、新たな段階に突入する。莉子はけして、満足して島に帰ったわけではなかった。他人のために奔走した揚句、家族や波照間島の人々に迷惑をかけてしまったと思っている彼女は、失意から抜け出すことができず、故郷でうずくまっているのだ。『週刊角川』八重山《やえやま》オフィスの駐在員として、小笠原悠斗が隣にいるが、本当の意味で心は晴れない。

そんなとき、ムシャーマで賑《にぎ》わう島に、樫栗芽依《かしぐりめい》という女性がやって来る。観光とのことだが、なにか態度がおかしい。事実、岡山県警の刑事が彼女の行方を追って、島を訪れる。そして芽依は、偽札を残して、島を脱出した。また、八重山オフィスの閉鎖が決定し、悠斗は東京に戻ることになる。いろいろと悩んだ莉子だが、祖母に励まされ、悠斗を手伝うことを決意。莉子と悠斗は、芽依の行方と、彼女が追われる原因となった、不可解な事件に挑むのだった。

本書のタイトルは『万能鑑定士Qの探偵譚』だが、内容からいえば〝万能鑑定士Qの帰還〟とでも名づけたくなる。テーマは、名探偵の挫折《ざせつ》と再生。一度は心の折れた名探偵が、いかにして立ち直るかを、作者は面白すぎるストーリーを通じて、見事に書き上げた。メインの事件が解決した後の、最後の謎が、莉子の過去のトラウマにかかわるものになっていることも、テーマを考えれば納得である。

とはいえミステリとして見ると、最大の謎は別にある。現金の入ったジュラルミンケースの強奪と、取り戻した現金が、なぜか偽札になっていたという不可解な事件である。そのジュラルミンケースを運んでいたことから樫栗芽依が犯人と目されているのだが、莉子と悠斗は彼女の無実を信じる。だが、ほとんど衆人環視の状況で、どうやって犯人は現金を偽札にすり替えたのか。莉子のロジカル・シンキングが導き出した答えは、きわめて単純だが、それゆえに意外なものであった。

しかし、ビックリ仰天した後、冷静になると、ひとつの疑問が浮かんできた。そう都合よく、偽札が用意できるものであろうか。うーん、ちょっと都合がよすぎないか、などと思っていたら大間違い。その後の展開で、犯人の正体と目的が明らかになると、偽札が用意されていた理由が、すんなりと納得できるようになっているのだ。おまけに偽札が、犯人を捕まえるための証拠にまでなっているではないか！　これはやられた、驚いた。今回も作者の手際は、冴《さ》えに冴えているのだ。

さらにシリーズの魅力として、現実性と同時性も見逃せない。波照間島―新潟―岡山と舞台が激しく動く本書だが、各地の描写は正確であり、まるで旅行をしているような気分になれる。実在する物の固有名詞が頻出するのも、いつもの通り。さらに時間軸が現実と合わさっており、本書では、飲食店のバイトなどがツイッターに投稿した写真による炎上事件などに触れている。こうした現実性と同時性が、読者の臨場感を盛り上げてくれるのである。

そうそう、ついでに大学で聞き込みをしたときに悠斗が使った、偽名についても注目したい。大学の職員に彼は、「臨床心理士の嵯峨《さが》敏也《としや》と申します。こちらは助手の牧瀬《まきせ》紅莉栖《くりす》」というのだ。周知のように嵯峨敏也は、作者の小説デビュー作『催眠』

の主人公である。本シリーズでは『万能鑑定士Qの事件簿 IV』で初登場。以後、莉子が心理学的な知識が必要なときに協力している。それもあって出てきた名前であろう。

問題は、牧瀬紅莉栖の方だ。こちらはコンシューマー・ゲームを原点にして、アニメやコミックなど、メディアミックス展開をしている人気作『STEINS;GATE』のヒロインのひとりなのである。なぜここで、いきなり牧瀬紅莉栖の名前が出てくるのか。たしかに清原紘《きよはらひろ》の表紙イラストの莉子を見ると、紅莉栖を彷彿《ほうふつ》とさせるイメージがある（実際『万能鑑定士Qの推理劇 II』の中で、ある人物が「凜田先生、お顔がシュタゲの助手に似てますね」といっている）。でも、それだけで咄嗟《とっさ》に名前が出るわけもない。もっと深い理由として、『STEINS;GATE』と角川書店の関係を指摘しておきたい。テレビアニメのBDとDVDの発売、劇場版アニメの製作、劇場版アニメのコミカライズの『少年エース』での連載など、多岐にわたったかかわりがあるのだ。

そして『週刊角川』と『少年エース』は、同じビルに編集部がある。ならば悠斗は社内の広告等で、何度も紅莉栖の名前と絵姿を目にしているはずだ。名前に同じ〝莉〟の字が入っていることや、容姿の類似点に気づいていたはずだ。そういう経緯があったからこそ偽名を使うとき、牧瀬紅莉栖という名前が出てきたのではなかろうか。偽名ひとつ使うのでも作者は、これだけ現実と物語設定を交錯させる。だからこそ本シリーズは、尋常ではないリアリティと、奥深い味わいを獲得しているのである。

いや、それにしてもだ。どこを取り上げても、本シリーズは凄《すご》すぎる。たとえば刊行ペース。記念すべき第一弾『万能鑑定士Qの事件簿　I』『同　II』を、二〇一〇年四月、角川文庫から同時上梓《じょうし》すると、『同　IV』までを毎月刊行。さらに以後は、スピンオフ作品の「特等添乗員αの難事件」シリーズを含めて、二ヶ月に一冊の刊行ペースを維持しており、しかもその間に『人造人間キカイダー The Novel』も著しているのである。おかげでシリーズ開始から三年半だというのに、膨大な作品数を誇っているのだ。しかも内容に一切の手抜きも、弛《ゆる》みもない。常に新しいネタ、新しいアイディアが投入されているのである。超ハイペースで、これだけ高水準の作品を書き続けるとは……。「万能鑑定士Q」シリーズを執筆している松岡圭祐こそが、万能作家K（もちろんKはキングと読む）ではないのか。角川書店発行のコミック誌『ヤングエース』でのコミカライズ（画・神江ちず）や、二〇一四年初夏に予定されている実写映画化など、どんどん広がる「万能鑑定士Q」ワールドを牽引《けんいん》しながら、本シリーズがいつまでも続くことを期待しているのである。

本書は書き下ろしです。

この物語はフィクションです。登場する個人・団体等はフィクションであり、現実とは一切関係がありません。

万《ばん》能《のう》鑑《かん》定《てい》士《し》Qの探《たん》偵《てい》譚《たん》

松《まつ》岡《おか》圭《けい》祐《すけ》

平成25年 11月25日　初版発行

発行者●山下直久

発行所●株式会社KADOKAWA
〒102-8177　東京都千代田区富士見2-13-3
電話 03-3238-8521（営業）
http://www.kadokawa.co.jp/

編集●角川書店
〒102-8078　東京都千代田区富士見1-8-19
電話 03-3238-8555（編集部）

角川文庫 18197

印刷所●株式会社暁印刷　製本所●株式会社ビルディング・ブックセンター

表紙画●和田三造

ISBN978-4-04-101055-6　C0193

角川文庫発刊に際して

角川源義

第二次世界大戦の敗北は、軍事力の敗北であった以上に、私たちの若い文化力の敗退であった。私たちの文化が戦争に対して如何に無力であり、単なるあだ花に過ぎなかったかを、私たちは身を以て体験し痛感した。西洋近代文化の摂取にとって、明治以後八十年の歳月は決して短かすぎたとは言えない。にもかかわらず、近代文化の伝統を確立し、自由な批判と柔軟な良識に富む文化層として自らを形成することに私たちは失敗して来た。そしてこれは、各層への文化の普及滲透を任務とする出版人の責任でもあった。

一九四五年以来、私たちは再び振出しに戻り、第一歩から踏み出すことを余儀なくされた。これは大きな不幸ではあるが、反面、これまでの混沌・未熟・歪曲の中にあった我が国の文化に秩序と確たる基礎を齎らすためには絶好の機会でもある。角川書店は、このような祖国の文化的危機にあたり、微力をも顧みず再建の礎石たるべき抱負と決意とをもって出発したが、ここに創立以来の念願を果すべく角川文庫を発刊する。これまで刊行されたあらゆる全集叢書文庫類の長所と短所とを検討し、古今東西の不朽の典籍を、良心的編集のもとに、廉価に、そして書架にふさわしい美本として、多くのひとびとに提供しようとする。しかし私たちは徒らに百科全書的な知識のジレッタントを作ることを目的とせず、あくまで祖国の文化に秩序と再建への道を示し、この文庫を角川書店の栄ある事業として、今後永久に継続発展せしめ、学芸と教養との殿堂として大成せんことを期したい。多くの読書子の愛情ある忠言と支持とによって、この希望と抱負とを完遂せしめられんことを願う。

一九四九年五月三日

◆映画情報◆

「万能鑑定士Q—モナ・リザの瞳—」

2014年初夏・全国東宝系公開

綾瀬はるか（凜田莉子）

松坂桃李（小笠原悠斗）

監督・佐藤信介（「GANTZ」「図書館戦争」）

ご期待下さい

◆新刊情報◆

凜田莉子はすぐにまた帰ってきます

Qシリーズ次回作

『万能鑑定士Qの謎解き』

お楽しみに

「Qの事件簿」シリーズ

休暇を利用してフランスに飛んだ凜田莉子を出迎えたのは、高級レストランの不可解な事件だった。莉子は友のため、パリを駆け、真相を追う！　シリーズ第5弾。

雨森華蓮。海外の警察も目を光らせる“万能贋作者”だ。彼女が手掛ける最新にして最大の贋作とは何か?凜田莉子に最大のライバル現る!!　シリーズ第6弾。

KEISUKE MATSUOKA
CASE FILES OF ALL-ROUND APPRAISER Q
KADOKAWA BUNKO

「Qの事件簿」シリーズ

純金が無価値の合金に変わる!?　不思議な事件を追って、凜田莉子は有名ファッション誌の編集部に潜入する。マルサにも解けない謎を解け!!　シリーズ第7弾。

「水不足を解決する夢の発明」を故郷が信じてしまった!　凜田莉子は発明者のいる台湾に向かい、真実を探る。絶体絶命の故郷を守れるか!?　シリーズ第8弾。

KEISUKE MATSUOKA
CASE FILES OF ALL-ROUND APPRAISER Q
KADOKAWA BUNKO

「Qの事件簿」シリーズ

わずか5年で京都一、有名になった寺。そこは、あらゆる願いが叶う儀式で知られていた。京都に赴いた凜田莉子は、住職・水無施瞬と対決する！　シリーズ第11弾。

「『太陽の塔』を鑑定してください!」持ち込まれた前代未聞の依頼。現地に赴いた凜田莉子を、謎の人物による鑑定能力への挑戦が襲う!!　シリーズ第12弾。

KEISUKE MATSUOKA
CASE FILES OF ALL-ROUND APPRAISER Q
KADOKAWA BUNKO

「Qの推理劇」シリーズ

天然少女だった凜田莉子はその感受性を活かし、わずか5年で驚異の頭脳派に育つ。次々と難事件を解決する莉子に、謎の招待状が届く。新シリーズ第1弾。

小さな依頼主が持ちこんだ古書と、シャーロック・ホームズの未発表原稿。2冊の秘密に出会ったとき、凜田莉子はかつてない衝撃と対峙する!! シリーズ第2弾。

KEISUKE MATSUOKA
THE MYSTERY FEATURING ALL-ROUND APPRAISER Q
KADOKAWA BUNKO

「Qの推理劇」シリーズ

「あなたの過去を帳消しにします」。腕利き贋作師に届いた、謎のツアー招待状。雨森華蓮の弟子をも翻弄する何者かの企みを、凜田莉子は暴けるのか!?

「万能鑑定士Q」に不審者が侵入。変わり果てた事務所には、東京23区を覆った“因縁のシール”が貼られていた！　激震が襲う凜田莉子を、小笠原悠斗は守れるか!?

KEISUKE MATSUOKA
THE MYSTERY FEATURING ALL-ROUND APPRAISER Q
KADOKAWA BUNKO

「αの難事件」シリーズ

掟破りの推理法で真相を解明する水平思考に天性の才を発揮する浅倉絢奈。鑑定家の凜田莉子、『週刊角川』の小笠原らと共に挑む知の冒険、ここに開幕‼　シリーズ第1弾。

水平思考の申し子、浅倉絢奈は今日もトラブルを華麗に解決していたが、予期せぬ事態から絶不調に！　香港ツアーを前に、閃きを取り戻せるか？　シリーズ第2弾。

KEISUKE MATSUOKA
PUZZLING CASES OF DELUXE-TOUR CONDUCTOR α
KADOKAWA BUNKO

「Qの短編集」シリーズ

1 つのエピソードでは物足りない方へ、そしてシリーズ初読の貴方へ。最高に楽しめる珠玉の傑作エピソード群登場！ 代官山の質屋に出向した凜田莉子を待つ謎とは!?

凜田莉子の最大のライバル、万能贋作者・雨森華蓮がついに出所し……。他、莉子が 5 つの謎に挑む、面白くて知恵がつく至福の読書。名著第 1 巻を凌ぐ書き下ろし傑作群!!

KEISUKE MATSUOKA
STORY COLLECTION OF ALL-ROUND APPRAISER Q
KADOKAWA BUNKO